昨日星を探した言い訳

LET'S WALK UNTIL DAWN,
FOR THIS EARTH TO WELCOME
TOMORROW

河野裕

角川書店

目次

装画　浮雲宇一
装丁　川谷康久

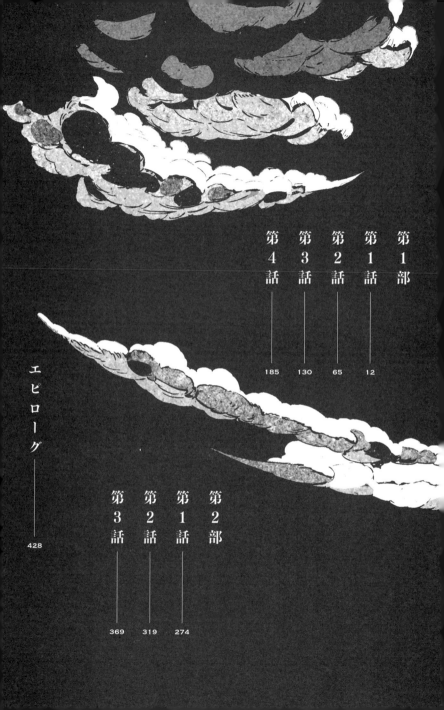

プロローグ

坂口孝文

南京錠《なんきん》がついた門をどうにかよじ登って越えたとき、ふとレモンが香った気がした。その匂いは僕に、図書館の資料室を思い出させた。

中等部と高等部が併設された制道院学園《せいどういん》には、独立した図書館があった。まっ白な漆喰《しっくい》の壁に濃紺色の三角屋根がよく映える、美しい洋館だった。この建物は八〇年も前にイギリスの貿易商が建てた館を移築したもので、蔵書数のわりに敷地面積が広い。だが住居として建てられた館は図書館に向いているとはいえず、とくに資料室には八畳ほどの一室が使われていたため狭苦しく感じた。

その資料室には、清寺時生《せいじときお》という映画監督のコレクションが保管されていた。清寺は制道院の卒業生で、晩年の一時期は客員講師も務めていた。資料室には彼の脚本や映画ポスターの類がひと通りそろっていたし、わずかながら書簡や、アイデアを書き留めたノートなんかも残されていた。

司書教諭だった中川《なかがわ》先生は、清寺映画の熱心なファンで、資料室の管理には手を抜かなかった。コレクションに虫がつくのを怖れて大量の防虫剤を使うものだから、資料室はいつもそのレモンの香りがした。

中川先生は二〇代の後半の、落ち着いた女性だった。でも清寺時生の話題に関してはずいぶん多弁になった。

「天才が描いた天才に、興味はあるかい？」

と、あるとき先生が言った。「あります」と僕は答えた。

僕は先生の声が好きだった。感情的なところがひとつもない声だ。なんだか大きな弦楽器のような、オーケストラでは前に出ないけれど、丁寧に基礎となる旋律を奏でるような声。その綺麗《きれい》な声で、先生は清寺時生の脚本の短いエピソードを教えてくれた。

こんな話だ。

あるところに、若い絵描きがいた。彼は広告や本の装丁なんかのイラストを描きながら、空いた時間で絵画教室の講師を務めていた。その教室には、とても絵が上手《うま》い中学生の少女が通っていた。彼女のタッチは繊細で、構図も面白く、とても印象的に色を使う。絵を描くことを仕事にしている彼からみても、嫉妬《しっと》を覚えるほどの才能を持っている。

絵描きの男は、その少女に尋ねてみる。

――将来は、絵を仕事にするつもりなの？

でも彼女はなんだか悲しそうな顔をして、こんな風に答える。

――私は怠けてばかりだから、プロにはなれないと思う。

その言葉に、絵描きの男はショックを受ける。まだ幼いのにこれほど上手い絵を描けるのだから、充分な努力を積んできたはずだ、と信じていたのだ。でも、そうでないなら、才能というのはなんて残酷なんだろう。

　ここで、ふいに中川先生の話が途切れた。

　その空白を埋めるように僕は尋ねる。

「つまり、努力しなくても結果を出せるのが天才ですか？」

　でも、僕自身もその言葉が、ひどく的外れなものに感じていた。

　先生は口元に微笑を浮かべた。

「この話には続きがある」

　絵描きはある日曜日に、公園でその少女をみかける。

　彼女はスケッチを描いている。同じような空の絵を、何枚も何枚も、一心不乱に描き続けている。絵描きが声をかけると、上手く雲を描けないから怠けているんだ、と彼女は答える。

　でも絵を描いているのだから、怠けているはずがない。絵描きは噛《か》み合わない会話に気持ちの悪さを覚えたけれど、やがてその意味に気づく。

　これは本当に、彼女にとっては怠けている姿なんだ。思い通りの雲が描けないと知っていながら手を動かしているだけだから。この子は、前進のない練習を努力だと認めていない。

　中川先生はふっと息を吐いて、それから言った。

「つまり才能というのは、前提の在り方みたいなものなんじゃないかな」

　その言葉に、僕は頷《うなず》く。

「はい。そう思います」

中川先生も満足げに頷いて、話を締めくくった。

「私たちにとっての努力を、天才は努力だと思わない」

僕がすんなりと頷けたのは、ある少女を思い浮かべたからだ。彼女はまるで努力という言葉を知らないように、自然に努力し続けていた。他の誰とも異なる前提を持っていた。

その名前を茅森良子《かやもりりょうこ》という。

あのころ僕は、茅森良子に恋していた。

もしもこの一文に嘘があるなら、それは過去形で語ったことくらいだ。

*

久しぶりにみる制道院の光景は、僕の知識にあるものと違いがなかった。

両側を芝生で挟まれた乱張りの石畳の先には丸い池がある。その池の中心には、大小ふたつの盃《さかずき》を重ねたような形の白い噴水がある。噴水の向こうには、七段だけの短い階段がある。みんな知っている。

でも、それはただ知っているというだけで、記憶の通りではなかった。人の手が入っていない芝生は不恰好《ぶかっこう》に伸び、あちこちが黄色く枯れている。池からはすでに水が抜かれていて、底には枯れ葉が泥汚れのように張りついている。

噴水の先の階段を上る。段が低く、奥行きは広い階段だ。それは一見優雅だが、歩幅に合わず、歩きやすいとはいい難い。その階段の先が高等部の校舎だった。

戦前に建てられた校舎はレンガ造りで、入り口や窓の上部がアーチ形に装飾されているから、西洋の歴史ある建築物――たとえばロンドン塔なんかに似た雰囲気を持つ。古びることが許されたデザインだ。でも今はもう、花壇に花もない。この夏は雨が少ないのに、雑草ばかりが背を高くしている。今年の春から人がいなくなった制道院は、すでになにもかもが古びていた。

制道院が廃校になると知ったときの、僕の感情を言葉にするのは難しい。

ここは中高一貫の、全寮制の学校だった。僕は一二歳から一八歳まで、多感な六年間の大半をその敷地内で過ごした。

僕は制道院を嫌っていた。この学校が伝統と呼ぶものの価値を、どうしても理解できなかった。一方で感謝もあった。そこで何人かの友人に出会ったことは事実だ。尊敬できる人も、好ましい人もいた。だから制道院に対しては、軽蔑《けいべつ》と愛情を共に抱いていた。

でも僕がここを卒業したのは、七年も前のことだ。七年間の時間の流れは、わだかまっていた様々な感情を洗い流した。良い記憶も嫌な記憶も同様に、すでに風化して胸を騒がせることはもうない。とはいえなにもかもが綺麗に消え去ったわけでもなかった。忘れることができない、新品のまま氷漬けになっていつまでも変わらない感情がひとつだけあった。

どうにもならないその感情を、でもどうにか乗り越えたくて、僕は茅森良子に手紙を出すことにした。

――あの日、時計が反対に回った理由を今もまだ気にかけていただけているなら、もう一度だけお会いしませんか?

と僕は書いた。

――八月二七日の午後六時に、制道院でお待ちしています。

腕時計はもうすぐ、午後五時を指そうとしていた。

校舎の前の階段に座り込み、肩にかけていた鞄《かばん》を足元に置く。そこから、玩具《おもちゃ》のように可愛らしい、赤いトランシーバーを取り出す。僕と茅森が一台ずつ持っていた、一対のトランシーバーの片方だ。そのトランシーバーを両手で握り締める。僕たちはある一時期、同じ周波数を共有していた。なのに。

ちょうど八年前の、あの日。僕たちがまだ一七歳だった八月二七日。

僕は、彼女を裏切った。

二五歳になった今も、その罪を償っていない。

第1部　一四歳

すべての愛は
たったひとつの言葉を
忘れるための過程だ。

第1話

1、坂口孝文

茅森良子は天才だった。

その才能は身体能力でも、芸術的な感性でもない。もっと形をとらえづらい、だが周囲が認めざるを得ないものだ。

強引にまとめるならそれは、彼女のすべてを――という言葉が過剰であれば、彼女が持つ時間の大半を――自身の価値観に委《ゆだ》ねられる才能だった。彼女はどこまでも頑固で、誠実に意地を張って生きていた。

これはあくまで茅森良子の話だ。

だから物語の始まりは、僕が彼女に出会ったときになる。

でもその前に、僕のことを説明しておこうと思う。できるだけ短くまとめるつもりだけど、つまらなければ、適当に聞き流してくれればいい。

＊

幼いころの僕は、どちらかといえばよく喋《しゃべ》る子供だった。好奇心が強い方だったので自然と口数も増えたのだろう。

でも小学三年生の夏になるころ、僕は自分の声が高すぎることを自覚した。同級生と比べても、入りたての一年生と比べてもまだ高かった。まるで雛《ひな》が精一杯に親鳥を呼ぶような声だった。とくに「な行」がひどく、息を喉《のど》に押しつけるようにして注意深く喋らなければ、甲高く裏返ってしまう。

そのときから僕は、極力喋らないことを自分に課した。声が高い、というのは、ずいぶん恰好悪いことのように感じていたのだ。僕はたくさんの本を読んだし、学校の勉強だって得意だった。僕が喋ると、大人たちはたいてい「とっても難しい言葉を知っているね」だとか、「まるで大人と話しているみたい」だとか言って驚いたものだ。早熟なのが僕のプライドだった。同じ速度で成長すれば、いずれ、ずいぶん知的で素晴らしい大人になれるはずだと信じていた。そんな僕の声が、周りの子供たちの誰よりも高く不安定であるべきではない。

ある時期から意図的に寡黙になった僕は、ほどなくクラス内で特別な地位を得た。クラスメイトたちは僕に話しかけるとき、少し緊張している様子だった。僕がなにか言おうとすると誰もが口を閉ざしそれを遮らなかった。おかげで僕は、充分に注意して、できるだけ低く小さな声でゆっくりと喋ることができた。小学生男子におけるスクールカーストの上位は、明るく元気で運動が得意な奴だと決まっているけれど、僕はその三角形の力関係からはみ出し、先生たちと同じ「大人」のカテゴリに片足を突っ込んでいたのだ。寡黙で、勉強ができて、たくさんの本を読んでいることを武器に。

いや、僕の本当の武器は、別にあった。

それを簡単に言葉にすれば、家柄ということになる。うちは古くから製紙業を営んでおり、紙が全盛だった二〇世紀の後半にずいぶん会社を大きくした。保護者や教師であればまず間違いなく耳にしたことのある会社で、どうやらその雰囲気がクラスの子供たちにも伝わっているようだった。

勉強ばかりをしている無口で暗い奴だと思われても仕方ない僕は、しかし家の名前と資産に守られて、「あいつは特別なのだ」と感嘆されることになった。本当は、ただ声が恰好悪いだけなのに。

自分の力でないものに守られているのは、もちろん悔しいことだ。でもどうすることもできずに——実際には、なにかできることがあったのかもしれないけれど、強い意志を持てずに状況に流されて——僕は生温《なまぬる》く平穏な小学校生活を送り、やがて親の希望のまま、制道院学園に入学した。

制道院は、生徒の数だけをみればそれほど大きな学校ではない。中等部は各学年に三〇人のクラスがふたつだけだ。高等部になるともうひとクラスずつ増えるけれど、六学年を合わせても四五〇人ほどしかいない。

この生徒数に対して、制道院は非常に広い敷地を持っていた。都会というほどでもない街からさらに離れた山の中腹にあるため土地にはあまり値打ちがないように思うけれど、教師も建物の数も多い。全寮制ということもあり、入学金も入学後にかかる費用も高く、いってみれば金持ちが子供を入れる学校だった。

入学したての僕は、なかなか制道院に馴染《なじ》めないでいた。

いちばんの理由は寮だ。そこでの生活は、体験したことのないものだった。食事は時間通りに出てくるけれど、掃除や洗濯は自分たちで行う。これはただ面倒ごとが増えるだけではなくて、それぞれの生徒の価値観を浮き彫りにする。同室の寮生が干した洗濯物をなかなか取り込まない、なんてことで愚痴をこぼしている彼は、洗面所の使い方が荒っぽくて別の寮生に顔をしかめられている。他人事《ひとごと》であれば取るに足らないような不満があちこちで蓄積していく。

それでもどうにか寮生活に慣れ始めてきた中等部一年生の後半に、僕にふたつの大きな変化が起こった。

ひとつ目は声変わりだ。秋口から喉に違和感があり、声を出すたびになんだかひっかかるような感じがして妙に気持ちが悪かった。初めは風邪でもひいたのだろうと思っていたけれど、やがてはっきりと声質が変わり始めた。

僕は声変わりを、ずっと待ちわびていた。しかしその結果は、満足のいくものではなかった。たしかに多少は声が低くなったけれど、それでも期待していた「知的で大人びた声」には程遠く、僕は自分の声が嫌いなままだった。もうこのまま、情けない声と生涯を共にするしかないのだろう。そう諦《あきら》めつつあった。

ふたつ目の変化は成績だ。僕が誇れるものといえば、読書量のほかはテストの点数くらいだったのに、一年の後半に大幅に成績を落としたのだ。寡黙で本ばかり読んでいて勉強ができる奴だった僕は、寡黙で本ばかり読んでいるくせに勉強ができない奴になった。

ちょうど学年末テストと、声変わりが終わる時期は一致していた。ふたつの混乱と諦めを抱えて、僕は中等部の二年生に進級した。

なんだか投げやりな気持ちで迎えた、始業式の日。

僕の前に、茅森良子が現れた。完全に自制された笑みを携えて。


黒板の前に立つ彼女はその深い緑色の目で僕たちを見渡して、言った。

「茅森良子です。本日から、制道院で皆さんと一緒に勉強させていただくことになりました。よろしくお願い致します」

制道院は緑色の目の生徒が少ない学校だった。僕らが在学していた時代でも五人にひとりといったところで、さらにもう二〇年も遡《さかのぼ》るとその数は限りなくゼロに近づく。とはいえ、茅森の目が緑色だというだけであれば、僕たちはそれを受け入れる準備ができていた。反対に言えば、二〇パーセント程度の目は緑色をしているのだから。

僕が息を呑《の》んだのは、茅森の次の言葉だ。

彼女は、錯覚でなければまっすぐに僕をみつめて言った。

「将来の目標は、総理大臣になることです」

それを口にしたのが五つも年下の子供であれば、僕はほほ笑ましく感じていただろう。でもここは制道院だ。大人とは言えないまでも、思春期を迎えた僕たちの教室だ。彼女が語った目標への違和感は、同級生の大半が覚えたはずだ。

理由はふたつある。

まずは感情的に、彼女の言葉に共感できなかったこと。

いったい、今の時代に、誰が総理大臣を目指すだろう。そこにどんな幸せがあるというのだろう。クラスには家が病院でそれを継ぐために勉学に勤《いそ》しむ生徒がいた。反対に、家業から離れたくて良い大学を目指している生徒もいた。だが政治家というのはいない。茅森が宣言した目標は、僕たちの価値観からかけ離れたものだった。

もうひとつの理由は、彼女の言葉があまりに夢のようだったことだ。この国の歴史には、緑色の目をした総理大臣も、女性の総理大臣も存在しない。その両方を同時に成し遂げるというのだろうか。

だが背筋を伸ばして立つ茅森には、気負いも照れもなかった。このとき、僕が彼女から感じたものは自信だけだった。

茅森はちょうどよいサイズに自制された笑みを浮かべる。

「一年遅れではありますが、皆さんと同じ門をくぐれたことを嬉《うれ》しく思います。不慣れでご迷惑をおかけすることもあるかと思いますが、仲良くしていただけましたら幸いです」

彼女の声は、綺麗だった。

女の子の平均よりは低く、だが澄んでいて、どこまでも通る聞き心地の良い声だった。

僕が最初に、茅森に抱いた感情は、その声に対する劣等感だったのかもしれない。

＊

すでに五年近くも無口な人間として育った僕には、ひとつの特技があった。「たいていの話を聞き流してすぐに忘れられる」というものだ。

おそらく人は、喋ろうとするから感情的になるんだろう。自分の声に説得されるように、なにかを信じたり疑ったりする。初めから喋るつもりがなければ、他人の言葉というのは意外なくらいに心に残らず、ふわりと浮かんでどこかへ消える。幽霊が成仏するときみたいに。

誰もが茅森良子を気にしていた。僕の耳にも、嘘だか真実だかわからないあれこれが聞こえてきたけれど、意図してそれらの言葉から距離を置いた。だから茅森に関しては、なにも知らないに等しかった。

意外だったのは、綿貫条吾《わたぬきじょうご》まで彼女を話題にしたことだ。綿貫は入学したときから寮の同室で、僕の数少ない友人といえる。

つまらなそうに彼は言った。

「茅森は、紅玉寮《こうぎょく》に入ったみたいだな」

制道院には、男女三棟ずつの寮がある。

男子寮が、紫雲《しうん》、青月《せいげつ》、白雨《はくう》。女子寮が紅玉、黄苑《おうえん》、黒花《こっか》。これらの寮には明確な上下がある。単純にいって設備が違う。

僕たちが入っている白雨と、女子寮の黒花がもっとも下位にあたる。生徒間ではモノクロ組と呼ばれるこのふたつの寮はふたり部屋だ。それぞれの部屋に学習机がふたつと二段ベッドという構成になる。中等部一年は全員がモノクロ組に割り振られ、そのうちの半数は六年間を同じ寮で暮らす。

中位に当たるのが、男子であれば青月、女子であれば黄苑。こちらもふたり部屋だが、ひと部屋あたりのサイズが大きく、ベッドもそれぞれ個別のものになる。さらに学習部屋と呼ばれる大部屋が別にあり、そちらに寮生ひとりずつの机が用意される。制道院で彩色組といえば、基本的にはこのふたつの寮を指す。

そして最上位が、紫雲と紅玉だ。男女共に二〇名ずつ、計四〇名。在学生の一割に満たない人たちしか入居できない紫雲と紅玉では、シンプルに個室が与えられる。これらの寮は紫紅組《しこう》と呼ばれる。

中等部の二年生以降は、進級時に希望を出すことでより上位の寮に移ることができる。とはいえ部屋の数には限りがあるから、寮に入る生徒を学校が選定することになる。この選定基準は明らかにされていない。でも不文律のようなもので、生徒のあいだに共通認識がある。つまり成績と寄付金だ。

僕が制道院に馴染めなかったいちばんの理由は、この寮の構造だった。共同生活より慣れない洗濯より、三段階にわけられた寮の格差が苦手だった。

設備のことは別にいい。優秀な生徒が優遇されるのがアンフェアだとは思わない。寄付金に関しても当たり前で、世のひとり暮らしをする大学生だって社会人だって、多くの金を出せばよりよい部屋で暮らせるだろう。

でも制道院では、寮がそのまま階級を表す。位の高い寮に入っている生徒は、より下位の寮の生徒よりも偉いのだ。もちろんそうしろと校則に書かれているわけではないけれど、雨雲に似た重たいものが僕たちに覆いかぶさり、そのルールを受け入れさせる。簡単に言ってしまえば、伝統と呼ばれるものが。

綿貫が言った。

「中等部の二年で転入して、いきなり紅玉寮というのは前代未聞じゃないか？」

僕は明確な返事をせず、首を傾げるだけにとどめた。制道院の歴史なんか知らない。

綿貫の方も、僕の返事を求めていたわけではないのだろう。一方的に喋る。

「なんにせよ、馬鹿な話だよ。わざわざ紫紅組を選ぶのはな。人間関係なんて自然災害と同じだろう。人が集まれば荒れるものだろう。そんなものに飛び込んで、なんになるっていうんだ。ドン・キホーテよりなお悪い。風車に戦いを挑むのは笑い話で済むが、災害に自分から巻き込まれにいくのは二次被害を生むだけだ」

彼はよく喋る男だった。一方で、言いたいことをそのままは口にしない男だった。

つまり綿貫は、茅森を心配しているのだろう。制道院において寮は階級を表すが、逆差別のようなものも発生する。周囲から不当にみえる形で紫紅組になった生徒には風当たりが強い。入学直後からルームメイトだった綿貫にだけは、僕は声質を気にすることなく喋ることができた。思ったことを、そのまま口にする。

「ここのことを、まだよく知らないんだろう。個室が欲しかっただけじゃないのか？」

でも彼は首を振る。

「茅森は知っているよ。知っていて、あの寮を選んだんだ」

「どうしてわかるの？」

綿貫は僕の顔をみつめて、それから、ハンカチ落としみたいにそっと言った。

「あいつの養父は、清寺時生だぞ」

それは、初耳だ。

制道院において、清寺はある種の神格化された存在だった。

「本当に？」

「知らなかったのか」

「たしかなの？」

「少なくとも、本人はそう言っている」

「清寺時生が？」

と、僕は馬鹿げた質問をした。彼は昨年の秋、病で亡くなっている。そのことは大きなニュースになったし、制道院でも追悼式が行われた。

綿貫は僕の言葉を、冗談だと思ったらしい。軽い口調で答えた。

「まさか。茅森だよ」

本当に茅森良子が清寺時生の娘なら――綿貫は養父という言い方をしたけれど、なんにせよ彼と深い繋《つな》がりがあるのなら、茅森がこの学校の不文律を知らないなんてことはないだろう。清寺が在学していたころの方が、今よりもさらに、制道院が制道院らしかったはずだ。

綿貫は瞳《ひとみ》だけを動かして、ちらりと僕の顔をうかがった。

「お前はどうして、寮を変えなかったんだ？」

きっと本題は、こちらだったのだろう。

「紫雲に行けっていうのか？　あそこに入れるほどの成績じゃないよ」

「そう違和感もないけどね。青月なら、入っていない方が不思議なくらいだろう」

「青月だってふたり部屋だ。一緒に暮らすなら君がいい」

綿貫は顔をしかめる。

「気持ちの悪いことを言うなよ」

僕が青月寮に入れるなら、綿貫だって同じだ。成績も、家の資産も。彼は勉強ができるし、家は半導体を作っている会社だ。でも綿貫がこの白雨寮を出ることはない。

モノクロ組には、他の寮にはない設備がふたつだけある。入り口のスロープと、手すりつきの大きな個室トイレだ。

「喉が渇いた」

そう言って綿貫は、車椅子の車輪を回した。

彼は生まれつき、足が不自由だ。

*

茅森良子が清寺時生の関係者だったとしても、彼女への印象は変わらなかった。

自己紹介で堂々と、総理大臣になると宣言した少女のままだった。

いったいどんな考えで、彼女が総理大臣なんてものを目指すのか僕には理解できなかった。いや、どちらかといえば勝手にその目標の成り立ちを想像して、内心では顔をしかめていた。

一方で茅森は、愚かなわけではなかった。転入直後に紅玉寮に入る、なんて過剰に注目される行動を取りながら、その波に飲み込まれはしなかった。乗りこなすというよりは、硬く巨大な岩のように力強く荒波を打ち砕いていた。

単純に言って、茅森は優等生だった。その姿勢を徹底していた。学業が優秀で運動も問題なくこなし、注意深く、抜け目なく優しい。

誰もが茅森に注目していた。唐突に現れた少女が紫紅組に、そして清寺時生の娘にふさわしいのか判断を下そうとした。そして茅森は、ほんのひと月ほどでその審査員たちを——全員ではなくとも一部を納得させた。だが彼女が優秀であればあるほど、反感を抱く生徒もいるようだった。茅森良子は急速に敵と味方を作った。

僕はその姿を間近でみていた。

彼女が転入してきた直後——四月の上旬から、たまたま接点が生まれたのだ。僕も彼女も同じ、図書委員になったから。

彼女の性質は、図書館でもいかんなく発揮された。

委員の仕事を瞬く間に覚えた彼女は、獲物を狙う肉食獣みたいに周囲を観察して、鋭利な爪で引っ搔《か》くように手を差し伸《の》べた。先回りして資料を準備し、遅れている作業を手伝い、時間があれば新たな仕事をみつけてくる。

彼女に尊敬の目を向ける生徒と、苛立《いらだ》たしげに睨《にら》む生徒がいる。

茅森は徹底して、そのどちらにも同じ笑みを返した。

五月の半ばのある日、僕は彼女とふたりきりで貸し出しの当番になった。

茅森がよく働くものだから僕にはほとんど仕事が回ってこず、加えてほかの、彼女に敵意を向ける生徒もいなかったその時間は、ずいぶん平穏に流れた。

とても天気の良い日で、制道院の図書館は住居として作られた洋館を移築したものだったから、居心地も悪くない。本を管理している部屋には窓にカーテンを引いているけれど、玄関から直結する、貸し出しカウンターがあるスペース——もともとはリビングだった部屋だ——に日焼けを気にする蔵書はない。ここには読書や勉強のための机が並んでおり、大きな窓から暖かな光が射しこんでいた。

まるでピクニックに行って、レジャーシートを敷いて、日向《ひなた》ぼっこをしながら昼寝をしているみたいだった。実際僕は、カウンターの席で船を漕《こ》いでいた。気がつくと窓から射す光は夕日の茜《あかね》色に染まり、足元は薄い影に沈んでいた。

居眠りから目覚めたとき、僕は軽く混乱した。今自分がどこにいるのか、ほんのわずかな時間、見失っていた。そのせいで「坂口《さかぐち》くん」と名前を呼ばれて、とくに注意もなく返事をしてしまった。

「なに?」

その声が、冗談みたいに裏返る。な行は注意しなければいけないのに。頬が熱くなり、夕焼けが赤面を隠してくれるよう願う。

顔を上げると、隣に座った茅森がこちらを覗《のぞ》き込んでいる。

「綺麗な声」

なんて皮肉だ。茅森はにたにたと楽しげに笑う。思わず反論しそうになり、僕は息を吐いて誤魔化す。さっさと受け入れてしまえと思うのだけど、いまだに綿貫のほかに、素の声を聞かせるのは苦手だ。

どうにか心を落ち着けて、できるだけ低い声で僕は言い直す。

「なに」

「もう閉館だよ」

「そう」

「坂口くんは寮に戻っていいよ」

「君は？」

「いちおう、中川先生の確認がいるから」

司書教諭の中川先生は見当たらなかった。なにかしらの雑務をしているのだろう。先生は凝り性で、手を動かし始めると時間を忘れる傾向がある。

僕は席から腰を浮かせる。

「捜してくるよ」

「いいよ。先生の仕事が終わるまで待っている。寮に戻っても、夕食まですることがないし」

「ここにいても、することはない」

「本を読んでいればいいよ。それに、棚の整理をしたいから」

「整理？」

「五十音順に並べ直すの、けっこう好きなんだよ」

そう、と僕は、胸の中だけで答える。

省いてもいい言葉は口にしないことが、いつのまにか癖になっていた。

「じゃあ、僕はあ行から」

彼女に背を向けて、蔵書のある部屋に向かう。茅森が後ろをついてくる。

「帰っていいよ？」

「僕も、することがない」

旧リビングから、二階にある旧ベッドルームに移動する。著者名の頭文字が「あ」から「そ」までの小説はこの部屋にある。

あ行の本棚を眺めると、江戸川乱歩《えどがわらんぽ》の少年探偵団シリーズのあいだに、安部公房《あべこうぼう》が混じっていた。僕は安部公房を抜き出す。その本があるべきところは、本棚のいちばん上の段だった。残念ながら、僕の手が届かない段だ。正確にはなんとか指先が触れるくらいで、上手く本を差し込めない。

僕がきょろきょろと踏み台を探していると、茅森が言った。

「貸して。私がやる」

茅森は僕よりも少し背が高い。比べたことはないけれど、おそらく手も長いだろう。無理をして低い声で「ありがとう」と応《こた》えて、安部公房を差し出す。それを受け取った茅森は、だが本を棚に戻す前に僕をみつめた。

「貴方《あなた》は、不思議ね。プライドが高そうなのに」

意味がわからなくて、僕も茅森をみつめる。彼女は言った。

「プライドが高い人は、まだ私を無視するでしょう？　とくに、こんな風に、できないことをやってあげようとしたときには、たいてい怒った顔になるもの」

なんだか少し、いらいらする。僕は短く答える。

「高いよ。だからだろ」

さすがに省略しすぎだろうか。

小学生のころ、僕はプライドが高い子供だった。あのころよく言えば大人びていた僕は、生意気だったとも表現できる。正直、同年代どころか、大人たちだって見下していた。取り立てて尊敬できる人もおらず、僕は賢いのだと無根拠に信じていた。今はもう違う。制道院に入って、僕は自信を失った。でも正しいプライドの持ち方くらい知っている。

できないことは認めるべきだ。手助けしてもらったなら礼が必要だ。そしてできなかったことは、できるようになるまで努力する。これまで身長を伸ばす努力というのはしてこなかったけれど、手遅れではない。僕の成長期はまだ三年くらい続くはずだ。

なんてことを言いたくて、言葉を補おうとしたけれど、その前に茅森はささやいた。

「やっぱり私のライバルになるのは、坂口くんじゃないかって気がするな」

ライバル、と僕は胸の中で反復する。あまり恰好良い言葉ではない。さらにいうなら、普段の茅森が使いそうな言葉でもない。でも、教壇で自己紹介をしたときの彼女には似合うような気がした。

茅森は刺すように笑う。

「私には目標がある。ずっと先まで」

僕は思わず、「総理大臣」と口に出した。な行が含まれていなくてよかった。

茅森は笑みを変えない。

「それも目標のひとつではある。でもゴールじゃない」

「じゃあ、ゴールは？」

「人類の平等」

「本気で言ってる?」

「私、嘘をついたことがないの」

僕は内心では、すでに彼女を認めつつあった。

少なくともなんの努力もせずに漠然と「将来の夢は総理大臣です」と言っているわけではないのだろう。彼女は本当に総理大臣を目指しているのだ。現実的に、力強く。

茅森は続けた。

「なんにせよ、もっと間近な目標もある。私はとりあえず、この学校の生徒会長になる」

「そう」

好きにすればいい。

この子なら、それくらいは成し遂げるかもしれない。

「それから首席で制道院を出て、大学は法学部に進む。知ってる? 司法試験に合格していれば、あとは推薦だけで政策担当秘書になれる」

まったく知らない。興味もない。

「頑張って」

と僕は答えた。

それは、わざわざ口にする必要のない言葉だった。僕がなにも言わなくても、彼女は勝手に頑張るだろう。トップの成績でこの学校を卒業し、大学で効率的に資格を取り、味方と敵を増やし続けて政治家になるんだろう。総理大臣はわからないけれど、そこそこ名の知られた政治家に。でも彼女の人生がどれほど輝かしいものでも、僕には関係ない。

そのはずだった。なのに、茅森は言った。

「貴方も頑張って」

どうして？　とは尋ねなかった。

なんだか意外で、上手く言葉の成り立ちを想像できなかった。黙り込んでいる僕に、彼女は続ける。

「ここに来る前に、色々調べてみたんだよ。制道院の同級生じゃ、坂口くんに勝てれば、私がいちばんだと思っていた」

「そう」

「どうして、テストを白紙で出したの？」

僕は答えなかった。答えることが恥ずかしかった。

昨年から、僕はずっと意地を張っている。その姿勢は恰好悪く、子供じみている。高い声と同じように。でもその意地を捨てる方法を僕はまだ知らない。

くすりと笑って、彼女は右側の頬を指さした。

「ほっぺた、汚れてるよ」

僕は頬を押さえた。

2、茅森良子

私は両親を知らない。

父親の方は名前さえわからない。戸籍にも記載されていない。

母は私が幼いうちに亡くなっている。とはいえ生まれてから四年近く共に生活をしていたはずで、なにかしら思い出のようなものがあってもなにも不思議ではないけれど、どれほど考えてもなにひとつ浮かんでこない。母の写真をみると、わずかに懐かしいような気がするだけだ。

私のいちばん古い記憶は、ちょうど四歳の誕生日に「若草《わかくさ》の家」という児童養護施設に引き取られたときのものだ。それが四歳の誕生日だとわかるのは、夕食にバースデイケーキが出たからだった。

私の人生は、若草の家から始まっている。

両親の記憶がない、というのは、私にとってはむしろ幸福なことのように思える。若草の家での生活に、不満らしい不満はなかった。母に会いたいと言って泣いた記憶もない。ただ忘れているだけなのかもしれないけれど、今現在は。

私は若草の家から、幼稚園や小学校に通った。家が施設であるというだけで、他は周りの子供たちとこれといった違いはないはずだ。なのに、残念なことではあるが、小学生になるといじめのようなものを受けた。優しくしてくれるクラスメイトからも、どこかこちらを見下しているようなニュアンスを感じたのを覚えている。

残酷な言葉も優しい言葉も、私にとってはあまり違いのないものだった。同じように苛立っていた。——もしも私とあなたが同じ立場なら、その言葉を口にした？　そう感じるたびにいちいち、悲しんだり、苦しんだりもしたものだ。今でも思い返すと感情が膨らんで、全身が震えるような記憶もある。おそらくどれだけ言葉を尽くしても伝わらない、個人的な仄暗《ほのぐら》い体験がある。

当時はそのすべてに、口を閉ざすことで耐えていた。ひたすら身を丸めて、なんとか悪意や、善意のふりをした鈍い刃《やいば》から身を守っていた。幸運なことに私には優秀な盾が与えられていた。若草の家の職員はみんな優しく、幼い私に対しても誠実だった。

おそらくあそこは、この国でも屈指の恵まれた児童養護施設だ。職員の質が高かったのは、純粋にお金をかけていたからだと今ならわかる。若草の家には有力な出資者がいた。それが、清寺時生だった。

私が清寺さんに会ったのは、九歳のときだ。

ある日、小学校から若草の家に戻った私は、すぐに院長室に向かうよう言われた。そこで、来客用のソファーに座っていたのが、清寺さんだ。

清寺さんは当時七二歳だった。私にしてみれば充分にお爺《じい》ちゃんといえる歳だが、外見はもう少し若くみえた。彼は品の良い三つ揃いのスーツをきっちりと着ていた。彫りの深い顔立ちで、身体も大きく、私の目には怖ろしく映った。

そのとき清寺さんとどんな話をしたのか、正確には覚えていない。施設での生活や、小学校のことを訊《き》かれたのだと思う。

当時の私はまだ、清寺時生という人について詳しくなかった。

若草の家に多額の寄付をしていることと、有名な映画監督だということは漠然と知っていたが、その程度だ。彼の作品が世界的に評価され、現在の多くの映画に影響を与えていること。その作品に含まれる倫理的な側面も注目され、広く人権保護という観点からも発言力を持つ人だということなどは、この時点ではまだ知らなかった。もしも私が彼の作品を一本でも観ていたなら、あのときの会話は、鮮明に記憶に残っていただろう。そう考えると、無知だった自分をいささか残念に感じる。

短い会話の終わりに、清寺さんは言った。

「僕の家族にならないか?」

その言葉だけは、はっきりと覚えている。

彼の口調は、優しくはなかった。一方で高圧的でもなかった。テストに書かれた出題文の一行みたいに、なんだか乾燥していた。

私は困ってしまって、上手く返事をすることもできなかったのではないかと思う。当時は若草の家こそが私の家庭で、そこを離れるなんて想像もつかなかった。

「考えておいてほしい」

清寺さんの言葉に、私は曖昧《あいまい》に頷いた。

この日のおよそ半年後から、私は清寺さんの家で生活することになる。

そうするように強制されたわけではない。本当に。選択権は私にあり、私は彼の許《もと》に行くことを選んだ。それでも、若草の家を離れる前の日の夜は涙がこぼれた。

清寺さんの家に行こうと決めたのは、何本かの映画作品を観て、彼への興味が湧いたことが理由だ。小学四年生だった私にとって、清寺時生の映画はわかりやすいものではなかった。とくに初期のものはモノクロで、なんだか距離を感じた。でも全体のストーリーが意図するところはぼんやりと受け取れたし、いくつかの台詞《せりふ》には胸を打たれた。

それに、もうひとつ。おそらく私は、純粋に「親」というものを求めていたのだろうと思う。こちらの方が、若草の家を離れることを決断した、より強い理由かもしれない。

クラスメイトたちが当たり前に持っているもの。でも私は持っていないもの。そのことを理由に、心ない言葉を投げつけられたり、過剰に同情されたりするもの。私にとって親というのはあまりに未知の存在で、一度触れてみたかった。

だが実際のところ、私は清寺さんの娘になったわけではない。法的な養子縁組はなされなかった。あくまで養育を目的とした里親だった。

清寺さんの家に移り住んだころ、彼は仕事で忙しそうにしており、だいたいは東京に持っていた事務所か、海外で過ごしていた。清寺さんが私や奥様と食事を共にするのは、月に数度というところだった。それでも私がやってくる前よりは状況が改善されたのだと聞いた。

清寺さんの家は大きかったが、人は少なかった。彼には子供がおらず、家族といえば五つ年下の奥様だけだった。あとはふたりの使用人が住み込みで働いていた。

私は奥様に気に入られたようで、子供心にも過剰ではないかと思えるくらい、様々なものを与えられた。部屋は広く、ベッドは柔らかで、衣類はTシャツの一枚に至るまで高価なブランドのものだった。転校先の小学校までは車の送迎があり、週に二度は家庭教師がやってきた。もしも私の幼少期がひとつの童話であったなら、ハッピーエンドを迎えたともいえるのだろう。でも、もちろん私には、これが結末なのだという思いはなかった。清寺さんの家に移り住んだのは、私がほんの一〇歳になったころの話で、人生はまだまだ続く。しかも現状、目の前にある幸せは私自身が勝ち取ったものではない。

なにひとつ不満のないはずの生活に私が感じていたのは、後ろめたさのようなものだった。

＊

なぜ清寺さんが私の里親に名乗り出たのか、あの人に尋ねたことはない。聞けば意外にあっさりと答えてくれたのではないか、という気もする。

なんにせよその理由は、わざわざ聞くまでもないものだった。

私の母親の姓は茅森だが、世間では月島渚《つきしまなぎさ》という名前で知られている。

月島渚は、四本の映画に主演した女優だ。そしてその四本ともが、清寺時生の作品だった。

＊

母について、清寺さんと話をしたことがある。

「親友だった。歳は離れていたけどね」

と彼は言った。

「あの人のいちばんの魅力は、純情だったことだよ。カメラにもそれがよく映った。僕の作品は彼女の純情さを求めていた。あの人が演じる姿をイメージすれば、するすると作品にとって正しい言葉が思い浮かんだ。朝顔がつるを伸ばすように」

作品にとって正しい言葉、と私は反復した。

このころの私は、母の話よりも、彼の作品の成り立ちに興味があった。

清寺さんは頷く。

「どんな作品だって奥深くに正しい言葉を隠し持っている。画面も演出も、正解はあらかじめ用意されている。人類が発見する前から、正しい数式は正しいように。僕らは必死にそれを探す。一〇〇点はとれないが、それににじり寄ろうとする意志を創作という」

「清寺さんでも、とれないの？」

「とれないよ。これが正解だ、という風に納得するのは弱さだ。間違い続けている苛立ちから目を背けてはいけない。だから映画監督というのは、全員が嘘つきだ」

「どうして？」

「この作品はだいたい七〇点です、なんて言うわけにはいかないからね。それは観客への裏切りになる。いつだってこれで完璧《かんぺき》なんだという顔をしていなければいけない」

「そっか」

それは大変な仕事だ、と子供心に思ったことを覚えている。

清寺さんは、話を私の母に戻した。

「彼女はいつまでも純情な人だった。それはかけがえのない魅力だったけれど、だから傷つきやすく、苦しんでいた。僕はあの綺麗な親友を守りたかった。でも、上手くいかなかった」

今考えると、ひやりとする質問を、私は口にした。

「どうして清寺さんは、お母さんを撮るのをやめたの?」

月島渚は二〇代のはじめから数年ごとに、四本の清寺さんの映画で主演した。けれどそれ以降、彼女がスクリーンに映ることはなかった。表舞台から姿を消し、四二歳で死んだ。

悲しげなニュアンスで微笑んで、清寺さんは答えた。

「ひどく怒らせてしまったんだよ。最後まで許してもらえなかった」

私はもうひとつだけ、踏み込んだ質問を続けた。

こちらは当時でも、覚悟のいる質問だった。

「もしもお母さんの目が緑色じゃなくても、お母さんの映画を撮った?」

清寺さんは、私の目をじっとみつめた。

「同じ質問を、彼女からも受けた」

清寺さんは私よりもずっと年上で、身体も大きかった。世界に知られた映画監督で、間違いのない成功者だった。なのに私からみたあの人は、いつも傷ついているようだった。

「彼女の目は綺麗だったよ。君の目と同じように」

その言葉は普段以上に感傷的に聞こえて、私はわけもわからず、「ごめんなさい」と口にしていた。

＊

清寺さんは一貫して私に優しかった。甘かった、と言い換えてもいい。

あの人が私の考えに反対したのは、ただの一度きりだ。

それは進路のことだった。小学六年生になるころには、私は制道院に入りたいと考えていた。つい最近まで清寺さんが客員講師を務めていた学校だから興味があったし、すでに政治家を目指すことを決めていた私の将来にとっても魅力的だった。

そう打ち明けると、清寺さんは軽く首を振った。

「君に似合う学校じゃない。きっと、つらいことがたくさんある」

清寺さんの言葉に、間違いはないだろう。

でも私は、その「似合わなさ」が欲しかったのだ。ぼんやり立っていたら勝手に現れた救いに満足していたくはなかった。明確に自分の意志で歩き始めた道を求めていた。それが暗く冷たい道だったとしても、強く。

一方で私は、清寺さんにわがままを言える立場ではなかった。純粋に彼への強い感謝があった。人としての尊敬もあった。なにより制道院はお金のかかる学校だった。清寺さんがそんなことを問題にしているわけではないと知っていても、お金のことは私にとって負い目であり続けた。

私は結局、制道院ではない中学校に進んだ。それでも胸の中の葛藤《かっとう》は消えなかった。身勝手で力強い、すぐに私の思考を支配してしまう葛藤だ。どうしても制道院に入りたかったわけじゃない。ただ私は、もう守られていたくなかったのだ。冷ややかなものに身を晒《さら》していたかった。

清寺さんが倒れたのは、その春のことだ。

私は過労だと聞いていた。でも実際には肺にできた癌が理由で、転移もあったのだと後から知った。

清寺さんは自身の身体のことを、知っていたのだろうと思う。

病院のベッドの上で、諦めた風に言った。

「制道院に移るなら、いちばんになりなさい。それが君を守ってくれる」

躊躇《ためら》わずに私は答えた。

「わかりました」

その日の夜にはもう、制道院の学習内容が届いていた。

一般には公開されていない資料が手に入ったのは、清寺さんと制道院に強い繋がりがあったことが理由だろう。加えて、制道院はテストの上位一〇名を学内で公開しており、その結果であれば手に入れるのも難しくないようだった。

制道院の学力は、やはり高い。でも驚くほどでもない。

私が首席を取るのに、邪魔になりそうなのは二、三人で、中でもトップが坂口孝文《たかふみ》だった。

私は顔も知らないその少年を、仮想敵に定めた。

それからは毎日のように、坂口のことを考えて過ごした。少しでも怠けそうになると、すかさずその名前を唱えた。「君はその程度なのか?」「やっぱりうちでやっていくのは無理なんじゃないか?」なんて風に、勝手に彼の言葉を捏造《ねつぞう》して、ひとり怒りに燃えていた。

一学期の中間テストでは、坂口に少し負けていた。彼の存在は良い刺激になった。私は期末テストでその差をずいぶん詰めた。このペースであれば、次のテストで逆転する。そう確信していた。

でも、彼の名を追いかけるのは、二学期に入ってすぐにやめた。

その年の九月に、清寺さんが亡くなったから。

あの人は息を引き取る前に、私が制道院に転入する準備を済ませていた。葬儀を終えた日の夜に、清寺家の使用人が、大きな封筒に入った資料を渡してくれた。

その資料にはメモ用紙が添えられていた。

――君が約束を守ることを知っているけれど、僕にはそれを見届けられそうにない。

思えばこれが、清寺さんが私に宛てた、最初で最後の手紙だった。

でも私はそれが彼の肉筆だと一目でわかった。筆跡に確信を持てる程度には、私は清寺時生のファンだった。

＊

制道院への入学で価値を持つのは、成績と寄付金、そして推薦状だ。

清寺時生の推薦は、最高のカードのひとつだった。私の入学は、実質的には彼が亡くなる前に決まっていた。

私は三月の終わりに、形だけの転入試験を受けるために制道院を訪れた。

清寺さんが亡くなったあとも、勉強は続けていた。強い意志で、というわけではない。ただ、意地はあった。私は「制道院でいちばんになる」という約束を果たしてこの学校に入るつもりだった。

がらんとした教室でひとりきり受けた転入試験では、充分な結果を出せたはずだ。

その手応えに満足して、廊下を歩いていると、各学年の成績上位一〇名が張り出されているのをみつけた。学期末テストの結果だった。

私の目は自然と、坂口孝文の名前を探した。そしてずいぶん混乱した。

そのトップ10には、入学以来最高点を取り続けていたはずの彼が、どこにも載っていなかった。

＊

私は制道院において、いくつもの意味で目立つ生徒だろう。

なら、思い切り目立ってやろう、というのが私の方針だった。

全員が私に注目すればいい。様々な種類の悪意を向ければいい。私はそのすべてに笑みを返してあげる。戦いにもならないくらいに、圧倒的に優しく。

私に入学の説明をしたのは、橋本《はしもと》という名前の、まだ若い男性教師だった。

彼の声色は、懐かしいものだった。

「困ったことがあれば、なんでも言ってね」

まだ若草の家にいたころ、小学校の教師たちは同じ声で、同じ言葉を私に告げた。こちらを弱く、庇護《ひご》すべきものだと信じ込んでいる声だった。

ありがとうございますと微笑んで、私は尋ねる。

「では、さっそくお願いしてもいいですか？」

「うん。なんだろう？」

「同級生の顔と名前を知りたいんです。はやく友達を作りたいから」

私がそう頼むと、橋本先生は拍子抜けしたように笑った。

「良い心がけだね」

彼は教員用のクラス名簿を渡してくれた。私はその名簿で初めて、坂口孝文の顔を知った。予想に反して、彼は可愛らしい少年だった。バストアップの写真でもおそらく小柄なのだろうということがわかった。

でも、私にとってより重要なのは、名簿に併記されている寮の方だった。

紅玉寮に入る生徒は二〇名だ。高等部の三年生が七名、二年生が六名、一年生が三名。さらに中等部の三年生と二年生が二名ずつで、計二〇名。つまり中等部二年からに限定すれば、たったふたつの席の一方を、転入生である私が奪い取ったことになる。

「この子は、寮も同じですね」

と私は、クラス名簿のひとりを指さす。桜井真琴《さくらいまこと》という名前の、髪の長い生徒だった。写真の中の彼女は、こちらに深いブラウンの瞳を向けて無邪気に笑っている。

「ああ。良い子だよ。君もすぐに仲良くなれると思う。勉強もよくできて――」

知っている。桜井真琴というのも、成績上位者でみた名前だった。でも女子生徒の中でいちばん、というわけではなかった。私が知る限りでは、彼女を成績で上回っていた女子生徒がひとりいた。だがそのことには触れなかった。

「桜井さんとお話しするのが、楽しみです」

とこの場では、橋本先生の言葉に頷くだけにとどめた。

*

桜井真琴に初めて会ったのは、始業式の前日だった。

それは私が、紅玉寮に入った日でもある。

紅玉寮での私の扱いは、だいたいがイメージ通りだった。私は寮母さんと、寮長をしている高等部の三年生に続けて挨拶《あいさつ》をした。ふたりは共ににこやかだったけれど、寮長の方は笑みが硬い。クオリティの低い作り笑いだ。正面からネガティブなことを言われるわけではないけれど、歓迎されていない雰囲気は伝わった。

他の生徒への挨拶は夕食のときで良いということで、私は自分の部屋に向かった。その途中、ふたりの寮生とすれ違い、できるだけ明るくみえるよう心掛けて挨拶をした。一方はぶっきらぼうに「よろしく」と応えただけで、もう一方は返事もなかった。

紅玉寮の外観は、古風な木造の洋館といった感じだ。壁は横長に張られた板が白に近いクリーム色で塗られていて、屋根は深い赤だ。柱の塗装はこげ茶色で、よいアクセントになっている。だから自室にもそれなりの趣を期待したのだけれど、そちらはあまり美的な感覚が重視されたものではなかった。一〇年ほど前に改装したそうで、味気ないフローリングに現代的な家具が置かれた、ごくありきたりな賃貸マンションのワンルームにみえた。窓だけはこの洋館が建った当時のままなのだろう、洒落《しゃれ》た出窓で、明らかに浮いている。

私はそれほど大きくもないトランクを床に置いて、荷ほどきよりも先に、ベッドに身を投げ出した。ベッドのマットはぶ厚くて、それなりに良いものを使っている。

紅玉寮を選んだ理由は、いくつかある。

制道院のトップに立つために――それを周囲に認めさせるために、紅玉寮に入るのが最適だったこと。この寮には成績も家柄も良い生徒が多く、上手く人間関係を築けたなら、将来の役に立ちそうだということ。それに個室が欲しかったこと。

できるだけ上手く強がっているつもりでも、不安は湧き上がってくる。親のいない子として若草の家にいたころから、まだ四年も経っていないのだ。制道院という学校に、私は不釣り合いなのではないか。清寺さんがいたなら心境は違ったのかもしれないけれど、彼は去年の秋に亡くなった。今もまだ彼のことを思い出して、泣きたくなることもある。でも人前で泣くのは嫌いだ。独りきり、弱い自分でいられる場所が欲しい。だから個室が欲しかった。

ベッドでうつ伏せになり、枕に顔を押しつけて考える。

――私は欲張りでなければいけない。

ひとつも諦めるつもりはない。みんな手に入れる。とりあえずは、この学校で得られるものをみんな。好意も敵意も善意も悪意も、なにもかもを受け取って私の武器にする。圧倒的に強い私になってここを卒業する。

頭の中では、これから私に投げかけられる言葉を想像していた。そのひとつひとつに、いちばん効果的な反撃を考え抜いた。そうしているとノックの音が聞こえた。

私は慌ててベッドから起き上がる。服の皺《しわ》を手のひらで直しながら、「はい」と返事をする。ドアはなにも言わない。

私は一度、深呼吸をして、ドアノブを回した。

そこに立っていたのは、髪の長い女子生徒だった。私よりは小柄だ。とはいえ私は背が高い方だから、まあ平均的な身長だろう。

「初めまして、桜井さん」

私が名前を呼ぶと、彼女は驚いたようだった。口元に、素直に感情が出る子だ。

「私を知っているの？」

「まだ名前くらいだよ。クラスも寮も同じなのは、桜井さんしかいないから」

よろしくお願いします、と私は会釈する。きっと綺麗に笑えている。

彼女は顎《あご》を引いて私を睨んだ。

「今すぐに、この寮を出て」

その言葉は、想定していたもののひとつだった。

私は困り顔を浮かべてもよかったのだけど、そうはしなかった。笑みを崩さずに尋ねる。

「どうして？」

「貴女《あなた》はここに、ふさわしくないから。どんな家の子だか知らないけど、紅玉寮は寄付金だけで入っていい寮じゃないの」

これも。まあ、わざわざ口に出すほど単純な人はいないと思っていたけれど、私に向けられるありふれた疑問だろう。

だから、混乱しない。受け流す言葉を用意している。

「どうして怒っているの？」

怒っているわけじゃない、といった反応を予想していた。でも、それは外れた。

大きな声で桜井は言う。

「貴女がルールを無茶苦茶にしたからよ」

「ルールってなに？」

「紅玉寮に入るのは、朋美《ともみ》のはずだった」

知っている。八重樫《やえがし》朋美。彼女の成績は常に、桜井を上回っていた。

「なるほど。つまり、私よりも八重樫さんの方がこの寮にふさわしいのに、そうなっていないから怒ってるのね」

「そうよ。どうして、貴女なんかが――」

「この寮には、どんな人がふさわしいの？」

咄嗟《とっさ》には答えが出てこなかったのだろう、桜井が口をつぐむ。

彼女の言い分は、端的に言ってでたらめだ。入寮の選考に疑問があるのなら、文句は学校に言うべきで、私の知ったことではない。でも私はそんな反論はしない。それは私が立っていたい場所ではないから。

「桜井さんの話はわかった。でも私たちはまだ、お互いのことをよく知らないよね？　私がこの寮にふさわしくないのなら、具体的に指摘して欲しい。その通りだと思ったら、ここを出ていくよ」

話はこれで、おしまいだ。

でも私の方から会話を打ち切ってあげるつもりはなかった。

「部屋に入る？　この学校の話を聞かせてくれると嬉しいな」

彼女はようやく、言葉を思い出したようだった。可愛い顔を歪《ゆが》めて言った。

「嫌よ。貴女と話すことなんてない」

「そう。残念」

そっちから会いにきたくせに。

私はドアを閉めかける。でも閉まり切る前に、言った。

「紅玉寮に、ふさわしい振る舞いを心がけましょう。お互いに」

ドアの隙間からみえた桜井は、顔を引きつらせていた。私は音をたてないように注意してドアを閉める。

成績だけが基準であれば、私が奪った席は、八重樫ではなく桜井のものだったはずだ。なのに桜井はこの寮に入り、八重樫が弾《はじ》き出された。つまり個人の能力ではどうしようもないことを理由に、入寮の選定はなされたのだ。彼女はそのことを、どう考えているのだろう。

――ま、なんでもいい。

私は、彼女と同じ場所まで下りはしない。

若草の家にいたころ、周囲の人たちは自然と私の上に立っていた。大人も子供も変わらず。善意、悪意の区別もなく。学業の成績でも、運動能力でもなく、家庭の環境と身体的な特徴を理由に、私の立ち位置は常に最下層だった。

私は上に立つために、ここにきた。自分の足で。自分の意志で。

だから、誰も嫌わない。個人的な怒りを表に出さない。周りのみんなを私よりも弱いものとして扱って、どんな不条理だって正面から受け止めてやる。

そう決めていたけれど、多少疲れて、私はまたベッドに倒れ込んだ。

＊

想像の通り、私は嫌われていた。

理由は、桜井がわざわざ言いに来たものと同じだろう。あの子はルールと表現したけれど、つまり私が制道院の秩序を乱したのだ。転入してすぐに紅玉寮に入ったことで。

とはいえ誰もが、桜井のように振る舞うわけではなかった。始業式の日には、私に話しかけてくれるクラスメイトも少しはいた。私もできる限り愛想よく対応していたはずだけど、でも間もなく、私はクラスで孤立した。

単純に考えるなら、その理由はやはり桜井だろう。紫紅組の生徒は、この学校では特別な地位を持つ。だが桜井が昨年の成績で紅玉寮に入ったのに対して、私の方は傍目《はため》には理由がわからない。桜井が私を嫌っているなら、自然とクラス全体に「茅森に近づくべきではない」という雰囲気が生まれる。

誰もが私を避けたがっているさなか、ホームルームでそれぞれの委員を決めた。まず投票でクラス委員長を男女ひとりずつ選び、彼らの取り仕切りで残りを進める。女子のクラス委員長は桜井だった。

私は図書委員に立候補した。

はい、と言って手を挙げると、教壇に立つ桜井が私に冷たい目を向ける。

「ほかに、立候補する人はいますか？」

と彼女は言った。手は挙がらない。

「では、女子の図書委員は、茅森さんにお願いします。男子で、図書委員に立候補する人はいますか？」

教室は静まり返っている。戦地で気弱な兵士たちが潜む塹壕《ざんごう》みたいに。

みんな、決して撃たれたくないのだ。不用意に危険な場所に歩みを進めたくない。好きなだけ怖れればいい、と私は胸の中でささやく。このあとのじゃんけんで負けた不運な誰かひとりが、私の銃弾の餌食《えじき》になる。できるだけ優しくしてあげる。

だがやがて、教室が別の音を立てる。何人かが驚きで息を吞む、ささやかな音の集合が奇妙に大きく聞こえた。

声も出さずに手を挙げたのは、坂口孝文だった。彼はクラス中の視線を集めながら、へんに真面目な顔で黒板をみつめていた。

「どうして？」

と誰かが言った。

実際にそれを口にしたのは、桜井だったように思う。でも確信を持てなかった。私自身がつぶやいた言葉のような気がしていた。

坂口と私に、繫がりはないはずだ。私が一方的に、ライバル視していた相手。でも勝手にその座から脱落した相手。今となってはもうクラスメイトのひとりでしかない、寡黙で小柄な、背景のような少年。

――どうして、貴方が手を挙げるの?

誰かの質問に坂口が答える。

「本は好きだよ。慣れてもいる」

彼はずいぶん短く喋る。慣れている、というのは、図書委員の仕事に、ということなのだろうけれど、もっと別の意味も含めているように聞こえた。たとえばこういった、静まり返った教室で手を挙げるのに慣れている、というように。

長い沈黙のあとで、桜井がぼそぼそと告げる。

「では、男子の図書委員は、坂口くんにお願いします」

坂口は私の戦場を、表情もなく横切っていったのだ。発砲の音は聞こえなかった。

気がつけば私は、その小柄な少年の横顔に目を向けていた。

*

「どうしようもない頑固者だよ」

と坂口を評したのは、綿貫条吾という名前の男子生徒だった。

彼は同じ学年だが、クラスが違うため面識はなかった。でも坂口のもっとも親しい友人だと聞き、私の方から声をかけた。

現在の制道院では、車椅子で生活を送っているのは綿貫ひとりだけだったから、彼をみつけるのは難しくなかった。放課後の校庭の片隅で、私は綿貫を呼び止めた。そのとき彼は寮に戻る途中で、小柄な女子生徒に車椅子を押されていた。

綿貫は腕を組んでこちらをみつめる。冷たい目だった。

「オレは坂口が、自分の意見を曲げるところをみたことがない。でも争うのが好きなわけでもない。だからあいつは、いつも馬鹿みたいにぼんやりしているんだよ。氷の上で寒さに耐えるペンギンみたいに、じっとやり過ごしている。本当に許せないものが、うっかり目の前に現れるまでは」

その話で、すっきりと腑《ふ》に落ちたのはひとつだけだった。たしかに坂口の雰囲気はペンギンに似ている。

「坂口くんは、なにが許せないの？」

「さあ。それは本人に訊いてくれ」

「訊いたら教えてくれると思う？」

「適当にはぐらかされるだけだろうな」

私は笑う。

「ならやっぱり、貴方から聞くしかないじゃない」

綿貫も、仄かにほほ笑んだ。彼は笑うと心優しい少年にみえる。

「オレからも話せることはないよ。実際、よく知らないんだ。坂口のことは」

「でも、友達なんでしょう？」

「だから友達なんだよ。踏み込むべきじゃないところには、踏み込まないのが友情だ」

なかなか詩的な言葉だ。

でも納得はできない。

「そんなの、誰にもわからないでしょう」

「そんなの？」

「つまり、貴方が言う踏み込むべきじゃないところ」

相手が嫌がるところまで踏み込んで、問題が悪化することも、改善することもあるだろう。どちらが正しいのかなんて結果でしか測れない。ただ傍観している方が、責任を感じなくて気楽だ、というだけのように思える。

「そうかな」彼は深い皺を眉間《みけん》に寄せる。「そうかもな。でもわからないものに、オレは近づきたくないよ」

行こう、と綿貫は、小柄な女子生徒に声をかけた。彼女は小さく頷き、再び車椅子を押し始める。

私の方は、まだこの会話を終わらせるつもりがなかった。

「どうして坂口くんが成績を落としたのか、知ってる？」

そう声をかけると、綿貫が――正確には、彼の車椅子を押す女子生徒が足を止めた。綿貫は彼女を見上げて言う。

「すまない。今日は、ここまででいい」

女子生徒はまた頷き、ひとり寮の方へと歩いていく。

私は車椅子に近づいて、小声で尋ねる。

「恋人なの？」

綿貫は、自嘲《じちょう》にみえる笑みを浮かべた。

「制道院では、恋愛は禁止されている」

「正確には、不純な異性交遊が」

「なにが不純なのか、オレにはわからないけどね。少なくともオレとあいつは、残念なことに性別が違う」

「それで？」

「足が動かないのは面倒だが、少しは良いこともある。放課後をあの子と過ごす言い訳にはなる」

「それはよかった」

と口にしてから、皮肉に聞こえなかっただろうかと心配になった。まったくの自爆だけど、それで動揺して、尋ねる必要のないことを口にする。

「あの子が八重樫さん？」

八重樫朋美。私が、紅玉寮の席を奪った生徒。

綿貫は少し驚いたようだった。

「知っていたのか」

「あの子の目も、緑色だから」

嘘じゃない。私が彼女を気にしている理由のひとつではある。でも、より重要な方――寮のことには触れなかった。

綿貫は、こちらに理解を示すように頷く。彼の方から話を戻した。

「君は知っているのか？　坂口の成績のことを」

「さあ。授業についていけなくなったの？」

「違う」彼は、少し怒ったようだった。「テストを一科目、ボイコットしたんだ」

私は馬鹿みたいに、ボイコット、と反復する。

綿貫は口早に言った。

「おそらく、白紙で答案用紙を提出した。でなきゃあいつが〇点なんて取るかよ。途方もなく頑固なんだ。あの馬鹿は」

「どうして、そんなことを？」

「知るか。それこそ本人に訊けよ」

私にはわからないなにかが、綿貫を感情的にしていた。どうして？　坂口の成績のことで、綿貫が苛立たなければならない理由があるのだろうか。彼は勢いよく車椅子の車輪を回す。しゃららと校庭の土が鳴る音が離れていく。

一方で私の方も、気持ちが荒れるのを自覚していた。

——白紙？

ふざけるな。

私があいつに勝つために、どれだけ時間を使ったと思っているんだ。

＊

綿貫の話は、おそらく事実なのだろう。授業中、坂口孝文の様子をみていると、はっきりわかることがあった。

彼は歴史の授業のみペンを手に取らない。教科書さえ開かず、じっと背筋を伸ばしている。私はその理由を知りたかった。

五月のある日、私たちはふたりきりで図書委員の当番になった。

正直なところ、私は少し緊張していた。坂口孝文は、私にとってもっとも理解できないクラスメイトだったから。

ゴールデンウィークを終えて一週間ほど経ったその日、図書館を訪れる生徒は少なかった。坂口は真面目な表情で貸し出し当番をしていたけれど、やがてカウンターに片側の頰をおしつけて寝息を立て始めた。彼はどちらかというと幼い顔立ちだが、寝入ってしまうといっそう幼くみえる。

私はしばらく、生徒たちから届いた図書館への要望——大半が購入する本の希望だ——を整理していたけれど、そもそも数があまり多くなかったこともあり、まもなく手持無沙汰になった。閉館の時間までは貸し出しカウンターを離れるわけにもいかなくて、あとはぼんやり坂口を眺めていた。

彼の呑気《のんき》な寝顔をみていると、なんだか苛立つ。それで、ふと、あの柔らかそうな頰に落書きをしてやってはどうだろうと思いついた。それはとてつもない名案のような気がした。

でも、いったいなんと書きましょう。ばか、では品がない。ちび？　彼は私よりも背が低いけれど、平均よりやや下くらいだ。それに身体的な特徴を笑いものにするのはよくない。迷いつつ、カウンターの筆立てにあったサインペンを手に取って身を乗り出す。彼が小さなうめき声をあげて、それで私の肩がぴくんと跳ねる。「坂口くん？」と小声で呼んでみる。返事はない。まだ眠っているようだ。

私はとくに考えもなく、思い浮かんだ言葉をそのまま彼の頬に書く。

——どうして。

どうして、テストを白紙で出したの？　どうして、図書委員に立候補したの？　どうして、私を避けも嫌いもせず、気にする様子さえないの？

サインペンがくすぐったかったのだろう、彼はううんと息を漏らして、二の腕で頬をこする。私は慌ててサインペンを筆立てに戻す。間もなく坂口が身体を起こした。ばれていないだろうか。どきどきしていた。この私が、なんて子供っぽいことを。

平静を装って、彼の名前を呼ぶ。

「坂口くん」

なに、と応えた彼の声は普段よりも綺麗に澄んで聞こえて、でもその頬に「どうして」とあるのが可笑《おか》しい。

落書きに気づいたとき、彼はどんな顔をするだろうか。まだどきどきが続いていた。


なんとなくの成り行きで、閉館後、私たちは共に本棚の整理をすることになった。

小説の類が管理されている部屋に移動した坂口は、一冊の本を抜き出し、辺りを見回した。彼の手元にある本は、棚のいちばん上の段にあるべきものだ。

「貸して。私がやる」

と私はつい、口にしていた。別に間違ったことを言っているつもりはないけれど、もう少し言葉を選んだ方がよかっただろう。馬鹿げた話だが、手助けにも気遣いが必要だ。相手が男子で、それが身体的な手助けであれば、この傾向はより顕著になる。

だが彼は、気にした様子もなく本を差し出す。

「ありがとう」

彼の態度はいつもフラットだ。私にしてみれば、本来は当たり前の反応。でもいくつもの前提が、当たり前ではなくする反応。

「貴方は、不思議ね。プライドが高そうなのに」

思ったことが、そのまま口から出た。

坂口はじっと私をみつめただけだった。その視線で先を促された気がして、私は続けた。

「プライドが高い人は、まだ私を無視するでしょう？　とくに、こんな風に、できないことをやってあげようとしたときには、たいてい怒った顔になるもの」

それで初めて、彼の顔に感情が浮かんだ。小さな、だが確かな怒りだ。靴に入り込んだ砂利のひと粒みたいに、私はそれを無視できない。

彼は言った。

「高いよ。だからだろ」

その短い言葉で、ころんと靴から砂利が転がり落ちる。

みくびるな、と彼は言っているのだ。当たり前のことで評価するな、と。私はその言葉に、ひどく納得していた。

私を弱いものとして扱う人たちに、これまで何人も出会った。奴らに対するもっとも効果的な攻撃は、プライドを刺激することだと知っていた。手を貸したり、落ち着いた声で話し合おうと呼びかけたり、優しく微笑んでみせたり。私の方が上に立つ素振りをみせると、彼らはわかりやすく苛立った。でも、それはなんて安っぽいプライドだろう。自らの価値を貶《おとし》めているのだろう。

本当に美しいプライドというのは、正反対であるべきだ。

坂口が言う通り、自分を律して冷静に、常識的に振る舞おうとするべきだ。

「やっぱり私のライバルになるのは、坂口くんじゃないかって気がするな」

そうささやいて、思わず笑う。坂口孝文は本当に、私が認められる相手なのだろうか？　それを試すような気持ちで、言ってみる。

「私には目標がある。ずっと先まで」

小さな声で、彼は応える。

「じゃあ、ゴールは？」

「それも目標のひとつではある。でもゴールじゃない」

「総理大臣」

「人類の平等」

「本気で言ってる？」

「私、嘘をついたことがないの」

なんて、もちろん嘘。でも、本当でもある。私はもう自分が望まない自分を演じない。自分を裏切る嘘を口にしない。

坂口はじっと私をみつめているばかりだった。少なくとも、こちらを馬鹿にしたような雰囲気はなかった。私は続ける。

「なんにせよ、もっと間近な目標もある。私はとりあえず、この学校の生徒会長になる」

「そう」

「それから首席で制道院を出て、大学は法学部に進む。知ってる？ 司法試験に合格していれば、あとは推薦だけで政策担当秘書になれる」

「頑張って」

と彼は、クールに告げた。

でもそれは私が求めている反応ではない。綿貫から話を聞いたときの苛立ちが蘇《よみがえ》る。

「貴方も頑張って」

もっと違う理由で私を苛立たせて。危機感を抱かせて。できるなら、全力で打ち倒すべき相手でいて。私はくだらない同級生たちの上に立ってやろうと決めている。でも、競い合える相手がいた方が、勉強がはかどる。

「ここに来る前に、色々調べてみたんだよ。制道院の同級生じゃ、坂口くんに勝てれば、私がいちばんだと思っていた」

彼の瞳は、まだ私に興味を持っていなかった。

「そう」

とだけ呟《つぶや》いた彼の声は、ずいぶん冷たく聞こえた。

私は本題を切り出す。

「どうして、テストを白紙で出したの?」

彼は、その質問には答えなかった。ずいぶん待ったけれど、黙って私をみつめているだけだった。

その真剣な表情に、つい笑う。

「ほっぺた、汚れてるよ」

どうして。私は胸の中で繰り返した、その言葉を指さした。

幕間／二五歳

茅森良子

先月、結婚披露宴に出席するためにスーツを新調した。

とはいえシチュエーションに合わせたのは光沢のある生地を選んだことくらいで、あとは私の好みで作った。落ち着いたネイビーのものを、身体のシルエットに合うようにシャープに、地味だと言われようがストレートのパンツで。一方で新郎新婦を祝う気持ちはあったから、どうにか披露宴の参列者を装えるようレースのブラウスとネックレスで誤魔化した。

披露宴は立派なものだった。新郎の父親がある企業の社長だったことが理由だ。出席者はシティホテルのいちばん大きなホールが過不足なく埋まるくらいの人数――わざわざ数えやしないけれど、だいたい三〇〇人といったところだろう。私は新婦のそれなりに親しい友人という立場だったが、後日一緒にお茶でも飲めばいいかと思い、挨拶は控えた。

制道院の関係者同士の婚姻だったものだから、あちこちのテーブルから廃校の話題が聞こえた。「寂しくなるね」と誰かが言った。まあ、そんな風にしかまとめようのない話ではある。

披露宴のあとは、まっすぐ帰宅するつもりだった。二次会の誘いも受けていたけれど、早急に終わらせたい資料の作成があったし、話したい相手とはテーブルが同じだったから。でもクロークから荷物を受け取ったとき、一通のメッセージが届いた。新婦からのものだった。

——五分だけ話をしない？

とそこには書かれていた。控室で待っているから。

私は受け取ったばかりの荷物を再びクロークに預けて、新婦用の控室に向かった。

中にいたのは、彼女ひとりきりだった。ウェディングドレスのまま椅子に座り、スカートの中で足を組んでいた。

まるで予期しなかった出来事だが、彼女の顔をみたとき、私はふいに泣き出しそうになった。鼻のあたりに力を込めて、どうにかそれを堪《こら》える。ここで流す涙がひどく不誠実なものに思えたのだ。他の誰の、もしも私自身の式だったとしても、泣きはしないだろうから。

彼女は綺麗な緑色の瞳で私をみつめていた。

「今日は、来てくれてありがとう」

私も彼女をみつめ返す。おめでとうございます、と言った声が上ずって、咳払《せきばら》いで誤魔化す。

彼女は疲れたような、でも冷たくはみえない笑みを口元に浮かべている。

「まさか私が、こんなものを着るとは思わなかったよ」

そのことに関しては、まったく同意見だ。この人のドレスどころか、スカート姿をみたのさえ今日が初めてではないかと思う。記憶の中の彼女は、たいていいつもジーンズかランニングウェアだった。

「でも、似合っていますよ。きちんと幸せな新婦にみえます」

「そりゃそうでしょう。本物の幸せな新婦なんだから」

「幸せな新郎はどちらに?」

「追い出したよ。三時間も見世物になって、少し疲れたからね。ひとりになりたくて」

「それはひどい」

「あっちはあっちで、挨拶をしないといけない人もいるでしょう」

なんにせよ花嫁がウェディングドレスのままひとりでいるというのは、不思議なことのように思う。もしかしたら彼女には、ふたりきりでなければできない話があって、人払いをしたのではないだろうか。そう予感しながら、私は当たり障りのないことを口にする。

「とても素敵でした。本当に」

「きっとそうなんだろうね。君が泣くくらいだから」

「泣いてはいません」

私はもうずいぶん、人前で泣いていない。最後に他人に涙をみられたのは、まだ制道院に入って間もないころだった。中等部二年の六月。あの日から私は、もう誰の前でも泣かないと決めて生きてきた。

「素直に泣いてくれればいいのに。茅森の涙は、記念になるよ」

「そうですか? 他人の結婚で泣くなんて、橋本さんは嫌いだと思っていました」

私は意図して、彼女を新しい名字で呼んだ。

彼女――橋本さんはほほ笑みを苦笑に変えて、ドレスの中で足を組み替える。

「昔はね。そもそも式が嫌いだった。でも、やってみるとそう悪くないものだよ」

「感動しましたか?」

「多少。なんにせよ、互いが歩み寄ったということだ」

きっとその言葉に嘘はないのだろう。ふたりは必要な条件を満たし合ったから、家族になる決意を固めたのだろう。

彼女はすっと笑みを消す。

「君には、謝らないといけないと思っていたんだよ」

「なにを、ですか?」

「ここではない、イルカの星のこと。私はずっと、その結末を隠していた」

言葉だけを取ると、ずいぶん暗喩《あんゆ》的に聞こえる。

でも私にとってそれは、極めて直接的な言葉だった。初恋に気づいた瞬間みたいに、ほんの一瞬、鼓動が止まったように感じた。

部屋の扉がノックされる。新郎か、ホテルの担当者が戻ってきたのだろう。その音に見向きもせずに橋本さんは続ける。

「一般的な時計は、右に回るね?」

「はい」

「じゃあどうして時計が右回りなのか、知ってる?」

私は首を振る。時計が回る方向の理由なんか、気にしたこともなかった。あの夏、考えてもよかったのに。

また、ノックの音。続いて新郎の声が聞こえた。――麻衣《まい》、いないの?

「調べてみればいい。すぐにわかる」

彼女はそうささやいて、扉の向こうに返事をした。

＊

なぜ、世の中の時計が右に回るのか。

帰りの電車でグーグルに尋ねると、瞬く間に答えが返ってきた。

わかりやすい理由だ。納得感のある理由だ。じっくり考えれば、自分の頭でも同じ答えに思い当たったかもしれない。

だから八年前、私はひとつの結論にたどり着いてもよかった。あの日、彼がどんな風に私を裏切ったのか、どんな種類の嘘を口にしたのか、気づくことができたはずだった。なのに思考を放棄していた。私は坂口孝文を忘れることに必死だった。

でも、もう違う。

時計の意味がわかったとたん、ドミノが倒れるように想像が繋がった。八年前の八月二七日に起こったことと、イルカの星の真相とがひとつになって、思わず顔をしかめる。

――私は、あいつが嫌いだ。大嫌いだ。

こんなの許せることじゃない。

第2話

1、坂口孝文

図書館が好きだった。

書架のあいだを歩いて、並んだ背表紙を眺めると深く息を吸える気がした。

こんなにも多くの本の一冊ずつに著者がいて、それぞれの経験と考えがある。個人的な経験や考えを世に出そうとした出版社があり、その本を手に取る読者がいる。図書館は僕にとって、正しい世界そのものだった。

なんて恥ずかしい話を、司書教諭の中川先生にしたことがある。

そのとき僕たちは並んで、受付カウンターに座っていた。たまたま図書館の利用者がほとんどいない、六月の日暮れ前の落ち着いた時間だった。先生は長い脚を組んで、とてもフラットにほほ笑む。正しい世界、とクールな声で反復して、それから言った。

「君はずっと、そのことを考えているんだね」

僕は頬が熱くなるのを感じた。

「ずっとってわけじゃありません」

「でも、だから橋本さんとケンカをしている」

橋本さんというのは、中等部で歴史を教えている男性教師だ。まだ二〇代で、制道院の教師の中ではずいぶん若い部類に入る。

僕は橋本先生の、ある点がどうしても許せなかった。そのことで、昨年の冬の初めに彼と話をした。でも僕には上手く自分の考えを伝えることができなくて、中川先生が言う通り、ケンカ別れのような形になった。

――貴方からは、もうなにも学びたくありません。

と僕は言った。つまらない言葉だ。理屈なんかない、感情だけの言葉だ。でもあの日から僕は、自分の言葉に従っている。

「生徒が、先生とケンカできますか？」

僕の質問に、中川先生は簡単に頷く。

「そりゃできるでしょう。同じ人間なんだから」

どうだろう。先生と生徒には、もっと絶対的な立場の違いがあるのではないか。でも、だから僕は橋本先生を許せないのだ。教師なら正しくあって欲しかった。

「橋本さんは、悪い人ではないよ」

「はい。わかります」

「ただ頭が悪いだけだ」

驚いて、僕は咄嗟に否定する。

「そんなことは――」

「なくはないでしょう。少なくとも、君の目からみれば。自分とは考えが合わない人間っていうのは、馬鹿にみえるものだよ」

「そんなものですか」

「うん。つまりそれを偏見という。自分とは異なる前提を持つ相手を、見下すことを」

中川先生の表情も声も落ち着いていて、それで僕は、思わず馬鹿げた質問を口にする。

「もしかして僕は今、叱られているんですか？」

「違う。応援しているんだよ。君にとっての正しい世界を」

僕にとっての正しい世界。ずらりと書架が並ぶ、図書館のようなもの。異なる個人の意見がそれぞれ尊重される場所。なら僕は、橋本先生の意見も尊重しなければいけない。

でも中川先生は、そんな風には話をまとめなかった。

「君が納得できるまで、好きなだけケンカをしていればいい。そこに偏見を持ち込むのは良くないけれど、納得できないことを、無理に呑み込む必要もない。君も一冊の本みたいに、誠実に戦っていればいい」

僕は制道院の図書館が好きだった。移築された洋館には雰囲気があり、ずらりと並ぶ書架のあいだを歩くだけで安らかだった。そして、中川先生はすべてが好ましかった。声も言葉も瞳も表情も、すべてが。

束縛ばかりの制道院で、中川先生のような姿勢の教師がいることが、不思議だった。

＊

制道院は、とにかくルールが多い学校だ。

たとえば寮では、起床のチャイムが午前六時に鳴る。それからの三〇分間で部屋の清掃をすることになっているけれど、これを守るのは入りたての一年生くらいだ。六時三〇分から始まる朝食に間に合えば、とりあえず叱られはしない。

七時には食事を終え、寮の共有スペースを掃除する。寮には掃除機があるけれど、なぜだか使わせてもらえない。箒《ほうき》、ちり取り、雑巾《ぞうきん》、バケツ。これが与えられる掃除道具のすべてだ。トイレまで雑巾で掃除する。それから制服に着替えて授業に向かう。

忙《せわ》しない朝に比べれば、夜の寮生活には余裕がある。午後一一時には消灯して就寝しなければならないが、それまでは好きに過ごして良い。

とはいえ制道院には娯楽や嗜好品《しこう》の類《たぐ》いがない。携帯電話、ゲーム機、テレビ、トランプやオセロまで徹底して禁止されている。許されているのは読書くらいだが、いったいどんな理屈なのか、コミックは読書に含まれない。たいていみんな暇にしていて、だから紙とペンがあれば楽しめる遊びが流行《はや》り、生徒間で受け継がれている。

静かな雨が降る夜、僕は綿貫と共にスプラウトというゲームをしていた。これも、紙とペンだけを使うふたり用のシンプルな遊びだ。

まず紙の上に、いくつかの点を描く。点の数は決まっていないけれど、多くなるほどゲームが複雑になる。プレイヤーは交互に、点と点を繋ぐ線を描き込む。この線はどれだけ曲がりくねってもいいし、ぐるりと回って、線を描き始めた点に戻ってもいい。でも途中で別の線や点に触れてはいけない。それに同じ点が受け持てる線は三本までで、四本目になってはいけない。線を描けたなら、今引いたばかりの線上に、新たな点をひとつ描き足す。これを交互に繰り返し、線を描けなくなった方が負けだ。

綿貫はこのゲームが強かった。僕は考えなしに線を引くものだから、綿貫には負けっぱなしだった。

迷いなくペンを走らせて、綿貫が言った。

「どうやら西原《にしはら》が、チョコレートを一ダース手に入れてきたらしいぜ」

制道院では実に様々なものが禁止されている。食事は一日三食、食堂で提供されるものがすべてだ。でも禁止されると反抗心が生まれる。生徒たちはなんとか制道院にお菓子を持ち込もうとする。代表的なものがチョコレートとクッキーだ。これらはまるで通貨のように、秘密裡《り》に流通している。

スプラウトを始めとした、様々なゲームに強い綿貫は、賭《か》けゲームでそれらを巻き上げることを趣味にしている。本人は甘いものが苦手なのに。

「西原なら、良いカモだろ」

と僕は言った。それから慎重に線を引き、点を描き込んだ。

「もうオレとはやってくれない。君が仕掛けろよ」

綿貫はまがいのない正答を書き写すように、ペンで気持ちの良い音を立てる。

「僕には賭けるものがない」

「十中八九、負けはしないさ。オレが教えているんだぞ」

「良い生徒じゃないだろう？」

「悪くもない。中盤に飽きるのが悪い癖だが、真面目にやればそうそう負けない」

「なんにせよ、僕はプレイヤーにはならないよ。もっと別のことで稼ぐ」

僕はあまり賭けゲームが好きではなかった。もちろん、制道院が禁止しているから、なんて理由じゃない。純粋に性に合わない。より僕に合った方法を選ぶ。

金であれチョコレートであれ、流通していると様々なサービスが生まれる。誰がどれだけのお菓子を貯蔵しているのかを伝える情報屋がいて、お菓子を保管し、場合によっては貸し与える銀行員がいる。僕は細々と清掃業を営んでいる。つまりお菓子の空き箱なんかを預かって処分し、校則違反の証拠を消してしまうのだ。

これもいってみれば、ゲームの一種だった。寮の毎日があんまり退屈なものだから、学校を相手に禁じられた遊びをしてスリルを楽しんでいる。

「茅森は誘わないのか？」

と綿貫が言った。

僕は尋ね返す。

「一緒にお菓子の流通でチョコレートを儲けようって？」

「ああ」

「どうしてあいつなんだよ？」

「決まってるだろ。紫紅組だからだ」

紫紅組はそれなりに広い個室を持っているし、持ち物検査も甘くなる傾向がある。たしかに仲間に紫紅組がひとりいれば、できることの幅は増えるだろう。でも、茅森がそんな話に乗るとは思えなかった。

「信用できないだろ。あの子は真面目だよ」

「でも君とは仲がいい」

「委員会が同じってだけだ」

僕は紙の上に線と点とを描き込んで、綿貫に回す。

彼はそれをみつめながら、言った。

「でも一緒に、拝望会《はいぼうかい》の運営委員も始めたんだろ？」

拝望会という、秋にあるイベントの委員を決めたのは、昨日のことだった。

ああ、と僕は息を漏らす。

「それが？」

「お前がわざわざそんなことをするのが、なんだか不思議だよ」

「別に。ただの思い出作りだよ」

「どんな？」

「ん？」

「どんな思い出を作りたいんだ？」

僕には上手く、返事をみつけられなかった。

首を傾げてやり過ごすと、綿貫はもう、それ以上なにも言わなかった。

＊

拝望会というのは、戦前から続く制道院の行事のひとつだ。

この行事は毎年、秋の十五夜に行われる。昼過ぎに制道院を出て、海を目指して三〇キロも歩く。休憩を挟みながらではあるけれど、坂の多い道のりを八時間。歩き終えるころにはもう真っ暗になっている。

拝望会のゴールとなるのは、鉢伏山《はちぶせやま》という標高が二五〇メートルほどの小山だ。海に面した鉢伏山にある展望台は視界が開けていて、晴れていたなら綺麗な月を望むことができる。夜の海を照らす月を見上げて、僕たちはカップ麺《めん》を啜《すす》る。別にカップ麺がスケジュールに組み込まれているわけではないけれど、伝統的にそうなっていて、学校も咎《とが》めはしない。

拝望会への参加は理由がない限り強制だが、海まで歩く必要はない。全体の行程の、七割ほどのところに毎年使う宿泊施設があり、そこまで辿《たど》り着けば脱落が許される。残り三割、というのは見え透いた罠《わな》で、その三割を歩いた生徒はまた同じ道のりを歩いて宿まで戻らなくてはならない。しかも目的地になる展望台の手前には、三〇〇段もの長い石段があり、疲れ切った身体に何度も鞭《むち》を打つことになる。

でもこの行事は、意外に生徒からは好かれている。

制道院の新入生であれば、先輩から必ず聞かされる言葉があるのだ。

――拝望会で食うカップ麺は、世界でいちばん美味《うま》いんだぜ。

そんな馬鹿な、と思ったものだ。

制道院での生活は、ジャンクフードとは馴染みがないから物珍しいのはわかる。長い距離を歩いたあとであれば、もちろん腹も減っている。でも、たかだかカップ麺だ。劇的に味が変わることもないだろう。

僕は昨年、拝望会を展望台まで歩いた。

半分は世界でいちばん美味いらしいカップ麺の真相を確かめるためだった。

ひと口目を啜って、つい笑った。

――別に、普段と変わらない。

美味いは美味い。でも、いちばんなわけがない。

それでも僕は今年、新たに制道院に入ってきた一年生たちに言うだろう。

――拝望会で食うカップ麺は、世界でいちばん美味いんだぜ。

嘘をついているわけでも、強がっているわけでもなくて、拝望会というのはそういうものなのだ。世界でいちばん美味いカップ麺を言い訳に、ひたすら無意味な三〇キロを歩く会だ。

僕は制道院が伝統と呼ぶものの大半が苦手だ。拝望会にだって納得できないところはある。でも大枠ではこのイベントが好きだった。馬鹿げていて気持ちがよかった。

――だから運営委員になったんだよ。

と綿貫に答えられたなら、どれほど気楽だっただろう。

でも、本当は違う。

僕が委員会に入った背景には、もっとつまらない理由がある。

2、茅森良子

四月と五月の二か月間、私は紅玉寮で、まるで幽霊のように扱われた。

そこにいても目を向けられない。もちろん話を振られることもない。こちらから声をかけると、さすがに返事をもらえるけれど踏み込んだ会話にはならない。

私は孤独な二か月間で、ふたつのことを自身に課した。

ひとつ目は成績だ。五月末に行われた中間テストで、私は学年でいちばんを取った。これで、私が紅玉寮にいることに説得力ができたはずだ。

ふたつ目は、寮生たちの関係の観察だ。紅玉の寮生はたかだか二〇名で、彼女たちは概《おおむ》ね仲が良さそうにみえる。けれど、わだかまりもみつかる。

そのわだかまりを生むのは、生徒会だった。過去一〇年間、生徒会長と副会長の八割が紫紅組から選出されている。生徒会長だけをみれば、紫雲寮が八名、紅玉寮が一名。それから彩色組の青月寮からも一名。紫雲と青月は男子寮なので、つまりこの一〇年間で女性の生徒会長はひとりしかいなかったことになる。代わりに紅玉寮からは七名の副会長が出ている。これはやはり、気持ちの悪いデータだ。制道院は元々、男子校だった。もう半世紀も前に共学化しているのに、未《いま》だに男性上位の雰囲気が残っている。

ともかく例外があるにせよ、生徒会長は紫雲寮から、そして副会長は紅玉寮から、というのが通例だ。この通例を維持するため、寮内で候補者の選別が行われる。同じ寮から複数の立候補が出ると、票を食い合って不利になるから、事前にひとりに絞り込んでしまうのだ。

ところで制道院には、秋にふたつの大きなイベントがある。文化祭と、拝望会だ。

文化祭の方は章明祭《しょうめいさい》と呼ばれる。一般的な文化祭のように学校中を使った祝祭というわけではなく、高等部の生徒たちが、体育館の舞台で演奏会や劇などを行う。これには多くの卒業生が観覧に訪れ、そのあとに彼らとの交流会が設けられる。

生徒会は章明祭と拝望会を最後に、実質的には解散する。中間テストを挟み、一〇月にある投票で、次の生徒会役員が高等部一年生から選ばれる。

つまり投票の時期、まだ寮には高等部二年と三年――前期と前々期の生徒会役員たちが残っている。この連中が強い発言権を持つ。紅玉寮から生徒会選挙に立候補するには、まず彼女たちに認められる必要がある。

紅玉寮のわだかまりとは、これだ。「生徒会経験者の先輩たちおよび、彼女たちに気に入られている下級生」が主流の派閥として存在し、それに不満を持ちながら口をつぐんでいる人たちが点在する、という形になる。私は自分の目的を叶《かな》えるために、この人間関係を利用するつもりだった。

現在、紅玉寮にいる高等部一年は三人。私のみたところ、このうちのふたりが生徒会に興味を持っている。

一方は稲川《いなかわ》さんで、こちらが本命だ。中等部のころから生徒会を手伝っており、上級生からも可愛がられている。順当にいけば、次の副会長は彼女だ。でも私は、彼女には取り入らない。有利な方を順当に勝たせても旨《うま》みはない。

もう一方は、荻《おぎ》さんだ。現状での成績は稲川さんに勝っているが、紅玉寮に入ったのはこの春からで、なんとなく部外者といった印象を受ける。荻さんは向上心が強いが、上級生に取り入るのは苦手な様子で、その点でも紅玉寮に馴染んでいない。

だから、都合が良い。

私は荻さんを生徒会選挙で勝たせることに決めた。

夕食後、一冊のノートを抱えて荻さんの部屋をノックした。

「茅森です。少し、お時間をいただけませんか？」

返事はなかった。もう一度ノックをしようか、と考えていると扉が開いた。

荻さんは眼鏡をかけた、髪の短い女性だ。彼女は顔をしかめて言った。

「なんの用？」

「できれば、中で」

荻さんは諦めた風に、私を部屋に招き入れた。学習机のスタンドライトが灯《とも》り、その光が開かれた参考書を照らしている。

扉を閉めて、荻さんはもう一度「なんの用？」と言った。

「生徒会選挙のことで、ご提案があってきました」

彼女は不審そうに私をみつめるだけだった。きっと、性質《たち》の悪いセールスマンかなにかだと思っているのだろう。私は続ける。

「生徒会に興味はありませんか？　もしよろしければ、私もお手伝いします。まだ充分に時間があるうちに動いていれば、選挙戦を有利に進められるはずです」

荻さんは学習机の椅子の向きを変えて腰を下ろした。

「うちから立候補するのは稲川だよ」

「荻さんも、立候補すればいいじゃないですか」

「制道院というのは、そんな学校じゃない。なにをするにせよルールを守らなければ上手くいかない。上級生の許可を得ずに立候補したら――」

「私みたいに嫌われる？」

「ま、そうだね。君は一年、黒花で我慢するべきだった」

それは違う。

「生徒会選挙は、我慢していては勝てません」

中等部に用意されている紅玉寮の席は、二年も三年も二名ずつだ。これはつまり、基本的には中等部二年生で選ばれたふたりがそのまま三年でも紅玉に残る、という意味だ。そしてようやく新たな席が生まれる高等部一年では、生徒会選挙には遅すぎる。このことは、高等部一年で紅玉に入り、部外者のように扱われている荻さん自身がよく知っているはずだ。

彼女は不機嫌そうに目を細めた。

「そもそも寮に認められずに立候補しても勝ち目はないよ」

「別に上級生の皆さんが、ひとりで何百票も持っているわけじゃないでしょう」

「持ってるよ。彼女たちの言いなりになる生徒がいて、さらにその生徒の言いなりになる生徒がいる。紅玉寮の決定は、この学校の女子生徒の、過半数の意思になる」

彼女の話が、どれだけ現実に即しているのかはわからない。でも、私からみても、まあそんな感じではある。

「性別を気にしなければ、四分の一程度ですね」

「たった四分の一だと思う？」

「いえ。充分、強力です。だから勝ち目があるんです」

彼女は根本的に、私の話を勘違いしている。

「おそらく紅玉寮から、副会長に立候補するのは稲川さんでしょう」

「うん」

「でも、私が荻さんに勧めたいのは、副会長ではありません」

すでに紅玉寮での、寮生たちの関係はできあがっている。いまさら、荻さんが稲川さんを押しのけるのは難しい。なら荻さんには別の席を用意すればいい。

「ふたりで生徒会長を目指しましょう」

わざわざ副会長で妥協してやる理由なんて、ひとつもない。

荻さんはしばらくのあいだ沈黙していたけれど、結局は首を横に振る。

「紫雲には勝てないよ。うちの先輩たちも、勝てない戦いには乗らない」

「いえ。勝ち目はあります」

「どこに？」

「紅玉寮の公認で、全体の票の四分の一は取れるのでしょう？　あと一五パーセント数字を伸ばすプランを考えました」

私は手に持っていたノートを差し出す。

荻さんはそれを受け取ったけれど、ページを開く前に反論した。

「一五パーセント伸びたところで四割だ。過半数には届かないよ」

「はい。でも、選挙の勝利条件は、過半数を取ることではありません。相手より一枚でも多くの票に名前が書かれれば、勝ちです」

荻さんに過半数の票を集めるよりも現実的な方法がある。

渡したノートの半分は、そのプランについて記している。

「有力な対立候補を、もうひとり用意しましょう。そのひとりが二割の票を食い取ってくれれば、四割がボーダーラインになります」

固めた票で紫雲と五分の戦いまでは持っていける。あとは浮動票を多少でも取り込めれば、こちらの勝ちだ。そのビジョンが私にはある。

でも荻さんは、まだノートを開かない。

「それで？　君に、なんの得があるの？」

そんなの決まってる。

「ひとつだけ、お願いがあります。二年後に私を生徒会長に推薦してください」

選挙の準備は早い方が良い。私が高等部一年になるとき、荻さんは三年だ。そしてすべてが上手くいけば、紅玉寮でもっとも発言力を持っているのが、この人になるはずだ。

私は二年後に彼女の支持層を受け継いで、選挙戦に圧勝するつもりだった。

＊

六月の私は、小さな問題を抱えていた。懐中電灯の電池のことだ。

実のところ、私はそれほど勉強が得意なわけではない。苦手だ、というつもりもないけれど、とくに暗記系の科目で、覚えているはずの言葉がふと出てこなくなりひやりとする。そのため復習に時間がかかる。加えて秋にある生徒会選挙の準備も進めなければならないので、放課後の自由時間だけではどうしても足が出る。

時間が足りなければ睡眠を削ることになるが、寮では厳密に就寝時間が決まっているものだから、ベッドの中で教科書や参考書のページをめくるのが常だった。毛布を被《かぶ》って、懐中電灯の光が漏れないように注意して。

懐中電灯は、非常用に寮に備えつけられているものを使っているのだけれど、意外とすぐに電池が切れる。節電を心がけていてもだいたい一〇日ほどしか持たない。非常灯としては充分な性能だろうけれど、普段使いには向いていない。

新しい電池は、ゴールデンウィークに帰省したタイミングで密《ひそ》かに持ち込んでいた。問題は使い終わった方の電池だ。これの処理が厄介だった。最終的には、長期休暇で寮を離れるときに持ち出すことになるが、それまでは手元で保管しなければならない。制道院の寮では、しばしば持ち物検査が行われるものだから、その捜査網を上手くかいくぐる必要がある。

紫紅組の寮は、他の寮に比べれば持ち物検査が緩いようだ。だからなんとかなるだろう、と甘く考えてクローゼットの下着と同じ引き出しで保管していたが、残念なことに私は寮内で嫌われている。持ち物検査の担当が寮長を始めとした上級生だと知ったとき、やばい、と直感して、咄嗟に窓から電池を捨てた。彼女たちは、やはり下着の引き出しまでチェックした。

窓の下の電池をそのままにしておくわけにもいかなくて、再び回収したけれど、これでは心が休まらない。

「なんとかなりませんか？」

と私が相談したのは、司書教諭の中川先生だった。

そのとき先生は、図書館で貸し出しカードを作っていた。新たに購入した本の管理番号とタイトルを専用のカードに書き込み、背表紙をめくったところに張り付けた封筒に差し込んでいくのだ。中川先生はまるでどこかからダウンロードしてきた「手書き風明朝体《みんちょうたい》」といった名前のフォントみたいに整った字を書く。

私は中川先生を信用していた。純粋に良い先生だと思っていたし、私と彼女には共通する話題があった。清寺さんのことだ。

中川先生は清寺時生の熱心なファンだったものだから、私たちはずいぶん濃密に話をした。先生は深く幅広い清寺映画の知識を披露し、私はプライベートな清寺さんのエピソードで彼女を羨《うらや》ましがらせた。図書委員の活動は、私にとって数少ない安らげる時間だった。

先生は、一歩一歩足元を確認するようなテンポで書籍のタイトルを書きながら、言った。

「乾電池くらいなんとでもなるけれど、私が手を貸すとルール違反だよ」

「やっぱり、まずいですか」

教師が校則破りの片棒を担ぐようなことは。

中川先生に迷惑をかけるのは、私も望むところではない。

「この学校には、二種類のルールがある」

先生の言葉に、私は首を傾げてみせる。

「明文化されたルールと、そうではないルールですか？」

的外れな答えではないだろう、と思っていた。でも違ったようだ。

「伝統と呼ばれるルールと、そのルールを破るときのルールだよ」

なかなか興味深い話だ。

「ルールを破るのにルールがあるんですか？」

「正しい反撃は、ルールに則《のっと》ってするものだよ。ストライキにも法律があるように」

「どんな？」

「制道院において、ルールを破ろうとするなら、すべてが生徒の責任においてなされなければならない」

なんだそれ、という気がしなくもない。

「つまり自主性を重んじる、という風なことですか？」

「違うよ。私たち教師には、できないことがあるって話だ」

「たとえば？」

「本当の意味で、間違ったルールを打ち破ること。茅森はそれがわかっているから、総理大臣を目指しているんだと思っていたよ」

私はしばらく、黙り込んで考えた。でも先生の言葉の意味がよくわからなかった。

「ごめんなさい。わかりません」

そう告げると、中川先生は手元の貸し出しカードから顔を上げた。

「君は、どうして総理大臣になりたいの?」

その質問に答えることは難しい。理由は明白なのに抽象的だから、上手く言葉にならない。

ただ私にとっては、そこを目指すことが自然だった。

*

私が総理大臣になろうと決めたのは、小学五年生——一一歳の秋だった。

正確には、一一歳の一〇月二三日だ。はっきり覚えている。あの優しかった清寺さんが、ただ一度だけ私を叱った日だったから。

清寺さんの家には立ち入りが禁止されていた部屋があった。彼の書斎だ。私だけではない。奥様も、ふたりの使用人も同様に、書斎への入室が許されていなかった。

その日、清寺さんは自宅に客を招いてリビングで仕事の話をしていた。やがて彼はひとりで書斎に入り、すぐにまたリビングに戻った。そのとき彼は、書斎の鍵《かぎ》を閉め忘れていた。

当時の私は、清寺さんの家で暮らし始めて一年ほどたち、新たな生活にもずいぶん慣れていた。それで、気が緩んでいたのだろう。こっそりと書斎に忍び込んだ。

目的のようなものはなかった。好奇心だけが理由だった。清寺時生という人は、机の引き出しになにを入れているのだろう? そんな取るに足りないことが、ひとつわかれば満足だった。

でも、ある脚本の原稿をみつけて、そこから動けなくなった。

プリント用紙に印刷されたその脚本には、余計な装飾が一切なかった。

一ページ目には「イルカの唄《うた》」というタイトルと共に、登場人物の一覧とそのキャストが記載されていた。でもキャストの方は大半が空欄だった。続くページにはナンバーが振られたシーンと、台詞やト書きが淡々と並んでいた。

――清寺さんの、未発表の脚本だ。

と私はすぐに理解した。未発表だと確信できる理由があった。キャストの中の、最初に書かれていた名前が、月島渚――私の母親だったから。彼女が主演した清寺時生の作品は四本だけだ。その中に「イルカの唄」なんてタイトルはない。

一時間近くも、私はその脚本を読みふけっていた。

それは不思議な物語だった。清寺時生の作品の多くはリアリズムに基づくものだったけれど、「イルカの唄」の舞台になっているのは、地球ではないどこかの星だ。

だが、地球によく似た星だった。国の名前も、現実のものがそのまま使われている。一方で違うところもある。その世界では太陽が西から昇る。自転の向きが反対なのだ。そして、現実にはそこかしこにある概念の一部が存在しない。つまり、ある種の悪意みたいなものが。

たとえばこの作品の舞台となる国では、明らかに多様な人種が入り混じっている。名前からも描写からもそれがわかる。けれどそのことはなんの問題も生みはしない。ごく当たり前の前提として描かれ、とりたてて説明さえない。

性別に関しても同じだ。肉体的な性――一般的にセックスと表記されるものに関しては、私たちの世界と同じように男女がある。身体の特徴も変わらないように読める。でもそれはあくまで、子供を作るときの役割の区別でしかない。

社会的な性――ジェンダーと呼ばれるものは、その形がずいぶん違う。それらには性別に紐《ひも》づかない、別の言葉が用意されている。つまり「男性的」「女性的」といった言い回しが排除され、より客観的な言葉で個人の性質や好みが言い表される。

脚本には、ストーリーらしいストーリーが存在しなかった。幼いころを共に過ごした数人が成人してから再会し、海辺の一軒家で共同生活をはじめる。彼らはイルカの唄を聴きたいと思っている。でも主題になるのは穏やかに流れる日常で、目的は重要ではない。「スタンド・バイ・ミー」の死体探しがあくまで動機づけでしかないように。

それは倫理観が研ぎ澄まされた世界の、優しいだけの物語だった。

なのになんだか、涙が滲《にじ》んだ。私はそれまでに体験した、理不尽なあれこれを思い出していた。「イルカの唄」の舞台となる星にはただのひとつも存在しない、馬鹿げたあれこれを。ほんの端役でも良い、この物語の世界に入りたい、と願いながら脚本をめくった。

でも私は「イルカの唄」の結末を知らない。

半分ほど読んだところで、来客との話を終えた清寺さんが、書斎に戻ってきたのだ。

それで私は、初めて、あの人に叱られることになる。とはいえ清寺さんの方には、私を叱ったつもりはなかったのかもしれない。今振り返ってみれば、清寺さんは「この部屋には入らないで欲しい」と繰り返しただけだったようにも思える。

私はその夜、柔らかなベッドの中でひどく反省した。

すべての非は私にある。こんなにもよくしてくれている清寺さんの、たったひとつの言いつけさえ守れなかったことが恥ずかしかった。

けれど「イルカの唄」は、私の中のなにかを確実に変えた。ぼんやりとリズムだけ覚えていた曲の歌詞を、ようやく思い出せたときみたいな。それに付随してタイトルや歌手やその曲を聴いたときの場面までひと息に形を持つような、確固たる手触りの安心感があった。

ずっと、私の胸の中に渦巻いていたものの正体が、わかった。

――私はイルカの星が欲しいのだ。

不条理なものが、ただのひとつもない星が。

だから私の、本当の目標は、総理大臣ではない。中継点のひとつにすぎない。

けれどそれは、私にはずいぶん遠い、あらゆる手段を使って必死に目指すべき中継点だ。

*

どうして私は、総理大臣を目指すのか?

その理由を、なんとか言葉にする。

「意味があると、信じているからです。なんらかの、象徴的な意味が」

男性で黒い目をしている誰かが同じ地位に就くのとは異なる意味。少なくとも歴代の内閣総理大臣には、女性も、緑色の目もいない。

中川先生は、長文の中の正しい位置にある読点みたいにリズミカルに頷いた。

「つまり、立場というものは無視できないってことだよ。緑色の目と黒い目に関しても、教師と生徒に関しても」

「ただ乾電池を捨てるだけでも？」

「なんだって。ささやかなものを蔑《ないがし》ろにしながら、大きなものを達成することはできない」

「なんだか、良い言葉っぽくは聞こえますね」

「しっくりこない？」

「はい」

中川先生は楽しげに笑う。

「茅森は素直だね」

「普段はもっと、猫を被っていますよ」

大抵の教師に対しては。生徒に対してはまた違う。被る皮をあれこれ変える。羊のことも、狼のこともある。

「なんにせよ、茅森が総理大臣を目指すように、君の乾電池を捨てることで世界を変えられると思っている誰かだっているかもしれない」

「それはいないでしょう」

「どうかな。いた方が、私は楽しい」

中川先生は貸し出しカードの最後の一枚を書き上げて、文字になったばかりのインクに息を吹きかける。それから、こちらに顔を向ける。

「ところで、『清掃員』を知っているかな？」

と先生は言った。

3、坂口孝文

六月の後半の、久しぶりに晴れた日に、茅森良子とふたりきりになった。

図書委員の仕事を終えた僕たちは、寮に戻るために、校庭の外周にある小路《こみち》を歩いていた。夕焼けの綺麗な放課後だった。一歩後ろをついてくる茅森は珍しく不機嫌そうで、口を固く結んだ顔つきは影が色濃いこの時間によく似合っていた。

やがて、彼女は少しくどい前置きを口にした。

「中川先生から聞いたのだけど。それに、あの人との約束があるから、口外するつもりはないのだけど」

なに？　と応えてもよかったけれど、とにかく喋らないことが癖になっている僕は、黙って茅森の声を聞いていた。代わりに少しだけ歩調を緩めて、彼女の隣に並んだ。

「不要なものを、貴方が捨ててくれるって本当？」

僕は頷く。

内心では驚いていた。清掃員のことを、茅森が話題にするとは思わなかったから。

「なんでも捨ててくれるの？」

「物によるよ」

「乾電池は？　単一サイズの」

僕は短い時間、考えて尋ね返す。

「数は?」

「まずは、一ダースくらい。できれば今後は継続的に」

「継続的」

「一〇日ごとにふたつずつ回収してもらえると嬉しい」

「報酬は?」

「なにを払えばいいの?」

「とくに決まりはないよ」

たいてい僕はお菓子の空箱を処理しているから、代わりにお菓子をもらう。捨てるものの五分の一が相場だ。チョコレートの空箱を五つ捨てて、新しいものをひと箱もらう。

「私には、これといって払える物がないのだけれど」

「理由次第で、ただでも引き受けるよ」

「物はないけれど、できることならあるかもしれない。たとえば、貴方と橋本先生の問題を解決する、というのはどう?」

僕は足を止めた。

寮に戻る小路の途中には東屋《あずまや》があり、屋根の下にベンチが置かれている。ちょうど、その前だった。茅森が狙ったロケーションのように感じる。

「座って話をしようか」

僕の言葉に頷いて、彼女は微笑む。それは明らかに作り物の笑顔だが、美しくはあった。製図用のシャープペンシルみたいな、機能的な美しさだった。

僕たちは並んでベンチに腰を下ろす。校庭では野球部が練習を終え、三々五々に引き上げていく。その隣でバッテリーのふたりだけが居残って投球練習をしている。

「さて、どちらの理由から話をしましょうか。私の理由か、貴方の理由か」

「僕の方はいい」

僕の問題に、他の誰かが関わることは望んでいない。

でも彼女は意地悪に頷く。

「じゃあ、そっちの話からにしましょう」

茅森良子は常に相手の上に立とうとする。僕はその姿勢が嫌いではなかった。彼女は相手よりも上位であるために充分な努力をしているから清々《すがすが》しい。でもその相手が僕になるなら、さすがに顔をしかめてしまう。

「なにを知ってるの？」

僕と、橋本先生のことを。

「それほどは知らないよ。でもみているだけで、わかることもある。貴方は橋本先生の授業をボイコットしている。徹底的に。そして、きっとその事情には、拝望会が関係している」

「どうして？」

「そうでなければ、貴方が拝望会の運営委員になるはずがないから」

「ただの気まぐれだよ」

「それはない。橋本先生も拝望会の運営委員だもの」

拝望会は教師にとっても重労働だ。だから若い先生が、優先的に運営委員に入る。

茅森は、まるで犯人を追い詰める探偵みたいに続ける。

「貴方は嫌っている相手に、わざわざ自分から近づいた。そこで拝望会と橋本先生のことを調べてみた。先生は、拝望会の目的地を変えようとしている」

「うん」

「でも、私にわかっているのはそこまで。貴方が橋本先生に反発する理由は知らない」

声が上ずるのも忘れて、僕は答えた。

「気分が悪いだけだよ。あの人の、考え方が」

「どうして？」

理由なんて、説明したくはなかった。

「月の下で、海を眺めて食べるカップ麺が、最高に美味いから」

他に、話せることはない。

＊

橋本先生は、悪い人ではない。

むしろ善良な人なのだと思う。心優しく、明確な正義感を胸に持っている。でもその正義感が、僕とは根本的にかみ合わない。

橋本先生は拝望会を嫌っている。あのイベントの在り方を、より現代の価値観に即したものに作り替えたがっている。それは容易なことではない。とくに卒業生たちで構成されている学友会は伝統を変えることを嫌い、彼らから寄付を受けている学校側もそれに反対できない。

事件が起きたのは、昨年の章明祭のあとに行われた、卒業生たちとの交流会だった。交流会は、中等部は自由参加となっていた。でも綿貫が橋本先生に呼ばれ、僕も彼につき合って参加した。

その交流会で、橋本先生は言った。

「拝望会の経路変更に、ご賛同いただけませんか?」

相手は僕にも高価だとわかるスーツを着た、白髪の小柄な男性だった。その人物が学友会の会長だと、あとから知った。

橋本先生の声は会場内によく通った。だから離れた場所にいた僕や綿貫にも聞こえていた。彼は続けた。

「生徒たちの成長のために、ああいった行事に価値があるのはわかります。でもわざわざ目的地に、長い階段がある展望台を選ぶ必要はないでしょう。疲れ果てた生徒たちが、暗い時間に、あのコースを歩くのは危険です。それに生徒の中には、経路に階段があることを理由に、ゴールを諦めざるを得ない子もいます」

橋本先生はこちらを——正しくは、綿貫をみた。会場でただひとり、車椅子に腰を下ろしていた綿貫を。

あの人は説得の材料に綿貫を呼んだのだ。そう気づいたとき、僕の全身が小刻みに震えた。神経が混乱して筋肉が上手くいうことをきかなかった。橋本先生と学友会の会長は、しばらくなにか話をしていた。僕にはもうその声が聞こえなかった。

やがて橋本先生が、こちらに歩いてくるのがみえた。あの人は言った。

「綿貫。君を紹介したい人がいる」

彼の言葉を遮って、僕は綿貫にささやいた。

「帰ろう。とても体調が悪いんだ」

そのとき、綿貫がどんな顔をしていたのか、僕は知らない。車椅子のハンドルを握っていた僕からみえたのは、彼の背中だけだった。

少なくとも僕の方の顔つきは、ひどいものだったのだろう。

橋本先生は、純粋に心配そうな表情を僕に向けた。

「大丈夫か？　保健室に――」

大丈夫です、と僕は口早に答えた。そのまま車椅子を押して歩き始めた。

後ろから、橋本先生が言った。

「綿貫まで帰ることはないだろう」

僕はなんとか、足を止めた。たしかに僕は綿貫の選択肢を奪う権利を持っていない。

綿貫はようやく振り返り、僕に微笑んだ。

「行こう。オレも、気分が悪くなったところだ」

僕はまた、車椅子を押して歩き出した。振り返らないまま会場を後にした。

それまで綿貫は、拝望会への出欠を保留していた。車椅子でいけるところまでいくのか、初めから不参加を選ぶか、まだ迷っていた。僕たちはそのことで何度か話し合った。僕は、できるなら彼と拝望会を歩きたかった。綿貫は、どちらかといえば、拝望会に参加するつもりになっていたように思う。

でも、けっきょく彼は、昨年の拝望会を休んだ。

交流会の会場から寮までの帰り道に、彼は言った。

「お前が怒るなよ」

まるで呆《あき》れたような、場違いに明るい声だった。

「オレが悲しむ権利を、奪わないでくれよ」

僕はしばらくのあいだ、無言で車椅子を押した。彼の言うこともよくわかったから。悩んで、悩んで、涙がにじんだ。でも頷けはしなかった。

「嫌だ。僕は、僕のために怒っているんだ。君は関係ない」

そうか、と彼は、やっぱり呆れた風にささやいただけだった。

＊

あのときの綿貫との会話に、嘘はなかった。

僕は僕のためだけに怒っていた。それは僕にとって、ひどく自然な怒りだった。

でも橋本先生は、僕がなにに対して感情的になっているのか理解できないようだった。一方で僕には、先生の言葉がひどく傲慢《ごうまん》で矛盾したものに聞こえていた。テストを白紙で提出したことで、何度か呼び出しを受けたけれど、僕たちの話が噛み合うことはなかった。

これは、僕の個人的な感情の問題だ。第三者が関わることを望んではいない。

だから僕が、拝望会の経路を変えたくない公的な理由はひとつだけだ。

——月の下で、海を眺めて食べるカップ麺が、最高に美味いから。

もちろん茅森は、そんな説明で納得したわけではないのだろう。でも彼女はそれ以上、僕の事情を尋ねはしなかった。

「貴方の目的はあくまで、海を眺めてカップ麺を食べることなのね？」

「違う。これまでと同じ展望台で、これまでと同じようにカップ麺を食べることだよ」

「場所というより、変わらないことが大切」

「うん」

これは正確な説明ではなかった。もしも橋本先生が、学友会の説得に綿貫を使わなかったなら、僕の考えはまったく違っていた。正直、伝統なんてものに興味はない。必要であれば変えればいい。僕が本当に問題にしているのは、そこに至るまでの過程だ。

夕陽に照らされた茅森は、悪意のない瞳で僕をみつめる。

「なら、簡単だよ。目的地をふたつにすればいい」

「ふたつ？」

「つまり、これまで通りの展望台とは別に、橋本先生が望む場所も目的地にする。参加者は好きな方を目指して歩けばいい」

短い時間、僕は黙り込む。茅森の提案は、たしかに理性的な解決策ではある。僕が橋本先生に対して怒っていることの本質はなにも解決しないけれど、事情を説明していないのだから、彼女にそこまで求めるのは無茶な話だ。

でも簡単に思い浮かぶ疑問が、ふたつあった。現実的なものと、感情的なものだ。

僕は現実的な方から口にする。

「先生の人数が足りない」

もともと拝望会には運営委員が足りない。教師は総出で見張りにつき、高等部の一部の生徒も手を貸すけれど、それでも長い行程のすべてに目が届くわけではない。経路を増やすと、より人員が必要になるはずだ。

茅森の方も、そんなことはわかっているのだろう。躊躇いなく答える。

「なんとかするよ。経路を選べば、それほど人手はいらない」

ああ。きっと、茅森であれば、なんとかするんだろう。彼女にはすでに、具体的なプランがあるのだろう。できもしないことを思いつきで喋る子だとは思えない。でも。

僕はふたつ目の疑問を口にした。

「それを、君が提案するのか?」

拝望会に新たな経路を作るなんて提案を、この子が。緑色の目を持つ茅森良子が。

彼女は笑う。変わらず、綺麗に。無機質に。

「だからいいんでしょう。私が頼むから、橋本先生は受け入れざるを得ない。あの人はきっと、そういう人でしょう」

僕はなにも答えなかった。おそらく彼女が言う通りだから。

拝望会が抱えるもっとも大きな問題は、展望台へと続く長い階段のことじゃない。車椅子で生活している綿貫が、決してゴールにたどり着けないことじゃない。

いちばんの問題は、これまでの拝望会では、緑色の目の生徒たちがおしなべて途中で棄権していることだ。学校側だってその事情がわかっていて、宿泊施設まで歩けばその後の参加は自由、なんて苦しい言い訳を用意している。

拝望会のルーツは、ある行軍だ。

4、茅森良子

拝望会のルーツは、五〇〇年も前のある行軍だ。ちょうど制道院がある辺りから、何千人もの兵士たちが山を歩き、満月が昇るころに海辺へと至った。そしてひとつの領を攻撃した。この奇襲は上手くいき、攻めた方が一方的な勝利を収めて領地を広げた。攻められた方は大勢が死に、生き延びた人たちは故郷を追われて逃げ出すことになった。

これは当時、戦国時代の入り口に立っていた日本において、それほど珍しい出来事ではなかった。日本史の教科書をぺらぺらとめくるといくらでも載っている侵略戦争のひとつだった。攻めた方が黒い目をしていて、攻められた方が緑色の目をしていたとしても。

この国に暮らす人間は、ふたつに分類される。

もちろんしなくてもいい。する必要はない。なのになぜだか、分類される。

一方は黒い目をした彼らで、もう一方は緑色の目をした私たちだ。

五〇〇年前の時点では、黒い目と緑色の目の領土に明確な線引きはなかった。だが一五世紀の末からの一〇〇年間ほどで、緑色の目は徹底的に黒い目によって打ち破られ、山脈を越えて日本海付近まで追いやられた。

それ以降は、緑色の目の人たちの一部は山陰《さんいん》地方の片隅で細々と暮らした。残りは黒い目に捕らえられ、奴隷として扱われた。

その関係は、長い時間をかけて改善されつつある。

明治に入ると、目の色による身分の違いはないと明言された。だがそれでも日本は黒い目の国であり続けた。奴隷制度は残り、政府もそれに強くは干渉しなかった。緑色の目は利用できる店にも制限があり、警察など公的機関の態度もあからさまで、その命は黒い目に比べるとずいぶん軽かった。

大きな変化が訪れたのは、一九四五年の日本の敗戦後だった。GHQの指導下で制定された日本国憲法には緑色の目の権利の保護が厚く盛り込まれ、政府がそれを遂行する様がつぶさに観察された。このころから緑色の目を守ろうとする市民団体の活動も活発になり、いくつもの馬鹿げた事件やそれに伴う議論を経て、日本はとりあえずの平等を手に入れつつある。

だがそれはまだ、完全なものではない。たとえば就職率や進学率の面で、目の色ごとにデータを取るとそこには明確な差がある。この二〇年ほどは、様々なメディアが盛んに緑色の目の成功者たちを取り上げたから実感しにくいが、資産額の平均をみても、緑色の目は黒い目の半分ほどしかない。政治家の数はより顕著で、緑色の目はいまだに二割に届いていない。

疑いようのない現実として、一部の人たちにはまだ差別的な意識が根強く残っている。私はそれを、若草の家にいたころに学んだ。両親がおらず、施設で暮らす、緑色の目の女性として生きていた私は、弱者の象徴だった。学力も身体能力も関係なく、生まれ持った属性だけで立場が決まっていた。小学校にも差別はあった。幼いけれどむき出しの、攻撃的なものが。私はじっと口をつぐんで、その気味が悪いものをやり過ごしてきた。

でも、今はもう違う。

私は、私自身を弱者として扱うことをやめた。身の回りの、不確かな、でも重たい不条理なものを、すべて呑み込んで私の力にするために制道院にきた。

制道院は歴史と伝統がある学校だ。それはつまり、黒い目の歴史と伝統だ。

――君に似合う学校じゃない。

と、清寺さんは言った。彼の言いたいことはよくわかった。

制道院は表向き、緑色の目を受け入れている。黒い目の生徒たちも現代的な倫理観を当たり前に持っている。だがあちこちに、古い価値観がわだかまっている学校でもある。

そのひとつが、拝望会だ。

戦前から続くこの行事は、緑色の目に対する黒い目の侵略戦争をモチーフとして生まれた。現代ではもう、そのことは説明されない。あくまで子供たちの心身の成長を促すための行事という名目だ。でも、説明をやめても、歴史がなくなるわけではない。

だから緑色の目を持つ私たちは、拝望会を最後まで歩かない。学校もそれがわかっていて、行程の七割ほどの場所にある宿泊施設での棄権が許されている。残りの三割は、黒い目の彼らだけのものだ。

坂口孝文のことは関係なく、私はこの馬鹿げた行事を利用しようと考えていた。

＊

橋本先生は、表面だけをみれば完璧な男性だ。

まるで高級ブランド店に置かれるマネキンみたいな肉体を持っている。背が高く、とくに脚が長く、全身にバランス良く筋肉がついている。はっきり高い鼻と品の良い瞳は、古いロマンス小説の挿絵みたいだ。金持ちの家の次男で、本人は学生のころに水泳で全国大会に出場している。学歴もそれなりに誇らしいものだ。制道院の卒業生で、関東《かんとう》の有名私大を出た。大学の在籍中には半年ほどの海外留学の経験もある。

彼が教壇に立つと、それだけで教室が学園ドラマのワンシーンみたいにみえた。落ち着いた、低い声で彼が授業を始めると、音響係が的確にボリュームを調整するように、すっと生徒たちから雑音が消えた。一方で彼はまるで少年みたいな笑顔も持っていた。それをみて、一部の女子生徒たちが「かわいい」と騒いでいた。

きっと橋本先生は、かすり傷のひとつもない完璧な人生を歩いてきたのだ。今もまだ、その道を歩いているのだ。事実はわからないが、周囲にそう信じさせる立ち居振る舞いを身につけた男性だった。

「とても良いと思う」

と彼は言った。

拝望会の目的地に選択肢を作ろう、という提案に対する返答だ。

橋本先生が私の提案を頭ごなしに否定することはないと知っていた。だって私は、緑色の目を持っているから。彼は善良な人間だ。そして自分を善良な人間だと定義している人間だ。緑色の目から出た拝望会への意見を無視できない。

橋本先生は舞台俳優みたいにわかりやすい、真剣な表情で続ける。

「でも、いくつか問題がある」

もちろん。問題はある。

「人員のことですか？」

「それも、問題のひとつだよ」

「経路を分岐させるのは、行程の終わりだけです。高等部からもう一〇名ほど運営委員を募れば、充分に安全に配慮できる見通しです」

「集まると思う？」

「はい。難しいことではありません」

生徒に対して強い発言権を持つ紅玉寮と、一部の生徒からの人気が高い橋本先生が手を組めば、一〇人くらい簡単に集められる。だが彼はゆっくりと首を振った。

「でも、それじゃあ生徒に負担がかかり過ぎる。学校行事として正しい形ではないよ」

「なら大人の数を増やす方法はありませんか？」

「なくはない。たとえば、保護者や卒業生に協力を頼むことはできる」

橋本先生は顎に手を当てて、なにか考え込んでいるようだった。

私はじっと彼の次の言葉を待った。彼は眉間に深い皺を寄せて、言った。

「なんにせよ、問題は他にもある。君の方法だと、拝望会の抜本的な改善にはならない」

抜本的、と私は反復した。

彼はこちらが、その言葉自体を知らないと受け取ったようだった。

「つまり、根っこの部分の改善にはならない。順番に考えてみよう。君があの行事を嫌っているのは、成り立ちに問題があるからだろう?」

橋本先生は根っこの部分で間違えている。私は拝望会を嫌っていない。まったく。むしろあの馬鹿げたイベントに、どちらかというとわくわくしている。

正直、学校行事の成り立ちなんてもの、私にとってはどうでもいい。たとえば明智《あけち》光秀《みつひで》が織《お》田《だ》信長《のぶなが》を討ったエピソードに、差別や偏見を感じる人がいるだろうか。それを題材としたイベントがあったとして、どこかから文句が出るだろうか。私には想像できない。

もしも日本という国が、完全に目の色による違いを克服できたなら、拝望会の由来だって同じになるはずだ。本当に公正な世界の私は、目の色なんて気にも留めない。同じ緑色の目を仲間だと信じることも、黒い目を敵だと恨むこともない。

なら黒い目が緑色の目を侵略した戦争に憤りもしない。黒い目同士の戦いや、緑色の目同士の戦いとなんの違いもないものになる。すべてを均等に人類の歴史として受け入れられる。

――橋本先生は、この価値観を理解できる人だろうか?

答えはわからない。わからないから、黙っていた。

そうすると彼は、勝手に続きを話し始める。

「生徒に選択肢を与えるというのは、一見、フェアな解決にみえるよ。でも本質的な問題は残ったままだ。つまり黒い目の私たちが過去を反省せず、伝統という名前で過ちを覆い隠している。拝望会の本質を正すためには、経路と目的地を全面的に変えるしかない。それで初めて拝望会は、差別的な歴史から切り離された健全な行事になる」

橋本先生の主張は、まあ、わからないでもない。彼は架空の、「拝望会で傷つく緑色の目をした生徒」を前提に話をしているわけだけど、この前提に当てはまる生徒だっていないわけではないだろう。

私はできるだけ反抗的に聞こえないように、小さな声で、気弱げに言った。この演技はあまり自信がない。

「つまり先生は、マイノリティの感情のために拝望会を正すべきだと考えているんですよね？この学校において緑色の目は少数派だけど、それを蔑ろにしてはいけない」

「もちろんだよ。人数の多寡が、問題を矮小化《わいしょうか》してはいけない。ひとりひとりを平等な人間として扱い、気持ちに寄り添うことが重要だ」

「素晴らしいと思います。誰も犠牲になるべきではない」

「うん」

「先生のお話は、私もまったくその通りだと思います。でも拝望会の経路をすぐに変えられないのであれば、段階を踏む必要があります。今、この学校にいる私たちが犠牲にならないために、まずは拝望会の経路選択制を応援していただけませんか？」

橋本先生は少し困った様子で、私をみつめていた。

私は彼の反応を待っていた。何パターンか、彼が言いそうなことを想像して、それに対する話の進め方をイメージした。でも想像になかった言葉を、彼は口にした。

「必ず拝望会を変えてみせるよ。私を信じてくれないか？」

思わず笑ってしまいそうになり、私はどうにかそれを呑み込む。いったいこの人の、なにを信じろというんだ。

「いつまでに、変えられますか？」

「君が制道院にいるあいだには、必ず」

「それでは遅いんです。今の高等部三年生にも緑色の目はいます」

長期的な計画で完全な解決を目指すにせよ、短期的にも結果を出さないと、本当に少数を守ることにはならない。――というのは、本来の私の考え方ではない。ただ橋本先生に合わせただけだ。

私は真の意味でマイノリティを守ることなんてできないと思っている。人々に正しい倫理観を持てというのは、本質的には少数派の思想の排除なのだから。正しさというあやふやなものを根拠に、多様な思想に順位をつけて、下位のものを切り捨てるのが社会通念上の倫理だ。だからマジョリティに認められたマイノリティだけが、どうにか発言を許される。

私はこれまで、何人もの、橋本先生のような人をみてきた。若草の家にいたころ、私に手を差し伸べた大勢が彼のようだった。彼のような人は、ひどく無自覚に、疑いもなく自分を多数派の代表だと信じている。自分の倫理観こそが正しく、世の中に広く受け入れられるべきものなのだ、と。なんて可愛らしいのだろう。多数派に属していることに安心しながら少数派を守ると言い張る。

私は違う。私は、本当に少数派から出発している。倫理というものの本質が数の力だと経験している。だから、多数に届く言葉を選ばなければいけない。私にとって気持ちの良い言葉ではなく、私ではない人たちを納得させる言葉を。だから真摯《しんし》に笑って嘘もつく。

「橋本先生のような人が制道院にいることは、私みたいな、緑色の目の生徒の救いです。私にこの学校の本質を変えることはできません。それは、先生を頼るしかありません。だから私はその過程で、傷つく人ができるだけ少なくなることを考えたいと思います」

どうかご協力いただけませんか？　と気弱げに首を傾げてみせた。

私はこの緑色の目まで利用して、成し遂げたい目標がある。だから真面目に、真剣に、本心とは違う言葉だって心を込めて口にする。

橋本先生は言い訳のようにささやく。

「考えておくよ」

なにを？　いつまでに？　もっと具体的な話をして欲しい。でも今は慌てるべきではない。

橋本先生からは、私はあくまで弱い立場の、この学校に不満がある少女にみえた方がよい。

でもどうしても、もうひとつだけ確認したいことがあった。

「私も、できることがないか考えてみます。坂口くんにも相談して」

「坂口？」橋本先生の表情が強張《こわば》る。「どうして、あいつなんだ？」

私はなにも事情を知らない風を装って、できるだけあっさりした口調で答える。

「だって坂口くんは、同じクラスの拝望会運営委員です。おかしいですか？」

先生は口をつぐんで、なにか考え込んでいるようだった。私が――きちんと演じられていたなら――不安げな表情でみつめていると、彼は言った。

「坂口に協力を求めるのは、難しいかもしれない」

「どうしてですか？」

「あいつは、制道院の伝統を変えるのには反対だよ。聞く耳を持たない」

「なにか、あったんですか？　事情を教えていただけませんか？」

橋本先生は、ずいぶん答えづらそうにしていた。教師の立場から生徒を悪く言うことに抵抗があるのだろう。この人が持つ、当たり前の倫理観で。

でも私には、緑色の目という武器がある。

「坂口くんは、偏見のない優しい人だと思っていました。もしもそうでないなら、教えていただけると嬉しいです。あんまり傷つきたくはないから」

自分の言葉が気持ち悪くて、思わず顔をしかめてしまいそうになる。私はそれを堪えたけれど、素直に顔に出した方がよかったかもしれない。別の理由で傷ついているようにみえて。

橋本先生が言った。

「私が拝望会の経路を変えるために行動を起こしたのは、昨年のことだった」

そして、坂口と綿貫のことを話してくれた。

＊

私にとって、拝望会は道具でしかない。

橋本先生には、それなりの数のファンがいる。加えて彼の考えは、まったく生徒たちに共感されないわけでもない。拝望会の経路なんてどうでもいい、といった意識の生徒が多数派だろうが、一部は橋本先生が言う通り、過去の面倒な歴史から距離を置くべきだと考えている。その人たちを、次の生徒会選挙で荻さんの支持層にすることが目的だ。伝統ある拝望会の一部を生徒の力で変えれば、実行力を示すことができる。

一方で橋本先生の意見が完全に通ってしまうと問題が生まれる。経路を複数用意して選択制にする程度であれば、それなりの生徒に受け入れられる見通しだが、本当に制道院の伝統を変えてしまうと反発も大きいだろう。一部の生徒たちが評価し、別の生徒たちの感情はできるだけ逆なでしない。この辺りに落ち着けたい。

ともかく拝望会の経路を選択制にするには、安全面の準備が重要だ。だから大人の協力者を集めなければならない。橋本先生は「保護者や卒業生に協力を頼むことはできる」と言ったけれど、卒業生の方は難しいだろう。卒業生を管理している学友会は制道院の伝統を守ることばかりに固執していて、拝望会の内容を変えたいなんて提案に乗るとは思えなかった。

なら、残る一方――現在の生徒たちの保護者を頼るしかない。それも、緑色の目を持つ生徒の保護者。ここを取り込めると、話が大きく進むはずだ。だから私は、緑色の目の生徒に会って回った。そのひとりが八重樫朋美だった。

六月の末、相変わらず憂鬱《ゆううつ》な雨が降る日に、私は八重樫を呼び出した。名目には坂口を使った。彼女と坂口の関係はわからないけれど、共に綿貫と親しいから面識はあるだろう。

私たちは図書館へ向かった。中川先生に相談し、物置きにしている小さな一室を使う許可をもらっていた。紅玉寮の私の部屋でもよかったのだけど、あの部屋は八重樫から奪い取ったようなものだから、そのことを彼女がどう考えているのかわからなくて配慮した。

細い雨粒が窓ガラスを引っ掻く。私たちは部屋に積まれた段ボールのあいだで、予備としてしまわれていた椅子に腰を下ろして向かい合う。

「本当のことを言えば、貴女と友達になりたいと思っているの」

と、私は切り出した。八重樫は座面に両手をついて、背を丸めて座っている。

私はできるだけ軽く微笑んで、続ける。

「以前、紅玉寮に入ったばかりのころ、桜井さんに言われたことがある。あの寮には、私よりも貴女の方が向いているって」

彼女はうつむいたまま、窓の外の雨音でかきけされそうなほどの小さな声で答える。

「真琴は優しいから」

「うん。あの子は、私のことが許せないみたいだった」

「なに?」

「違うよ。本当に許せないのは、もっと別のものだと思う」

「貴女の方が、桜井さんよりも成績がよかったのに」

「つまり、私じゃなくて、真琴が紅玉寮に選ばれたこと」

「少しだけね」

「私と貴女が緑色の目をしているから」

「それはわからないよ。でも、そうかもしれない」

制道院には明文化されていないルールがたくさんある。寮生の選定基準も明らかになっていない。だから想像の範疇《はんちゅう》を出ないが、紅玉寮に八重樫ではなく桜井が選ばれたのは目の色が理由ではないか、と疑ってしまう。中等部の二年から紅玉寮に入れるのはふたりだけだ。その両方が緑色の目ではまずいと、制道院は考えたのではないか。

うつむいていた八重樫が、こちらの表情を確認するように、ちらりと目線を上げる。

「逆恨みだと思う？」

私は、意図して苦笑する。彼女の言葉を冗談にするために。

「まあね。私に言われても困る」

八重樫は、はっきりと頷いた。

「でしょうね。でも、約束していたの。一緒に紅玉寮に入ろうって。正直、私は寮なんてどこでもいいけど、真琴は友達だから。同じ寮に入れるなら、その方がよかった」

「個室も使えるし」

「そうだね。個室も使える」

「そして私がいなければ、約束は叶っていた」

「たぶん」

当たり前に昨年の成績上位者二名が紅玉寮に入り、目の色も緑と黒がひとりずつであれば学校側も文句はなかった。なんて幸福な世界、と私は胸の中でつぶやいてみる。そして笑う。どこが？　それは偶然、問題が表面化しなかっただけの世界だ。

八重樫は小さな、でも意外に明瞭《めいりょう》な声で、口早に言った。

「真琴が本当に苛立っているのは、目の色が理由で紅玉寮に入る生徒が選ばれたことなんだと思う。理由にならないことで、自分だけが得をしているように感じて、気持ちが悪いんだと思う。茅森さんにはなんの責任もないことは、あの子だってわかってるよ。でも八つ当たりができる相手は、貴女しかいない」

私は冗談を口にしてみる。

「洗濯物が濡《ぬ》れたとき、雨を恨むこともあるように」

八重樫がわずかに顔を上げる。

「なに、それ？」

「比喩だよ。わかりづらかった？」

私がそう微笑むと、八重樫もつられたように笑う。

「そもそも、比喩の必然性がわからない」

私はこの子が嫌いではなかった。初めは寡黙な少女なのだろうと思っていたけれど、ふたりきりで向かい合っていると、ずいぶん印象が違う。私が素直に話した言葉を、この子は誤解なく受け取る。根拠もないけれどそんな気がした。その確信は、坂口と話をしたときに感じたものに似ていた。

だから私は、言葉を飾らなかった。

「一般的には、八つ当たりというのは良いものではないよ」

「うん。だから貴女が、真琴を迷惑だと思うのはわかる。でも、それも雨みたいなものだと思って欲しい」

「つまり善悪ではなくて、自然現象みたいなものだってこと？」

「どうしようもない、もやもやとしたものが、間違ったところから溢《あふ》れることがある。出てくるところが間違っているから、善悪でいえばやっぱり悪だよ。でも真琴のもやもや自体は、そうおかしなものじゃない」

「わかった」

私が頷くと、八重樫は驚いた風に眉《まゆ》を持ち上げる。彼女はどちらかというと暗い顔つきだが、そんな風な表情はユニークで、可愛らしくみえる。

「なにが、わかったの？」

「貴女の話だよ。みんなわかった。つまり桜井さんは、悪い子じゃない。彼女が感じている苛立ちは自然なもので、発露の仕方が間違っているだけ。私はその間違いを受け入れるし、無条件に許す」

「どうして？」

「なにが？」

「もっと文句を言ってもいいでしょう。真琴は、不条理ではあるんだから」

「別に、不条理なものをみんな嫌わなくたっていい」

私にはそれを受け入れる覚悟がある。初めから制道院の生徒を、教師やその他の関係者も、誰ひとりとして嫌わないと決めている。すべてに笑顔で返してあげる。

内心じゃあ恰好をつけて、決め台詞のつもりで言ってみた。

「私の敵は、私が決めるよ」

八重樫は不思議そうに、じっとこちらをみつめていた。でもやがてまた視線を落とす。私から目を逸《そ》らすように。

「それで？　坂口くんのことで、話があるんでしょ？」

たしかに本題は坂口の件だ。というか、彼のことをきっかけにして、拝望会の話を進めるつもりだった。

「彼は橋本先生のテストをボイコットしている。知ってる？」

「いいえ。そうなの？」

「綿貫くんから、なにも聞いてない？」

「そんな話はしないよ」

「そう」

橋本先生と坂口孝文、それから綿貫条吾。あの三人のあいだで起こったことを、私は正確には知らない。あくまで橋本先生の立場からの説明を聞いただけだ。それでも、ある程度は事情を想像できた。

「坂口くんは、拝望会のことで橋本先生ともめたみたい。ほら、先生は拝望会の経路を変えようとしているでしょう？」

「ええ。それが？」

「昨年の秋――章明祭のあとの交流会で、橋本先生は拝望会の経路変更の話を進めるつもりだった。学友会の会長を説得したかったみたい。だから先生は、交流会に綿貫くんを呼んだ」

八重樫はその話に興味を持ったようだ。彼女と綿貫が恋人なのかはわからないが、なにかしら特別な関係ではあるのだろう。「聞いてない」と鋭くささやく。

私は続ける。

「学友会には立場がある。拝望会はすでに、歴史的なあれこれとは切り離されたものだと説明している。つまり緑色の目は、今回の件には関係がない。だから橋本先生は、拝望会の経路変更のために、綿貫くんの――」

私はそこで、言葉を途切れさせた。思わず口にしそうになった言葉はこうだ。

――綿貫くんの、障害を利用しようとした。

きっと坂口は、こんな風に受け取ったのだろう。だから、怒った。でもその表現は、綿貫と仲のよい八重樫に対してあまりに配慮がないだろうと感じて、言葉に詰まった。

八重樫の方は、こちらが押し止《とど》めた言葉なんかに興味もない様子だった。小さな、だがとても速い口調で尋ねる。

「坂口くんも知ってるの？」

「綿貫くんに付き添っていたみたい。だから彼は、橋本先生にひどく腹を立てている」

八重樫は丸まっていた背をいっそう丸めて、なにか考え込んでいるようだった。彼女はもともと大きくはない目を、さらにすっと細める。

「なんだか、ピースが足りない感じがする」

「ピース？」

「だって茅森さんの言い方だと、坂口くんは条吾のために怒っているみたいだもの」

「それが、おかしい？」

「おかしいというか、気持ち悪い。条吾のために勝手に怒って、勝手に成績を落としても、悲しむのは条吾だよ。理屈が通ってない」

「なにもかもが理屈通りってわけじゃないでしょ。私からみれば、どんな理由があるにせよ、テストを白紙で提出するなんて理屈が通らないよ」

それでなにを変えられるっていうんだ。自分の将来の足を引っ張るだけだろう。張るべきではない意地を張っている。

でも八重樫は首を振る。

「違う。彼にとっては真っ当な理屈があるから、坂口くんは怒っているはずだよ」

私はつい尋ねた。

「坂口と親しいの？」

口にしてから、坂口を呼び捨てにしたことに気づき、胸の内で反省する。私はクラスメイトの扱いに差をつけないことを心がけている。

八重樫は小さな、でも堂々とした声で答える。

「ううん。でも、無遠慮に周りを傷つけるような怒り方をする人と、条吾は友達にならない」

わからないだろう、そんなの。価値観の一部が合わなくても、別のことで気が合ったのかもしれない。本質的な考えが違っていても、自然と生まれる友情もあるだろう。

でも八重樫は、あのふたりの関係に確信を持っているようだ。相手が信じていることに踏み込むのは注意が必要だ。私は迂回《うかい》して進むことを選ぶ。

「ともかく坂口くんは、拝望会のことで橋本先生ともめている。でもそれは、彼のためにならないと思う」

八重樫は、「彼のためにならない」と反復した。非難するような、冷たい口調だった。

傲慢な言い回しだということはわかっている。私はそのまま話を進める。

「拝望会のことは、私も気になってるの。だから、生徒が経路を選択できる形を提案している。新しい経路は、もちろんバリアフリーにも配慮する」

八重樫の雰囲気はまだ冷たいままだった。彼女は「そう」と素っ気なくつぶやいた。

その態度には、違和感があった。

「貴女は、拝望会をどう思っているの？」

八重樫朋美も緑色の目を持つひとりだ。なら、これまでにも必ず、そのことで仄暗い経験をしているはずだ。けれど彼女は、興味もなさそうに言った。

「どうでもいいよ」

「本当に？」

「多少、傷つく。歴史がどうって話じゃなくて、拝望会が近づくと、目の色を理由にクラスに壁のようなものができるから。でも、普通に生活していて、まったく傷つかないなんてことはないよ」

「だとしても、傷つかない方がいい」

「受け入れてしまえばいいんだよ。わざわざ問題にするから、大事になる。より苦しむことになる。少し気持ち悪いなと思っても、上手くやり過ごせばいい。目の色なんか関係なく、誰だってそうしているよ」

正直、私は彼女に共感できる。

若草の家にいたころ、私もそうしていたから。

橋本先生のような、問題の外側にいる人は、いくらだって理想を語れる。でも問題の内側にいる私たちがまず求めるものは理想じゃない。ささやかでも現実的な問題の解決だ。そのとき、ただ耐えることが有効な手段にみえる。

でも私は、もうそこには立っていない。当時の私を置き去りにして歩き出すことを決めたのだ。だから八重樫にだって優しく答える。

「貴女はなにも苦しむ必要はないんだよ。私が好きでやっていることだから。貴女が今まで通りに過ごしているあいだに、問題が消えてなくなるよう努力する」

問題、と八重樫は反復する。彼女には気になった言葉をそのままなぞる癖があるのかもしれない。

重苦しい沈黙のあとで、硬い口調で八重樫は言った。

「よくわからないんだけど」

「そう。なにが？」

「貴女は緑色の目が、どうなればいいと思っているの？」

決まっている。

私はいつだって、イルカの星を夢見ている。

「誰も瞳の色なんて気にしない世の中を作るんだよ。そんなものは、鼻の形や声の高さと同じように、ただの個性のひとつになる。本当に平等な世界で暮らしたい」

私は深い自信を持っていた。誰もが納得する倫理観に基づいて話しているつもりだった。

でも八重樫は、力強い瞳でこちらをみつめる。

「鼻の形や声質を、本当に気にしている人もいるよ」

「そうかもしれないけど。でも、偏見には繋がらないでしょう？」

「ううん。本人の考え方次第だよ。この世界のどこかには、きっと貴女の言葉で傷つく人もいる。私が本当に苦しんでいることを蔑ろにされている、と感じる人もいる。瞳の色は今の社会で問題になっていて、鼻の形はまだ注目されていない。それだけだよ」

彼女がなにに意地になっているのか、わからない。

でも、いい。

「たしかに私の言葉は、配慮が足りなかったのかもしれない。でも私が言いたかったのはつまり、誰も、彼らも私たちも瞳の色なんか気にもしない世の中が――」

「それが、違う」

八重樫は初めて、私の言葉を遮った。

やはり小さな声で、でも強い口調で彼女は言った。

「私はこの目に誇りを持っている。この目はたしかに、私の一部なんだから。瞳の色の歴史をみんな忘れるくらいなら、多少は傷ついている方がいい。まったく傷つかないよりも、傷つくことを受け入れられる方がいい」

そうじゃない、と私は言いたかった。でも上手く口が動かなかった。彼女の言葉がどれほど重たいものなのか、咄嗟には理解できなかったけれど、本能が無視できない指摘なのだと気づいていた。

丁寧にナイフで刺すように、八重樫は言った。

「貴女の目標が、どれだけ正しいのか知らないよ。でも貴女が言っているのは、ひとつの歴史と文化を、暴力的に無視してしまおうって話だよ。私はそこまでプライドを捨てられない」

私は口をつぐんでいた。いつまでも、いつまでも。

窓の外では雨が降り続いている。その音もよく聞こえない。

八重樫はもうなにも言わず、席を立って退室した。

5、坂口孝文

そのとき僕は、書架の整理の途中で、気になった本のページをめくっていた。

雨の日の図書館が好きだった。日常の、つまらないノイズみたいなものから遮断されている感じがして。背を壁に預けてページをめくると、自分さえ忘れてテキストに没頭できた。僕がいるのはすでに制道院の図書館ではなく、一九世紀初頭のフランスを舞台にした不可思議な物語の中だった。

でもほんの小さな声が、僕を図書館に引き戻す。

「坂口くん」

ページから顔を上げると、すぐ隣にひとりの少女が立っていた。

八重樫朋美。僕は彼女のことを、ほとんど知らない。一年生でも二年生でもクラスが違う。綿貫からも八重樫の話を聞くことはあまりなかった。でも綿貫が気に入っているのだから、誠実な子ではあるのだろう。

「どうしたの？」

僕が尋ねると、彼女はみたこともない果実を目にした狐みたいに深刻そうに眉根を寄せた。

「廊下の突き当たりに、物置きがあるでしょう？」

「うん」

「そこに、行ってくれる？」

「いいけど、どうして？」

なにか探し物があるのだろうか、とも思ったけれど、違うようだ。

「茅森さんがいるから」

「茅森？」

「行けば、わかるよ。でも、行きたくなければ、別にいい」

僕はそっと息を吐き出す。――通路の奥の部屋に茅森良子がいる。僕はそこに行く権利も、行かない権利も持っている。なんて頭の中で言い直してみても、やっぱりわけがわからない。でも、八重樫は僕がそこに行くべきだと思っているのだろう。でなければわざわざ読書中の僕に声をかけたりはしないだろうから。

「わかった」

僕は本を閉じて、それを書架に戻した。

図書館の、倉庫に使っている一室の扉を開けたとき、その先にみえた景色はまったく想像もしていなかったものだった。

茅森良子が泣いている。

窓の片脇に立って、壁に両手をついて、うつむいて涙を流している。僕はノックを忘れたことを後悔した。

音が立たないように扉を閉めて、彼女に声をかける。

「君でも泣くことがあるんだな」

僕はもっと優しい言葉だって選べた。そうすべきなのかもしれない、という迷いもあった。でも茅森良子に似合う優しい言葉というものが、僕には思い当たらなかった。

茅森は大きな虫でもみつけたように慌ててこちらを向く。乱暴に目元をぬぐったが、なにも答えなかった。僕はできるだけゆっくり彼女に歩み寄る。

「なにがあったの？」

そう呼びかけた僕の声は、情けなく上ずっていた。「な」はよくないのだ。とくに一文字目だと上手く発音できない。でも、今だけはそのことを、気にするのを止めた。

茅森は首を振った。

「別に。なにも」

「なんにもないのに、君が泣くかよ」

「私のなにを知ってるの？」

「僕のライバルなんだろう？」

「なに、それ」

「知らないよ。君が言い始めたことだ」

茅森の涙は、あとからあとから流れてくるようだった。彼女自身、そのことに混乱しているようにみえた。必死に涙を手でぬぐっていた。

「八重樫に言い負かされたのか？」

「別に。そういうことじゃない」

「口論に負けたくらいで君が泣くとは思わなかったな」

「だから、違うって言ってるでしょ」

苛立たしげに彼女が叫ぶ。

僕は茅森の間近に立って、腕を組んで彼女をみつめる。もう一度尋ねた。

「なにがあったの？」

「貴方には関係ない」

「だろうね。でも、事情を知らないと、慰めることもできない」

「慰める？　私を？　馬鹿にしてるの？」

「誰が相手だって、泣いていたら慰めるよ」

だって、涙っていうのはそういうものだろ。苦しいんだってメッセージで、簡単には無視できないだろ。

「君はいつだって、相手の上に立とうとする。僕は別に、それがおかしいとは思わない。窮屈そうだなとは思うけれど、でも君にはきっと、譲れないなにかがあって、そのために努力しているんだろう。僕にはできないことだ。だから、尊敬している」

「今日はずいぶん、よく喋るじゃない」

「そうだね。でも、君が泣くほど珍しくはない」

彼女が泣き止むまで、いくらでも喋ってやる。僕の情けない声を聞かせてやる。この子の涙の価値は知らないけれど、それくらいの対価は払ってやる。

「その通りよ」か細い声で、彼女は言った。「全員を見下してやる。全員の上に、私は立つ。だから、八重樫さんはあのままでいい。彼女がなにを言おうと、なににこだわっていようと関係ない。私は、私が想像する未来を信じている」

「違うだろ。本当に関係ないと思ってるなら、泣かなくていい」

八重樫は、茅森にとって無視できない話をしたのだ。なのに茅森は、頑張って、苦しんで、八重樫の言葉から目を逸らそうとしている。

初めて、茅森のことを理解できた気がした。

この子の愚かさと、その裏側にある誠実なものの輪郭が垣間見《かいまみ》えたような。

誤解かもしれない。的外れかもしれない。それで彼女が笑うなら充分だった。それで彼女が怒るなら、涙よりはましだった。感じたままを僕は伝える。

「君は、誰かの上に立ちたいわけじゃないんだ。対等に話ができる相手が欲しいだけなんだ。きっと、友達みたいなものが」

茅森良子にとって、周囲の大勢は愚かなのだろう。彼らを許す理由に、上下の関係を持ち出すのだろう。子供が間違ったことを言っても、真っ当な大人であれば腹を立てないように。誰も彼もを平等に許す魔法が、「私が上だ」という姿勢なんだろう。

でもそんなものは言い訳だ。

「当たり前だろ。無理やりに馬鹿を許すよりも、相手を馬鹿にせずに話し合えた方が気持ちいいに決まってるだろ。それくらいのこと、さっさと認めろよ」

茅森は濡れたままの頰で、じっと僕を睨みつけていた。

僕はもうなにも言わなかった。喋ることを止めたわけじゃない。上手く言葉がみつからなかっただけだ。また茅森が目元をこする。もう涙はひいたようだった。

彼女は言った。

「私には目標がある」

つい笑って、僕は答える。

「人類の平等」

茅森はあくまで真剣に頷く。

「そのために、譲れないものがある。私は私の正しさを信じている。本当に」

「でも八重樫には、上手く反論できなかった」

「ええ。だから、私の考えを刷新しないといけない。思想や倫理観を、常に新しいものに置き換えないといけない」

「良い方法があるよ。話し合えばいい」

茅森が、口元だけで小さく笑う。

「貴方もね」

「うん？」

「橋本先生のこと」

「ああ」

この子はこんなときまで、僕の上に立とうとする。反論できないことを言う。たしかに橋本先生と拝望会のことについて、僕は間違い続けている。

茅森は、軽く首を傾げてみせた。そしてとてもシンプルな質問を口にした。

「平等って、なんだと思う?」

僕はその質問に、多少は賢そうに答えることもできた。

平等というのは、誰もが同等の権利を持っていることだ。その権利が正しく認められている状態だ。そのために僕たちは、相手ひとりひとりを、個別の性質を持つ異なる個人なのだと理解しなければいけない。集団の傾向を安易に個人に当てはめてはいけない。個人の性質から、無根拠に集団の傾向を類推してもいけない。幸福というのは人それぞれ異なる形をしていて、それを独り善がりな正しさで、切って揃えてはいけない。倫理観は判断の根拠になるが、それは時代と共に変化し続けるものだから、現代に即しているのか疑い続ける必要がある。――なんて風に。

でも僕は、まったく違う言葉で答えた。

茅森良子を信頼しているから、僕の言葉で。

「君の嫌いなところを一〇〇個唱えることだよ。それから、大好きなところを、ひとつだけ唱えることだ」

理屈でまとめられるものじゃないだろ。本当の平等なんて。ひとつの理屈に閉じ込めてしまえば、あふれ出るものだってあるだろ。だから、相手を理解して愛することが、だいたい全部だろ。

彼女は呆れた風にほほ笑む。

「貴方はなんでも知ってるのね」

「君が知っていることを、言葉にしただけだ」

このとき僕はふと、本当に茅森良子が総理大臣になれればいいなと思った。

僕からみえる茅森は、悲しい少女だった。重苦しいものを抱えて、膝をつくこともできなくて、必死に耐えている。僕は彼女に同情していた。そんなことを知ったなら、彼女が激しく怒り、僕を見下すと知っていたけれど。でも、どうか許して欲しい。僕は心から、彼女を尊敬してもいた。その美しさを敬愛していた。

茅森を笑わせたくて、僕は言ってみる。

「頬、汚れてるよ」

でも彼女は笑わなかった。不機嫌そうに、ごしごしと涙の跡をこするだけだった。

仕方のないことだ。彼女の頬を濡らしていたものは、決して汚れなんかではなかったのだから。笑えない冗談を口にしたことを、僕は内心で恥じた。

幕間／二五歳

坂口孝文

先月、祖母の命日に、墓参りに行った。

自宅から車で一時間ほどかかる、山の中腹にある霊園だった。ずいぶん広い霊園で、大きくひらけた空の下を、両親と妹と僕の四人でゆっくりと歩いた。僕にはもうひとり妹がいるけれど、そちらは東京の大学に進み、家を離れていた。

墓の前で目を閉じて手を合わせたとき、まず思い浮かんだのは、老人ホームのベッドに腰かけた祖母だった。丸顔で、目が細く、白髪だらけの髪はあちこちに癖がつき毛先が跳ねている。その顔には塗装が剝《は》げて露出した古い土壁のように、多彩な皺が複雑に刻まれている。祖母は軽く顎を引いて微笑んでいるけれど、なんだか不安げで、怯《おび》えているようにもみえる。

そのころの祖母が脳裏に浮かんだのは、意外なことだった。

老人ホームに入る前、まだ同じ家で暮らしていたころの祖母は怖ろしい人だった。

彼女はいつもなにかに怒っているようだった。僕はあの人の、機嫌の良い顔というのをみたことがなかった。とくに母さんと、それから僕はよく叱られた。祖母の目からは、母さんと僕はずいぶん似てみえるようだった。家の中であの人の気配を感じるたび、僕は身体をすくませていた。

祖母は僕が着るものにも、学校の成績にも、遊び相手にもいちいち口を挟んだ。友達を家に呼ぶと決まって、母さんに「あれはどこの子なの？」と尋ねたそうだ。そして答えが気に入らなければ、もう一緒に遊ばないようにと僕に注文をつけた。

僕が自分の声をひどく嫌うようになったのも、祖母がきっかけだ。

――その耳に障る声はなに？

と言ったときの、こちらを見下ろす冷たい目を今も覚えている。

祖母は坂口家というものに対して、明確な定義を持っていたようだ。母さんには坂口家の妻として、僕には坂口家の長男として、共に完璧であることを求めた。そして、少なくとも僕の声は、彼女が望むものではなかった。

僕は不思議と、祖母を嫌ってはいなかった。もちろん好いてもいなかったけれど。

祖母はある種の神さまのようだった。信奉するとなにか素晴らしいご利益があるわけではない。失《う》せものは出ず、待ち人は来ず、良縁を結びもしない。でも気を損ねると僕らを祟《たた》る。だから祀《まつ》るしかない神さまだった。

きっと僕は、祖母を嫌うべきだった。幼い僕からみても、あの人の、母さんへの言動には目に余るものがあった。でも当時の僕は戦い方を知らなかった。人を嫌うということさえよくわかっていなかった。だからじっと首を垂れていた。

母さんの話では、祖母は昔、優しい人だったそうだ。でも、なにか病気で――という言い方を母さんはしたけれど、つまり認知症の一種なのだろう——まるで別人のようになってしまった。

祖母が老人ホームに入ったのは、僕が小学五年生のときだ。あの祖母が父さんの説得に応じて家を離れたことが、ずいぶん意外だった。

僕はそれからも、祖母を怖れ続けていた。嫌えるものなら嫌いたいと思い続けてきた。でも今はもうそうではなかった。認知症が進み、もう僕のこともわからなくなった彼女をまず思い出して、なんだか寂しかった。

うつむいたまま目を開くと、バケツの底に少し残った水で太陽の白い光が反射して、僕は顔をしかめた。初めて僕は、もう一度祖母に会いたいような気持ちになっていた。

*

茅森への手紙を書いたのは、その夜のことだった。

僕自身にも、どうしてそうしようと決めたのか、はっきりとはわからなかった。

おそらく理由は、ひとつではないのだろう。彼女と決別してからの八年間、季節が変わるたびに、夜がくるたびに、僕の胸には後悔が降り積もり、重たく蓄積した。たまたま墓参りをした日の夜に、僕にはその後悔を支えきれなくなったのだろう。

手紙を書くのは、ずいぶん苦労した。

書きたいことはいくらでもあった。もしも頭の中に思い浮かんだ言葉をすべて文字にしたなら、一〇〇枚の便箋《びんせん》でも足りなかった。僕はできる限り注意深く、繊細にそれらの言葉を削り取ろうとした。言い訳がましくなりませんように。書くべきではないことまで書いてしまいませんように。少しでも誠実でありますように。この手紙が、ラブレターのようにみえてしまいませんように。でもそんなことができるはずもなかった。どう書いたところで、僕から彼女に宛てた手紙は言い訳がましく、不必要に思わせぶりで、いくつかの後ろ暗い秘密があり、そして彼女への感情を隠せてはいなかった。

手紙を書きあげてからも、一週間は悩んでいた。

いまさら僕からの手紙が届いても迷惑じゃないか。僕が後悔から解放されるために、一方的に彼女を巻き込んでいるだけじゃないか。その想像は何度も僕の足をすくませた。

なけなしの勇気を振り絞って、というよりは怯えていることに疲れ果てて、僕はその手紙を投函《とうかん》した。

＊

茅森良子は、再び僕の前に姿を現すだろうか。

校舎前の階段に腰を下ろした僕は、赤いトランシーバーを強く握る。

時計の針は、五時三〇分を回っていた。

第3話

1、坂口孝文

チョコレート箱の分解には、定規とカッターを使う。線を引くように、定規に二度、三度と刃を添わせて、軽い力で切り取る。何度も繰り返してきた「清掃員」の仕事だ。僕はささやかながら専門家として、よくあるお菓子の紙箱であれば、どこをどう切れば期待通りの形に分解できるのかを知っている。この技術で、多少のお菓子を報酬にもらう。

僕は現在、一八人いる清掃員の代表をしている。こう言えば聞こえがいいけれど、要するにいちばん雑用をこなしている。

学外にゴミを持ち出す方法はシンプルだ。まず本を一冊用意する。できるだけ表紙が立派なハードカバーが良い。お菓子のパッケージであれば平たく切り取り、はがしやすい両面テープで表紙や裏表紙に張りつけて、その上からカバーをかける。

カバーは本についている紙製のものに加え、市販の布や革でできたものも用意し、場合によって使い分ける。紙製のカバーだと手触りに違和感があるときに、さらに上から厚手のカバーをかけるのだ。チョコレートの箱によく入っているプラスチックトレイくらいであれば、丁寧に平たくすれば手触りがわからなくなる。

この「特製本」を作るのが、僕の仕事だ。あとはその本を同業者に割り振って、少しずつ外に持ち出してもらう。今のところ、この方法は上手くいっている。

でも茅森に頼まれた電池は、カバーの下に張りつけるわけにはいかなかった。別の方法で、電池を学外に持ち出す方法も考えたけれど、より効率的なやり方を選んだ。

彼女には、必ず一週間で電池を交換するよう頼んでいる。切れる前の電池を回収し、同業者に配る。目減りした電池を受け取った同業者は、それを自分たちの部屋に備え付けられている非常用の懐中電灯の電池と交換する。もともと懐中電灯に入っていた方の、まだほとんど使われていない電池は、僕の手を経て茅森の許に届く。こうすれば彼女が新たな電池を寮に持ち込む手間も省ける。

とはいえこの方法は、使える回数に限りがあった。

「もう何人か仲間が欲しいな」

と僕は、綿貫に相談してみた。六月末の蒸し暑い夜、学習机でアーモンドチョコレートの箱にカッターを当てている最中だった。

綿貫はベッドに寝転がって、珍しく教科書を読んでいた。目前に迫った期末テストに備えているのだろう。ページをめくりながら彼は言う。

「事業の拡大は、ゆっくり進める計画じゃなかったのかい?」

「別に、急いじゃいない。基本的な方針は変わらないよ」

僕は最終的には、白雨寮の半数ほど――それは七〇名を超える――を同業者にしたいと考えていた。人数が増えれば、清掃業以外の分野にも手を広げるつもりだ。けれど勧誘は上級生よりも下級生の方が容易だろう。僕が中等部にいるうちは慌てるつもりはなかった。ただ、効率的に電池を処理したいだけだ。

綿貫は、清掃員の増員には気乗りしない様子だった。

「今年はもう難しいよ。めぼしい相手は取り込んだ」

「それは白雨の、しかも同級生と新入生だけだ」

「上級生を狙うっていうのか？」

「あるいは、他の寮」

「君はあくまで、白雨に互助会を作りたいんだと思っていたよ」

「元々はね」

正直、清掃業なんてどうでもいい。報酬にもらえるお菓子は重要じゃない。大切なのは僕たちが、自分たちの手で作った集団を持つことだ。いざというときに協力し合える、立場の上下がない集団を。

歴史をみても、同業者組合は力を持つ。利害が一致しているから団結できる。所属している寮で生徒の立場が決まるこの学校の不文律が気持ち悪くて、僕はそれに対抗できる組合を作ろうと考えた。だから職種はなんでもよかった。組合の繋がりこそが目的で、仕事内容は手段でしかない。充分な数の需要があり、大勢が少しずつ関われる仕事で思いついたものが清掃業だったただけだ。

もし白雨寮の中に七〇人の集団を作れたなら、その集団は発言力を持つ。この寮全体の意思を決定できるくらいの発言力だ。そして、僕の考えでは、白雨はすべての寮の中でもっとも強い。人数が多い、という明確な長所を持っている。ここの寮生の数は、制道院全体の三割を超える。

たとえば茅森がこだわっている生徒会選挙において、組むだけで三割の票を獲得できる組織というのは圧倒的だ。紅玉や青月だって、清掃員組織の協力を得られれば紫雲に勝てる。つまり白雨が意思を統一するだけで、現状の、寮による上下関係は崩れる。

僕はカッターを引き出しにしまい、代わりに両面テープを手に取って続ける。

「でもね、その互助会を、ほかの寮まで広げられればもっと良い。たとえば白雨と黒花で手を組めば、それだけで制道院の過半数だ」

僕が知る限り、モノクロ組から生徒会長が出たことはない。でも白雨と黒花が団結すれば、それだって難しいことじゃない。

綿貫はつまらなそうに鼻を鳴らす。

「やりたければ、勝手にやってくれ。元々清掃業は、お前が進めていたことだろう?」

「もう立場が違うよ」

昨年の秋まで、僕は学年の首席だった。周りからは、中等部のうちに紫紅組に入るだろうと予想されていた。だから仲間を作るのも容易だった。でもすでに僕の成績は、上から一〇人にも入っていない。

綿貫は教科書を目で追いながら、簡単に答える。

「なら、期末テストの準備をしろよ。首席を取り返せば元通りだ」

「準備はしてるよ。知ってるだろ」

普段は予習も復習も、綿貫より僕の方が真面目だ。

「お前の場合、勉強時間が問題じゃないだろ」

憂鬱なことを思い出させてくれるものだ。

僕は両面テープの長さを測っていた手を止める。

「そっちも。準備してるよ」

茅森に偉そうなことを言ってしまったから、そうせざるを得なかった。

期末テストに集中するために、解決しなければいけない問題がある。

＊

生徒指導室は、職員室に隣接する狭い部屋だ。

歴史のテストを白紙で提出したことで、僕は何度かその部屋に呼び出されていた。でも僕の方から橋本先生と話をしたいと言ったのは、初めてのことだった。

生徒指導室にはローテーブルを挟み、二台のソファーが向き合って置かれている。つるりとした光沢を持つ、濃いブラウンの革張りのソファーだ。一方に橋本先生が、もう一方に僕が腰を下ろす。先生は少し緊張したような、硬い表情を浮かべていた。僕も同じか、さらに硬い顔つきだっただろう。

僕はこの人と話し合うことができるだろうか。橋本先生が口を開く。

「話というのは、テストのことだね？」

僕は曖昧に首を振る。

「昨年の、交流会のことです。章明祭のあとにあった」

「君が、気分が悪いと言って退席した会だ」

「はい。あのとき僕には、どうしても許せないことがありました」

橋本先生が口元に力を込めた。彼は僕に、良い印象を持っていないのだろう。加えて生徒が教師に対して――とくに真面目で善良な橋本先生に対して、「許せないこと」なんてあってはいけないと考えているのだろう。

無理をして抑えつけたような、低い声で彼は言う。

「綿貫のことか？」

「違います」

だから僕は、橋本先生と話をしたくなかったのだ。これまで、彼に対して口を閉ざしてきたのは、綿貫に触れたくなかったからだ。でも今日はできるだけ素直な言葉で話そうと決めてここにきた。

「あれを、綿貫のことにしちゃいけないんです。そうしてしまうと、僕に怒る権利はなくなってしまうから。こんな風に、僕が自由に怒っちゃいけないことになってしまうから。これはあくまで、僕と橋本先生の問題なんです」

「君だけの問題でもない」

「はい」

「私には、君が綿貫のことで怒っているようにみえたよ」

「きっかけは、たしかにあいつです。先生が綿貫にしたことです。でも、僕はあいつのために怒っているわけじゃないんです。あくまで僕の感情で怒っているんです」

「なんの違いがあるんだ？」

「だから、権利ですよ。僕は僕以外のために怒っちゃいけないんです。相手が望んでいないなら。綿貫は、自分のために誰かが怒ることなんて望まない。わかりますか？」

「わからないよ。友人のために怒れるのは、美しいことだ。どれほど的外れな怒りだったとしても」

「だから、それは、友達が望んでいればでしょう？」

僕は橋本先生を前にすると、どうしても感情的になってしまうようだった。彼を見下して、馬鹿だと決めつけてしまうようだった。

――自分とは考えが合わない人間っていうのは、馬鹿にみえるものだよ。

胸の中で、呪文《じゅもん》のように中川先生の言葉を繰り返す。

――つまりそれを偏見という。自分とは異なる前提を持つ相手を、見下すことを。

今はその偏見に抵抗しなければいけない。

僕は深く息を吸う。彼の前提を理解して、言葉を選ぼうと努力する。

「たしかに、自分のために怒ってくれる友達が好きな人だっているでしょう。綿貫にだって、そういう感情はあるのかもしれません。でも、あいつの足のことは、そうじゃないんです」

とても気持ちが悪かった。綿貫の感情を代弁するようなこと、本当はしたくはないんだ。僕とあいつの関係は、こんな風ではないはずなんだ。

橋本先生は不満げに顎を引いた。

「けっきょく君は、私のなにが気に入らないんだ?」

違う、と咄嗟に、言いたくなった。

でも彼の言葉はまったくの真実なのだ。僕は、橋本先生が気に入らない。もう一度深く息を吸って、どうにか声のトーンを落とす。

「どうして交流会に、綿貫を呼んだんですか?」

「学友会の会長に、彼を知ってもらうためだよ。君は今の拝望会で満足なのかもしれないが、彼はそうじゃないだろう。綿貫のために怒るなら、拝望会の在り方に怒るべきだ」

「そんな話はしていないんです。僕は、綿貫じゃなくて——」

「私はその話をしているんだよ。つまらないことで、話を逸らすな」

なんだか胸が苦しかった。僕の言葉が、まったく的外れに思えて。こちらの気持ちが伝わる予感もなくて、孤独で、悔しくて泣きたくなった。

きっと茅森良子は、何度もこれを体験してきたのだろう。この、くだらない涙を。それでも彼女は諦めなかった。どうにか相手を受け入れようとした。だからいつだって自分が上に立とうとする。この人はまだ私と同じ場所にはいないのだからと諦めて、許そうとする。自分と相手を守るための、ぎりぎりの傲慢さを抱えている。

僕はまだ、茅森と同じ方法は選ばない。僕の方が優しいからではなくて、誠実だからではなくて。きっと僕は、彼女の万分の一も傷ついてはいないから。

「じゃあ、まず先生の考えを聞かせてください。どうして拝望会を変えたいんですか？」

「当然の倫理に従っているだけだよ」

「その倫理を、教えてください」

「とても簡単なことだ」

先生は短い時間、口を閉ざし、人差し指の爪で何度かテーブルを叩《たた》いた。

それから、丁寧に抑制された、知的に聞こえる声で言った。

「なんであれ、被害者が存在するなら、それは暴力だと私は考えている。そして暴力というものは、現代社会では悪として扱わなければならない」

質問は？　と尋ねられて、僕は言った。

「被害者の定義は？」

「それは定義づけできない。むしろ、してはいけない。強いていうなら、本人が被害に遭ったと感じていること。それがすべてだ」

「なら両者が被害者だと感じていたら？」

その質問は、橋本先生にとっては想定外のものだったようだ。

彼は腕を組み、顔をしかめて答えた。

「そのシチュエーションを想像できないが、原因と言える要因を作った方が悪だろうな。どちらか一方が、自分は加害者だと認められず、向こうが悪いという幻想に囚《とら》われている」

「僕の理解が足りないならすみません。すでに、矛盾があるように感じます。本人が被害に遭ったと感じていることがすべてなのではないんですか？」

橋本先生は気分を損ねたようだった。これは、僕にも非があった。僕は先生と口論したいわけではなかった。できる限り丁寧に話し合おうと決めてここに来た。言い回しにも注意深く気を遣うつもりだったのに、どうしても僕の声は攻撃的になった。

先生は形の良い眉をきゅっと寄せて、睨むような目でこちらをみる。

「前提に、社会通念上の倫理というものがある。そこから逸脱しているものまでは守ることはできないよ。被害者と加害者を取り違えれば、さらに被害者を苦しめることになる」

その、社会通念上の倫理なんてものを、誰が誤解なく理解していて、誰が間違えているのか知りたかった。倫理の正当性を担保するのが、言葉の通り社会なら、社会からはみ出た例外的な少数にとっては彼の意見自体が暴力なのではないのか疑問だった。

でも今の僕には、それらを理性的に尋ねられる気がしなかった。

だから代わりに、話を前に進めるための質問をした。

「つまり、先生はどうして拝望会を変えたいんですか?」

橋本先生は両肘《りょうひじ》を膝の上に置き、身を乗り出すようにして、言った。

「拝望会には被害者がいる。そのことが、倫理的に明らかだからだ。緑色の目の人たちが苦しむ歴史を引きずっているなら、それを正さなければいけない。生まれつき足が不自由な生徒が悲しむことを見過ごしているなら、それを正さなければいけない。人は生まれ持った属性を理由に我慢を強いられてはいけないんだ」

もう、耐えられない。

僕は上ずった声を張る。

「貴方がしたことが、それなんです」

どうしてわからないんだ。どうして、そんなに鈍くいられるんだ。他人事であれば善悪を語れるのに、どうして自分のそれには無自覚なんだ。

「貴方は綿貫を、ただ足が不自由な生徒という属性で判断したんです。あいつの考えなんか関係なしに。あいつが傷ついて、我慢を強いられることにも構わずに。それが、貴方が言う偏見じゃないんですか」

僕は綿貫のために怒っているんじゃない。本当に。

昔から、どうしてだか許せないんだ。本来なら尊敬すべき立場にいる人が、たとえば学校の先生が、言葉と行動に矛盾を抱えているのが。僕からみてフェアではないことが。だから、これは純粋な僕自身のための怒りだ。

でもどれだけ声を張り上げても、僕が言いたいことは伝わらないようだった。彼はしばらく不機嫌そうに沈黙して、やがて言った。

「落ち着けよ。綿貫に、事前に了解を取らなかったことを怒っているのか？　でも、あいつにだって、つらくても自分の気持ちを言葉にしなければいけないときもある」

そんなの貴方が決めることじゃない。それに貴方は、綿貫の気持ちをまったく理解していない。きっと、しようとさえ。

僕はうつむく。でも諦めきれなくて、とても大切な宝物をそっとみせるような気持ちで口を開く。

「あいつは、拝望会で食べたカップラーメンを、羨ましいって言ったんです」

拝望会の後で、あいつと話をしたんだ。――もうくたくただよ。とくに最後の階段がひどくて。なんて無駄なことをしてるんだって思った。何度も引き返してやろうとした。でもね、拝望会で食べるカップラーメンは最高なんだぜ。

僕がそう言ったら、あいつは笑ったんだ。

――いいなあ。それは、羨ましいな。

わかるだろ。わかれよ。強がっていたのかもしれない。傷ついていたのかもしれない。でもあいつは笑って、そんなことが言える奴なんだよ。

だからあいつを理由に、拝望会を壊しちゃいけないんだよ。もしも拝望会を変えるんだとしても、綿貫とは関係のないところで話を進めなきゃいけないんだ。あいつのために、なんて言ってしまったら、そんなの残酷すぎるだろ。

でも僕の言葉は、橋本先生には伝わらない。

彼はなんだか抜け殻みたいな、あまりに軽い口調で言う。

「だから、拝望会を変えないといけないんだろ」

僕はうつむいたまま、いつの間にか滲んでいた涙を、気づかれないようにそっと拭《ぬぐ》った。

2、茅森良子

坂口孝文に涙をみられたことは、大きな汚点だった。

私は名誉を挽回《ばんかい》しなければならない。坂口に対して？　違う。私自身に対して。

とはいえ泣いてしまった事実は変わらない。個室を持っている利点を最大限に生かして――つまりは毛布に顔をうずめて手足をばたばたとさせて――恥ずかしさに耐えるしかない。あとはひたすら、やるべきことを進めるだけだ。

期末テストに向けた勉強と、拝望会の経路選択制の件に夢中になっているあいだに、七月に入っていた。九月には拝望会が、一〇月には生徒会選挙があるものだから、急がなければいけない。とくに拝望会に関しては、夏休みに入る前に学校を説得しなければ時間が足りない。

梅雨が明けた七月上旬の月が明るい夜、荻さんの部屋を訪ねた。荻さんは学習机の前に座っていて、私はその隣に立つ。

「緑色の目の七割ほどは、拝望会の経路選択制に肯定的です。他の生徒に関しても、二割程度はこちらに乗ってくれる見通しです。元々、紅玉寮が持っている固定票と層が被っているところもありますが、予定通り、全体の四割は取れるはずです」

私の報告に、荻さんは素っ気なく頷く。

「そう」

「そろそろ、ご決断いただけませんか？」

荻さんが生徒会長に立候補する件だ。彼女は以前私が渡した計画書のページをめくりながら、首を傾げる。

「対立候補の件が、まったく進んでいないようだけど？」

荻さんを生徒会長にするプランには、ふたつの柱がある。

一方が、拝望会の経路選択制。これは私がある程度準備を進めてから荻さんに引き渡し、他の生徒には彼女の実績としてアピールする予定だった。

そしてもう一方が、紫雲対策の候補者だ。荻さんは、少なく見積もっても四割ほどの票を取れる見通しだが、おそらく五割には届かない。紫雲の立候補者との一騎打ちになれば、四対六で完敗だ。相手の六割を削ってくれる、別の候補者が必要になる。

「候補者の目星はついています」

「津村浩太郎《つむらこうたろう》」

「はい」

現状の、高等部一年の首席だ。数学部のエースで、昨年の全国大会でもずいぶん良い成績を収めているから、校内での知名度も高い。

しかも津村さんは青月寮にいる。紫雲でない理由は家庭だろう。彼の父親は大きな企業の社員だが、資産家というほどでもない。紫雲寮には金がかかるし、寮生の選定は家柄や寄付金も関係していると噂だ。そもそも津村さん自身が学内での立場にこだわっていないようで、紫雲に入りたいという希望も出さなかったと聞いている。

荻さんは顎に手を当てる。

「津村とは、それなりに話をするよ。簡単に説得できる奴じゃない」

「はい。それで、少し困っています」

「君でも困ることがあるんだね」

「困ってばかりですよ。私は嫌われ者ですから」

この学校に入ったばかりのころとは違い、私が紅玉寮にいることは認められつつある。そのために学力を示してきたし、品行方正な優等生という態度も崩していない。でも未だに友達らしい友達もいない。

荻さんは、珍しくほほ笑む。

「自分で嫌われ者とは言わない方がいい。まるで諦めているように聞こえるから」

「ごめんなさい。気をつけます」

「とはいえ、気持ちはわかる。私も嫌われ者だから」

「そうですか?」

「好かれていたなら、稲川には負けないよ」

稲川さんは、成績では荻さんに劣るけれど、上手く紅玉寮の主流に乗っている。先輩たちに可愛がられ、引き立てられ、それで下級生たちもついてくる良い循環の中にいる。

「荻さんが生徒会長になれば、紅玉寮は貴女のものです」

「寮なんてどうでもいいよ。私は怠け者なんだ。推薦で気楽に良い大学に進みたいだけだ」

「ならそうなるように、これからの三か月間だけ多少の苦労をしてもらえませんか」

そろそろ立候補を決めてもらわないと、まずい。拝望会の経路選択制の話は、すでに水面下で進んでいる。それが水上に姿を現すときは近い。そのとき、経路選択制の立案者が荻さんにみえなければ、彼女の票に繫がらない。

「津村が立候補しなければ、順当に紫雲が勝つよ」

「そちらは、まだ時間があります。一〇月の生徒会選挙までに説得すればいいだけです」

「でもなんの見通しも立っていないんだろう?」

「ひとつだけ、可能性がある噂を聞きました」

「どんな?」

「津村さんは、なにかゲームで賭けをしているようです。その証拠をつかめれば――」

私の言葉の途中で、荻さんは噴き出すように笑う。

「弱みを握って、言うことを聞いてもらおうってこと?」

「はい。おかしいですか?」

「おかしいっていうか、成立しない。賭けゲームなんて、制道院じゃよくあることだよ。私だってしたことがある」

「そうなんですか?」

「君、本当に友達がいないんだね」

それは、困る。大勢が賭けゲームをしていようが、校則違反なのだから津村さんの弱点ではあるだろう。でもそれが他の生徒たちにとっても当たり前の娯楽なら、余計な反感を買うことになる。荻さんの票にも響きかねない。

荻さんは学習机で頬杖《ほおづえ》をついた。

「津村は自分の頭の良さにプライドを持っているタイプだよ。それ以外のこと――たとえば生活態度で内申点を稼ぐ、みたいなのは見下している。だから生徒会だって馬鹿にしている」

なかなか難しい人だ。

「じゃあ、荻さんがテストで勝負するのはどうですか? こちらが勝てば立候補してもらう、という約束をとりつけて」

「それは無理だよ。テストで勝てる自信がない。その自信がないから、私は生徒会に入って良い推薦枠をもらいたいんだ」

「やっぱり、生徒会に入りたいんですね」

荻さんの口からその言葉を聞くのは、初めてだ。

彼女はふっと苦笑した。

「そりゃね。入れるものなら」

「では、協力を得られれば、とてもスムーズに話が進む人がいます」

「津村に立候補させる件？」

「それも。拝望会のことも」

「だれ？」

「貴女ですよ。津村さんとも話すんでしょう？　それなりに」

もう少しこの人が協力的なら、私たちにできることはずっと広がる。

荻さんは頬杖をついている右手の人差し指で、頬を二度、三度と叩いた。それから、意外に迷いのない声で「わかった」と答える。

「でも、ひとつだけ訊いてもいいかな？　別にテストみたいなものじゃない。ただの好奇心だから、素直に答えて欲しい」

「はい。なんですか？」

「君がそんなに頑張っているのは――生徒会長になろうとしたり、将来の目標が総理大臣だったりするのは、その目の色が理由なの？」

それは私にとって、ひどく下らない質問だった。

彼女の言う通り、私は素直に答える。

「わかりませんよ。私は、黒い目に生まれた経験がないから」

どこまでが目の色の影響で、なにが性別を理由としていて、どんな風に児童養護施設で育ったことが私の考えを決めているのかわからない。私が持つすべての属性と過去が混じり合って今の私ができている。

大切なのは、成り立ちではない。

今の私は正しいのか？　それだけだ。

＊

グリーンアイ・プライドと呼ばれる活動がある。

黒い目の人たちが休日に集まって、緑色のコンタクトレンズをつけて食事をしたり、買い物に行ったりするのが主な内容で、緑色の目の権利を守ることを意図している。それから派生して、緑色のコンタクトレンズでテレビに映りたがる著名人も最近では増えた。

私にとって――そして私が知る限り、多くの緑色の目の人たちにとって――この手の活動は馬鹿げたものだ。でもテレビの中の世界には、私の常識が通用しないようで、情報番組の特集では緑色のコンタクトレンズが素晴らしいもののようにもてはやされたりもする。一方で、この活動に対する批判もある。おそらく肌を黒く塗ることが黒人差別のアイコンとしてバッシングの対象になる影響だろう。こういった批判を叫ぶのもたいていは緑色の目ではない連中で、勝手にやっていろ、以上の感想はない。

緑色の目が気にするのは、同じ緑色の目を持つ著名人が別の色のカラーコンタクトをつけることだった。とくに黒目にみえるコンタクトレンズは激しく否定される。どんな理由があろうと黒い目に憧《あこが》れるようなことはするな、と言いたいのだろう。この主張は、私にも多少は理解できる。でもやはり基本的には、そんなもの好きにすればいい、というのが私のスタンスだ。

橋本先生は、グリーンアイ・プライド運動への参加者だった。

「そちらのコミュニティにも相談してみたんだけどね。なかなか反応が良いよ」

と彼は言った。

拝望会の経路を選択制にした場合の、人員の件だ。

「おそらく五、六人は協力してくれるだろう。みんな君に会いたがっているよ」

「ありがとうございます。機会があれば、ぜひ」

市民団体に可愛がられておいて、悪いことはない。

私の方は、緑色の目の生徒の家族に協力を頼む準備を進めていた。そちらも五人は協力を約束してくれている。先生が所属しているコミュニティと合わせ、一〇人いるなら拝望会の経路選択制は実現可能だ。

「あとは、制道院を説得するだけですね。感触はどうですか?」

橋本先生は如実に表情を曇らせた。

「五分五分といったところだね。やはり、学友会が良い顔をしないから」

困りましたね、と私も、なんとかそれっぽい表情を浮かべる。自信がなさそうな顔は、どちらかというと苦手だ。

内心では、学校の説得はそれほど不安視していなかった。

「実は養父の知り合いに、地元の新聞記者の方がいて、今回のことを記事にしたいと言われているんです」

というのは、半分嘘だ。こちらから話を持ちかけた。

清寺時生は人権問題にも大きな発言力のある人だった。その基盤には、緑色の目の女優――月島渚を主演に据えた四本の映画があった。月島渚の実子で清寺時生に育てられた私が、制道院で目の色の問題にかかわる活動をしているというのは、多少のニュースバリューがあるのではないかと踏んでいた。

拝望会には歴史的な問題がある。それを改善するために生徒が主導し、理解ある先生と手を組み、市民団体の協力も得て新たな経路を用意しようとしている。おそらく私たちにとってポジティブな記事になるはずだ。そして外の目が向けば、制道院だってこちらの主張を蔑ろにはできない。

橋本先生は無邪気に笑う。

「いいね。正しいことは、大勢に知ってもらうべきだ」

「はい。それから、できれば学友会の方にもお会いできないでしょうか」

そちらからも肯定的な言質を取っておきたい。あんまり配慮のないことを言うと新聞記者に伝えるぞ、という保険を持って臨みたい。学友会がどれほどの権力を持っているのかわからないが、私の立場だって弱くはないはずだ。少なくとも奥様は私の味方で、清寺さんの著作権はすべて彼女に引き継がれている。新聞社からみたとき、学友会側ばかりに配慮する、という形にはならない目算だった。

橋本先生は、少し迷っているようだった。

「相談してみるよ。でも、彼らの中には、緑色の目に偏見がある人もいるから――」

わかっている。私もできるだけ、学友会を刺激したくはなかった。少なくとも私は矢面に立つべきではない。

「学友会のことは、荻さんにお願いしたいと思います」

「荻?」

「はい。高等部一年の」

そろそろこの件は、彼女に引き継ぐべきだ。新聞の取材では私が前に出ないわけにはいかないだろうけれど、その他は裏方に徹したい。

以前、拝望会の経路選択制の説明をしたとき、坂口は言った。

――それを、君が提案するのか?

緑色の目をした私が。

本来であれば、自然なことだ。緑色の目に関する歴史的背景を持つ拝望会を、緑色の目が変えようとしているのだから。でも、実際は問題も起こる。同じことを黒い目が言えばすんなりと受け入れられても、緑色の目が言うと反感を持つ人もいる。

だからこの先、前に立つのは黒い目が良い。

「ずっと不安だったんです。私が拝望会のことに口出しすると、嫌がる人もいるかもしれないから。そのことを荻さんに相談したら、あとは引き受けてくれるって」

拝望会の件は、おおよそ道筋がみえている。やはり問題は対立候補の方だ。人選を含めて、考え直さなければいけないかもしれない。

それから、八重樫朋美のこと。

私の行動は、彼女からはどうみえているのだろう。私は八重樫朋美を無視しては進めないのだ、という気がしていた。

＊

――君は対等に話ができる相手が欲しいだけなんだ。

と、坂口孝文は言った。彼の言葉が胸に刺さっていた。痛みはない。でもその棘《とげ》の存在を忘れもできない。理由は簡単だ。私は彼の言葉に納得していた。

橋本先生との話を終えて、寮に戻った私は、ずいぶん悩んである扉の前に立った。この学校に来てから、いちばんの緊張かもしれない。相手に気づかれないうちに引き返してしまいたかった。そこは桜井真琴の部屋だった。

桜井は一貫して私を無視している。私の方も、理由がなければ彼女に話しかけはしない。こんな風に部屋を訪ねるのは初めてだった。

扉をノックすると、「はい」と明るい声で返事があった。おそらく桜井は、仲の良い上級生が訪ねてきたとでも思ったのだろう。私は唾《つば》を呑み込んで名乗る。

「茅森です。少し、いい？」

扉は長いあいだ、沈黙していた。その沈黙は永遠に続くのではないかという気がした。あるいは次の瞬間、強い言葉の拒絶が返ってくることも、容易に想像できた。

でもどちらでもなかった。硬い声で彼女は答えた。

「どうぞ」

私はドアノブを回す。引いた扉が妙に重たく感じる。

彼女は部屋の真ん中あたりに立ち、不機嫌そうにこちらをみていた。

「なんの用?」

「用は、ないよ」そう答えて、私は慌ててつけ加える。「でも下心みたいなものはある。私はできれば、貴女と仲良くなりたい」

「私は、貴女が嫌いなの。知ってるでしょ」

桜井の言葉に、思わず笑う。どうしてそんなに子供っぽいことを、素直に口にできるのだろう。馬鹿にしているわけではなかった。むしろ、好ましかった。彼女は私のようにひねくれていないのだ。

「知ってるよ。でも、このあいだ、八重樫さんと話をした。あの子のことは尊敬できるような気がする」

まだわからないけれど、きっと。

「朋美は大人なんだよ。私よりもずっと」

「かもね」

「それでどうして、私のところにくるの。朋美の方に行ってよ」

「あの子と話して、色々と考えることがあったから。部屋に入ってもいい？」

「どうぞ。さっきも言ったでしょ」

私は入室して扉を閉める。同じ間取りのはずなのに、桜井の部屋は、私の自室とはずいぶん印象が違う。白を基調とした家具にパステルカラーの小物が並んでおり可愛らしい。絨毯《じゅうたん》にはみっつのクッションがある。友人が遊びにくることを当たり前に想定した部屋なのだ。ベッドではウサギのぬいぐるみが首を傾げていた。あれは校則違反ではないのだろうか。

「貴女に謝りたいことがある」と私は切り出した。「正直、私は貴女を馬鹿にしていた。貴女が口にするのは取るに足らないことばかりで、相手にする必要はないと思っていた」

こんな風に話をすれば、きっと桜井は怒るだろうと予想していた。

でも、その予想は外れた。桜井は軽やかに苦笑した。

「知ってるよ、そんなの。わざわざそんなことを言いに来たの？」

「違う。謝りにきたんだよ。なにに対して謝るのか、はっきりさせたかった。ごめんなさい」

「なら、この寮を出ていく？」

「それはできないよ。でも」

私は、私の中のなにかを刷新しなければいけないのだ。それはたとえば、桜井がきっと怒るだろうと思い込んでいた単純さを。

だから今、私は武器をなにひとつとして持っていない。彼女を説得する材料も、攻撃する言葉も、話し合いのきっかけさえも準備していない。そんなことは目的ではない。私は桜井の価値観を理解したい。

「桜井さんは、今も私がこの寮を出ていくべきだと思っているの？」

「なにが正しいのかはわからないよ。でも、私には邪魔だから、いなくなって欲しい。貴女なんか制道院に来なければよかった」

彼女の言葉はいつだって素のままだ。なんのラッピングもされていない。私はそれを、心地よく感じ始めていた。

「貴女が嫌でも、私は制道院に入る権利を持っている。紅玉寮にだって。貴女はなにか、私が不正をしてここにいるんだと思っているのかもしれないけれど、そうじゃない」

少なくとも紫紅組にふさわしい成績を維持しているのだと、すでに示せているはずだ。

桜井は言った。

「権利があれば、なにをしてもいいの？」

それは意外に複雑な質問だった。

「いい、と、私は思う。よくないなら、それは権利として認められるべきではないはずだよ」

「その権利は、誰が作ったの？」

「特定の誰かではないよ。これまでの歴史の中で、大勢の人たちが」

「じゃあ歴史が、貴女にはなんの権利もないって言ったら、それでいいの？」

彼女はどこまで意図的に、その言葉を口にしたのだろう。緑色の目を持つ私の答えは決まっている。

「よくないよ。受け入れられない。私たちはずっとそれに抗《あらが》ってきた。私たちを否定する歴史から、権利を勝ち取ってきた。それだって歴史の一部だよ」

「よくわからない。けっきょく、権利なんてものになんの意味があるの？」

桜井の言葉は、やはり幼く聞こえる。拗《す》ねて八つ当たりをしているだけのように。

でも一方で、彼女は私の未熟な部分を指摘してもいた。それは切れ味の鈍い指摘だが、無価値なものではない。私はひとり納得する。

「よくわかった。権利なんて言葉を即席で使う前に、強固な倫理や道徳観を示さなければいけない、という話だね」

桜井は如実に顔をしかめる。

「私、そんなこと言ってないけど」

「でもまとめるとそうなるはずだよ。つまり権利というものが、正しい成り立ちを持っているのかが大事だって話でしょ？」

「違う。ただ貴女が嫌いだって言ってるの。だから適当に噛みついているだけ」

「それを堂々と言葉にできるの、尊敬するよ。本当に」

これは驚くべき発見だが、桜井と話すのは楽しい。間違いを正さなければいけない、言い負かすべき相手として彼女を扱うと、あまりに話が噛み合わなくて辟易《へきえき》するけれど、貴重なサンプルのひとつとして——より肯定的な言葉を選ぶなら、私にはない視点を持っている教師のひとりとして接すると、言葉のひとつひとつが味わい深い。

桜井は不機嫌そうに髪をかき上げた。

「貴女の話し方って、変に賢ぶる男子みたい。そういうの気持ち悪い」

私は冗談のつもりで、彼女の言葉に乗ってみる。

「賢ぶるっていう言葉は、辞書的には正しくないな。利口ぶる、あるいは賢《さか》しら辺りを使った方がいい」

「なに、それ。伝わればいいでしょ」

「うん。私もそう思う」

少なくとも日常会話じゃ、賢しらよりも賢ぶるの方が伝わりやすいだろう。

「なんにせよ桜井さんの言い方は、性差別に繋がるから注意した方がいいよ」

「また権利の話？」

「どちらかというと倫理の話。無駄に敵を作るから」

「無駄に敵を作っているのは、貴女でしょ」

「たしかに」

私はいつだって、私の正義に従って行動している。そうしたいと思っている。でも桜井にだって、彼女の正義があるのだろう。そんなのひどく当たり前のことだけど、私はつい見落としてしまう。

「私はけっこう、桜井さんが好きだよ。だから友達になってよ」

と言ってみた。

もちろん答えはわかっている。

「私は大嫌い。そろそろ出て行ってよ」

「うん。またくるね」

「こないで」

でもきっと、桜井は私を部屋に入れてくれるのだろう。よくわからないけれど、きっと彼女が前提としているものを理由に。

私は目先の目標に、「桜井と友達になること」を加えた。理屈ではなく、打算もなく、そうしてみようという気持ちになった。

3、坂口孝文

七月半ばのよく晴れた日曜日に、僕は校庭の片隅にある東屋で本を開いていた。

読書は半ばポーズだった。たまには外で本を読んでみようかと思って寮を出たのだけれど、日の光が強すぎて、それをページが反射するものだから目が痛い。でも少しあとに待ち合わせの約束があったから、わざわざ寮に戻るのも面倒で、読む気のないページを開いたまま校庭を眺めていた。

校庭の奥ではサッカー部が、手前では野球部が練習している。制道院は決してスポーツが強い学校ではない。たまに、なにか個人競技で全国大会に出る生徒がいるけれど、メジャーなチームスポーツはトーナメント表の下の方で敗退するのが常だった。目の前の野球部員も、あまり優秀な選手たちではないはずだ。それでもぼんやり眺めているぶんには充分に楽しめる。ありきたりなノックでも、へえ上手いものだなと感心する。野球はとくに、音が好きだ。金属バットがボールを打つ高い音。それがグラブに収まる鋭い音。定型句の短い掛け声。どれもリズミカルで心地が良い。青空によく似合っていた。

そうしていると、落ち着いた声が聞こえた。

「こんなところで読書かい？」

顔を向けると、白いランニングウェアを着てキャップを被った中川先生が立っていた。

僕は手の中の本を閉じる。

「そのつもりでしたが、眩《まぶ》しくて」

「うん。目が悪くなるから、やめた方がいい」

先生は学生のころ長距離の選手をしていて、今でも時間があると校庭の外周を走るそうだ。習慣なんだよ、やめちゃうとすぐに太るんだ、と彼女は言う。

中川先生はボトルポーチからミネラルウォーターを取り出して、隣のベンチに腰を下ろす。ペットボトルの蓋《ふた》を回す先生に、僕はささやく。

「少し前に、橋本先生と話をしたんです」

ペットボトルに口をつけた中川先生が、親指で唇をぬぐう。

「うん。それで？」

「それだけです」

まったく話にならなくて、だから僕の、無意味な反抗は続いている。

校庭では野球部のノックが続く。サードがグラブに当てたボールを取りこぼし、「もう一球」と誰かが声を上げる。中川先生は言った。

「私も以前は、制道院の生徒だった。入学したのはもう一五年も前のことだけどね」

先生の、深く、綺麗な緑色の瞳を僕はみつめる。たった一五年前、この学校にいる緑色の目の生徒は、今よりもずっと少なかったと聞いている。

「あのころ私は、君のようには頑張れなかったな」

「茅森のように、ではなくてですか？」

「もちろん、あの子のようにも。でもやっぱり、私がしたかったのは、君のような意地の張り方だったのだろうと思うよ」

「僕の意地は、馬鹿げています」

テストを白紙で出すなんてこと、正しいやり方じゃないんだって知っている。問題を——僕が問題だと思っていることを風化させたくなくて、本質には関係のないところで我儘《わがまま》を言っている。それで橋本先生に多少なりとも迷惑がかかれば良いという仄暗い狙いもある。

中川先生は口元で笑った。

「その、馬鹿げた意地を張りたかった。世の中を変えたかったわけじゃないんだ。自分の価値観を曲げないでいられればよかった。でも、色々と疲れることもあってね。同級生にあれこれと言われるのはやり過ごせるんだけど、教師——というか、全体的なシステムのようなものに拒絶されると、なかなか絶望的な気分になった」

「たとえば、どんなことですか？」

僕の声は、ひどく小さくなっていた。

その質問がずいぶん無遠慮なものに思えたのだ。でも、こんな質問に抵抗を覚えることの方が、中川先生を馬鹿にしているのではないかという気もした。

「たとえば、私の質問には頑《かたく》なに答えてくれない教師がいた。見事に聞き流すんだよ。目の前にいる私がみえていないように。意地になってテストでずいぶん良い点を取っても、通知表の評価はいつも五段階の中の三だった。悔しくて、両親に相談して学校に掛け合ってもらったこともある。当時の学年主任はよく調べてみると約束してくれた」

「それで？」

「それだけ。一応、信じて待っていたんだけどね。後から聞いた話だと、うちの親がとりあえず黙ったから、問題は解決したものとして処理されていたらしい」

僕はなにも答えられなかった。なんの言葉も思い浮かばなかった。怒りというのでもなく、悲しみというのでもなく、ただ無性に気持ちが悪かった。

中川先生は続ける。

「当時、ひとつ上の学年に、橋本さんがいた。彼はだいたい、今と同じだった。つまり優しくて、正義感が強くて、独り善がりで、私の目からみれば愚かだった」

中川先生と橋本先生が、この制道院で後輩と先輩の関係だったことは、年齢を考えればわかる。でも彼女の口から、制道院の生徒だったころの話を聞くのは――もちろん、橋本先生との関係について聞くのも、初めてのことだった。

「橋本さんは、私によく目をかけてくれたよ。正直なところ、あの人に救われた、という側面はある。一方で、善意のずれのようなものに対する違和感もあった。きっと君も知っている、とても気持ちの悪い感覚だ。でも他には味方がいなかったから、彼は優しい人なんだと自分に言い聞かせていた。わかるかな？」

僕は返事に困ってしまう。

どうにか、小さな声で答えた。

「わかるような気がします。でも、本当は少しもわかっていないのかもしれません」

中川先生は微笑を浮かべる。

「あの人であれば、わかると言い切れるんだろうね。でもきっと、君の半分だってわかっていないんだ。的外れな慰めを口にしてお終《しま》いなんだよ」

かもしれない。でも、的外れな慰めが意味を持つときもあるんだろう。

中川先生はちらりと、僕の膝に視線を落とした。僕はそこで、自分でも気づかないうちに、強く拳《こぶし》を握っていた。先生は再び目線を上げる。

「私は、個人的には君を応援している。納得いくまで意地を張って欲しいと思っているよ。でも、もしもその姿勢が、君にとって窮屈なものなら、迷わず捨てて欲しいとも思っている。君の大切な一四歳という時間を、望まないことで埋めてしまうのはもったいない」

ほかにはどうしようもなくて、僕は頷く。

もう少し走るよと言って、中川先生はベンチから立ち上がった。


僕はしばらくのあいだ、身動きもせずに東屋のベンチに座っていた。七月の光が眩しくて目を細めていた。そうしているとやがて、本来の待ち合わせの相手が現れた。

茅森良子。目の前に立った彼女の影で、少しだけ目を開きやすくなる。

「お待たせ。なんの話をしていたの？」

「うん？」

「中川先生と」

「さあ。なんだろう」

「別に、話したくないならかまわないけれど」

彼女は不思議そうに首を傾げ、僕の隣に腰を下ろした。

最近、毎週日曜日に茅森に会う。彼女から目減りした乾電池を受け取るためだ。でもその機会に、茅森の近状をあれこれ聞くのが常だった。だから彼女が荻という先輩を生徒会長にしたがっていることは、すでに聞いている。

「生徒会選挙は、上手くいきそうなの？」

僕の質問に、茅森は顔をしかめてみせた。

「思ったほどは、上手くいっていないかな。津村さんを説得するのが難しくて」

「津村さんって、青月の？」

「うん。知ってるの？」

少し、と僕は答えた。何度か話をしたことがある。

「応援演説でも頼むの？」

「いいえ。立候補してもらって、紫雲の票を削って欲しいんだけど」

「なるほど」

まあ、負ける前提で立候補してくれ、と言っても同意を得られはしないだろう。

彼女は膝の上で頬杖をつく。

「詳しく調べれば、説得材料のひとつくらいみつかるかと思ったんだけど」

「気になる子との仲を取り持つとか？」

「あるいは、病弱な妹を人質に取るとか」

「病弱な妹がいるの？」

「いえ、ひとりっ子。冗談よ、わかるでしょ」

最近、茅森の雰囲気が変わったように思う。柔らかくなった、というよりも素直な顔を出すようになったのだろう。僕の方も彼女の前で、無理に声質を誤魔化そうという気持ちはなくなりつつある。

「別の人を候補者にするんじゃいけないの？」

「そっちも考えてるよ。どこかに紫雲の票を二割くらい奪える人いる？」

「どうかな。紫雲からふたり立候補者が出るのが理想なんだろうけど」

「でもあの寮、がっちがちなのよ。うちよりひどいんじゃない？」

「黄苑は？」

「女子は荻さんひとりが良い」

「じゃあ、白雨」

「あり得る。下から出てくると革命家っぽくみえるから、人によってはそこそこ取れる。でもその路線も荻さんと票を食い合うかもしれないから、やっぱり青月の方が良い」

「荻さんって革命家っぽいの？」

「そうでもないけど、この学校で女子が生徒会長になろうとしたら、どうしてもそういう戦い方になるでしょ」

「たしかにね」

紅玉の票を守ったまま紫雲の票を奪う、という目的に適した寮は、青月しかない。

茅森は意外によく似合う、可愛らしいため息をつく。

「青月の二番手、三番手はいまいちぱっとしなくって。一応、保険でそっちも考えてるんだけど、やっぱり理想は津村さん」

「津村さんとの話は、まったく進んでないの？」

「こっちも、まだ紅玉寮を説得していないから具体的には動きづらい。津村さんは頭の良さにプライドを持っている人みたいだから、そこを刺激したらなんとかなるかも、くらい」

うん。僕はそちらで、彼に会った。

賭けゲームで高等部一年最強の、津村浩太郎。何度か彼の菓子箱を捨てたことがある。いつもたくさんお菓子をくれる。

「なら、ゲームで賭ければいい。貴方が負けたら立候補してくださいって」

「乗ってくれると思う？」

「わからないけど、たぶん。僕から話を持ちかけてもいい」

茅森だって、正直に「荻さんを勝たせたいから紫雲の票を奪ってください」と頼むつもりはないだろう。本心を隠して、本当に津村さんに生徒会長になって欲しいのだという姿勢で立候補を頼むはずだ。

ならその役は僕の方が自然だろう。青月に入るつもりだ、という姿勢で下手に出れば、あの寮の先輩を持ち上げる理由になる。

茅森は、少し驚いたようだった。

「頼んでもいいの？」

「別に、それほど面倒なことじゃないよ」

校則違反の菓子箱を捨てたというのは、ある種の共犯関係だ。話もできないということはないはずだ。

「じゃあ、お願い。助かる」

「上手くいかなかったらごめんね」

「それは、貴方の責任じゃないけれど。もし話に乗ってもらえたら、それからどうするの？」

賭けゲームを使うなら、もちろん津村さんにゲームで勝たなければいけない。

「君、すごく強いゲームがあったりしない？」

とくに実力が顕著に出るゲームだ。運の比重が高いゲームでは、津村さんを話に乗せるのが難しいかもしれない。

「実は私、頭を使うゲームって苦手なの」

「へえ。意外だね」

「見落としが多くて、後悔してばかり」

たしかに茅森は、注意深い性格ではないのかもしれない。ゲームの盤上で使う頭脳は、勉強への適性とも、日常的な聡明《そうめい》さとも少し違う気がする。

「貴方は？」

と尋ねられて、顔をしかめる。

「僕も、強くはない。津村さんには勝てないよ」

もちろん僕は、有力なプレイヤーをひとり知っている。

綿貫条吾。でも彼の説得は、津村さんよりも難しいかもしれない。

より正確には、僕は彼を説得したくなかった。

＊

やりたくなければかまわないんだ、と僕は言いたかった。

これはあくまで僕と茅森の都合で、君が関わる理由なんてひとつもない。こんな風に言い訳したかった。でも、なんとか言葉を呑み込む。

僕と綿貫は価値観の一部が重なっている。もちろん、すべてではない。でも僕にとって重要な部分が重なっている。

もしも僕が綿貫から一方的な頼み事をされるなら、余計な前置きなんか聞きたくなかった。ただ、頼むと言って欲しかった。だから僕も同じようにした。

「頼むよ。僕のために、津村さんを打ち負かしてくれないか」

綿貫は車椅子の上で呆れた風に苦笑していた。

「理由によるよ。どうして君は、茅森の肩を持ちたがるんだ?」

それはあまり答えたくない質問だった。とても情けない理由だったから。でも綿貫に対しては、誠実でありたかった。

「悔しいから」恥ずかしくて早口になる。「僕は橋本先生が嫌いなんだよ。どうしても、嫌いなんだ。でもあの人の方が、もしかしたら、正しいのかもしれない。僕が独りきり悩み込んでいるあいだに、あの人は誰かに声をかけている」

だから橋本先生は、ここの生徒だったころの中川先生に手を差し伸べられたのだろう。もしも僕が、同じときにこの学校にいたとしても、ただ傍観していただけなのではないか。

橋本先生の倫理観が正しいとか、間違っているとかではなくて。もしも彼が無配慮に誰かを傷つけていたとしても、具体的な価値を持つ側面だってある。その価値から目を背けているのはアンフェアなのだろう。

「つまり君は、緑色の目をした不幸な少女を救いたいわけだ。自己満足のために」

「茅森が不幸だとは言いたくない。でも、そういうことだよ」

綿貫はしばらく、彼にしてはずいぶん長い間、腕を組んで考え込んでいた。僕はじっと彼の返事を待っていた。彼の目からは、今の僕がどんな風にみえているのだろう。彼の返事を聞くのが怖くもあった。

「もしも君が、茅森に恋していて、なんとか気に入られたいって話なら、オレは簡単に頷いたよ。みんな友達の恋愛みたいなものでまとめられるなら、迷いはない。いくらだって協力してやるさ。でも、そうじゃないんだな」

「違う。それは、僕のプライドが許さない」

プライド、と綿貫が反復する。

茅森のことは、好ましかった。きっと彼女は、性格が良いとはいえないだろう。でも悪くもない。本当はもっと、ぐちゃぐちゃに歪んでしまってもおかしくない生い立ちを持っていて、なのに驚くほどまっすぐに前をみている。高すぎるくらいの目標を持ち、そちらに向かって誠実な努力をしている。僕はその姿勢を尊敬している。純粋に笑顔が可愛らしく、困っていたなら手助けしたいと思っている。

でも、今の僕がもし茅森良子に恋しているなら、そのきっかけは彼女の涙だろう。いつも気丈な彼女がみせた弱さなんだろう。

僕は茅森の弱さを理由に、彼女に恋したくなかった。同情を前提とした恋心なんてものを認めたくはなかった。

「引き受けてもいい。でも、条件がある」

と綿貫は言った。

4、茅森良子

制道院が一学期の授業を終える前日に、私はこの学校にきて最初の戦いを挑んだ。

その敵の名前を、原田《はらだ》祥子《しょうこ》という。高等部三年で生徒会の前副会長。現在は紅玉寮の寮長を務めている。今の紅玉寮の意思とはつまり、彼女の意思だ。

一学期の初めから、私は原田さんを狙っていた。彼女が食いつく餌を用意し、彼女を引っ掻くための爪を研ぐことに集中してきた。拝望会の経路選択制は荻さんを生徒会長にするためのものだが、そもそも、荻さんを生徒会長にするプランは原田さんを落とすために考えた。

きっかけはまだ四月のころ、夕食で交わされたこんな会話だった。

「どうしてうちの寮には、色の名前が入るんでしょうね」

その質問を口にしたのは、桜井だったはずだ。桜井は原田さんにも気に入られており、食堂でもたいてい彼女の傍に座る。私や荻さんは、原田さんから遠く離れた席に着くのが常だ。

どうして寮に、色の名前が入るのか。

何人かが推測を口にしたけれど、誰も正確な答えは知らないようだった。原田さんは黙って、そのやり取りを聞いていた。でもやがて彼女は、不機嫌そうに六つの色を順に口にした。

「紫、青、赤、黄色、白、黒。これが、なんだかわかる？」

私にはわかった。すぐにぴんときた。でも口は開かなかった。まだ息を潜めている時期だと考えていたから。

誰かが、「寮の色ですよね？」と言った。

――違う。

と私は内心で首を振る。だとすれば原田さんは、色をその順に並べなかった。

私は原田さんをみつめていた。彼女は否定も肯定もせずに、冷たく笑って言った。

「うちが紅玉というのは、気に入らないな」

その言葉で私は、原田さんとの戦い方を決めた。

＊

戦場には、紅玉寮のリビングを選んだ。

リビングは寮生たちが交流するためのスペースで、建前では誰でも利用できることになっている。でも実際には、その部屋を利用するのは寮生のおよそ半数だった。

リビングにはローテーブルを中心にして、向かい合うように三人掛けのソファー二台と、そのあいだに一人掛けのソファー一台が置かれている。一人掛けのソファーが、原田さんの席だ。彼女が不在でも、誰もそこに腰を下ろそうとはしない。

残りの三人掛けソファー二台は、多少流動的だ。一〇人ほどの、原田さんのお気に入りが日によって違う顔ぶれで座っている。現生徒会副会長である国木戸《くにきど》愛《あい》は参加率が高く、原田さんからみて右手の席が彼女の定位置になっている。国木戸さんよりもさらによく顔を出しているのは高等部一年の稲川さんで、彼女は次の生徒会選挙の、副会長の最有力候補者だ。

私は彼女たち――原田さん、国木戸さん、稲川さんの三人が揃っているタイミングを見計って、荻さんと共にリビングに入った。歓談がぴたりと止まり、他の取り巻きも合わせて七人ぶんの目がこちらを向く。

荻さんが口を開く。

「お話し中、失礼いたします。少しお時間をいただけませんか？　秋の生徒会選挙の件を、ご相談させていただきたいのです」

私は荻さんの後ろに控えていた。理想でいえば、今夜は一度も口を開くことなく乗り切りたかった。

原田さんが首を傾げる。

「少し早くない？　夏休みのあとでいいでしょう」

落ち着いた声で荻さんが答える。

「どこの寮もそう考えています。だから、今から動くことで有利に話を進められます」

「そう？　うちは元々、充分に有利だと思うけれど」

「ですが、九月に入ってから準備をして、紫雲に勝てますか？」

「紫雲？」

原田さんが眉を寄せた。

話の順序が予定と違う。私は小さな咳払いをする。それで荻さんが軌道を修正した。

「うちからは、稲川さんが立候補する予定ですか？」

荻さんの質問を、原田さんが軽やかな微笑みで受け流す。

「まだ決めてないよ、そんなの。稲川本人の考えもあるでしょう」

視線を向けられた稲川さんは、面接みたいに丁寧に答える。

「先輩方のお手伝いをさせていただいて、生徒会の活動には誇りを感じています。皆さんに応援していただけるなら、私もぜひ副会長に、と考えています」

原田さんは満足した様子で頷いて、再び荻さんに向き直る。

「なら、稲川でいいんじゃない？　彼女は中等部のころから、私や国木戸を手伝ってくれているから、生徒会の仕事にも慣れているでしょう」

「では、紅玉寮からは稲川さんが生徒会副会長に、とお考えですね？」

「紅玉寮ということはないけれど。私は彼女が副会長になれば、安心して卒業できる」

期待通りの会話の流れだが、少し足場がゆるく感じた。もう一歩、踏み固めたいところだ。

仕方なく私は口を開く。

「どうして、副会長なんですか？」

一同が険しい視線をこちらに向ける。やはり私はまだ、この寮では認められていないのだ。それが、今回に限っては都合がよかった。だって私の言葉には、たいてい反論してくれるはずだから。銃口で狙うように、彼女たちのプライドを刺激するための笑みを私は浮かべる。

「私はこの寮の一員になってまだ日が浅いけれど、先輩方が素晴らしい人たちだと知っています。皆さんが紫雲に劣るわけではないはずです。ですが不思議と紅玉から出るのは副会長ばかりですよね？　女子生徒が生徒会長になるのは、そんなにも難しいことなのでしょうか」

私の言葉にまず反応したのは、現副会長の国木戸さんだった。

「別に、会長になれないから副会長で妥協したわけじゃないよ。朝礼でマイクの前に立たされるよりも、事務仕事の方が合っているから。好きなことをやっているだけ」

「はい。したいことをすればいいと思いますが――」

私はじっと稲川さんをみつめる。

これはもちろん残念なことだけれど、どうやら私の瞳は、人を苛立たせる力を持っているようだった。普段はたんぽぽみたいに謙虚で明るい印象の稲川さんが、感情的にこちらを睨んでいた。

「私が憧れているのは、原田さんや国木戸さんだよ。だから、生徒会長になりたいわけじゃない。副会長が目標なの」

これで充分だ。失礼しました、と私は頭を下げた。

原田さんが、少し不満げに言う。

「それで？　荻の話は、これでお終い？」

荻さんは首を振り、それからまっすぐに原田さんをみつめる。

「いえ。本題はこれからです。私も生徒会選挙に、立候補したいと考えています」

すっと原田さんが目を細める。それで彼女の印象がずいぶんクールになった。だが口を開いたのは国木戸さんだった。

「紅玉で票を取り合うつもり？」

彼女の隣で、稲川さんは困った風な微笑みを浮かべている。ただ笑っていれば、先輩方が自分を守ってくれると信じているのだ。

国木戸さんも稲川さんも、私にとって重要ではない。この場にいてくれさえすればそれでいい。私が相手にするのはあくまで原田さんだ。荻さんも彼女に向かって言う。

「もちろん違います。私が目指しているのは、生徒会長です」

以前、寮の話題で、原田さんは言った。

――紫、青、赤、黄色、白、黒。これが、なんだかわかる？

答えは冠位十二階だ。六色に、それぞれ濃淡を加えて計一二種類。寮の色は冠位十二階で使われた色に対応している。原田さんはその色を位の高い順に並べた。

――うちが紅玉というのは、気に入らないな。

とあのとき、原田さんは言った。男子寮の最上位が紫雲で、女子寮は紅玉だ。でも、もし寮の名前の由来が冠位十二階にあるのだとすれば、紅玉は紫雲どころか、青月よりも――男子の第二位よりも女子のトップの方が、下に置かれていることになる。

寮の色を問題にしたのは、私が知る限り原田さんだけだった。大半の生徒は色の意味なんか気にも留めていないだろう。

だから私は、ひとつの仮説を立てた。原田祥子が食いつく餌というのは、この並びの気持ちの悪さではないか。

その視点で原田さんを観察していると、よくわかった。彼女は男性上位の雰囲気が残る制道院に苛立っている。なら、わかりやすい。男子寮を打ち負かす計画を立てれば、彼女を乗せられるはずだ。だから荻さんを、生徒会長に立候補させることにした。

原田さんはもちろん、簡単には頷かない。

「うちが会長と副会長を独占するとなると、紫雲からの反発があるでしょうね」

荻さんが答える。

「別に、立候補するだけです。あとはこの学校の生徒が決めることです」

「それではいけないの」

原田さんは笑っている。どちらかというと楽しげに。

「私が紅玉の寮長であるあいだに、選挙で負ける寮生を出すつもりはない。これまで、紫雲ともそれなりに仲良くやってきた」

彼女が言葉を選ばなくなったことが嬉しい。まがいもなく、原田さんが今の紅玉寮の支配者だ。支配者には支配者の仕事がある。

彼女は言った。見下すように。

「勝てる自信があるの?」

荻さんの方は顎を引き、真剣な顔つきで答える。

「あります。先輩方に、ご協力いただけるなら」

茅森、と荻さんが、私の名前を呼んだ。

私は用意していた資料を手に、テーブルに近づく。

原田さんの隣に立ち、資料を差し出しながら微笑んだ。

――三年後、そこに座っているのは私だ。

紅玉寮の席順なんかに、大した価値はない。でもこの学校で手に入るものは、根こそぎもらうつもりでいる。

＊

制道院には、出席必須《ひっす》の夏期講習がある。だから名目上の夏休みに入っても、学校を離れられない。他に委員会の活動なんかもある影響で、生徒が帰省できるのは二、三週間といったところだ。

たとえば拝望会の運営委員会も、夏休み中にある活動のひとつだ。通常、この会はそれほど忙しくない。基本は毎年「例年通り」で、とくに中等部のうちは当日にコースの見張りに立つこともないから気楽なものだ。

でも今年はひとつ、大きな議題がある。新たな経路の用意と選択制だ。これはまだ、正式には制道院の承認を得られていない。でも着実に話が進んでいる。そのために当日の人員の配置場所を決めたり、新たな地図を用意したり、注意事項に項目を書き足したりといった作業が発生する。とくに大人たちのボランティアスタッフは多ければ多いほど良いため、保護者たちへの協力依頼の資料は力を入れて作った。

運営委員会を終えて寮に戻る途中、私は坂口と一緒になった。彼が少し前を歩いていたから、私の方から声をかけた。

彼はなんだか、気難しげな顔つきで言う。

「順調?」

それなりにね、と私は答える。

最近、坂口と話をするのが好きだ。色々な前提を取っ払って、素直な言葉を使えるから。

「紅玉の寮長とは、ずいぶん話が進んだよ。良い感じだと思う」

「公認してもらえそうなんだ」

「まだ、秋までわからないけどね。計画が上手く行っていれば、大丈夫だと思う」

嬉しい誤算だったのは、荻さんが思いのほか、下級生に人気があることだ。

荻さんは追加で集めた高等部のスタッフと共に、運営委員会に参加している。私がみたところ、彼女は意外に面倒見がよくて、中等部の生徒たちもよく懐いている。委員会では私のことは伏せて、橋本先生と荻さんが中心となって経路選択制を進めていると説明しているから、彼女は実質的な生徒のトップとして扱われる。

私は前を向いて歩いていたけれど、視界の隅で、坂口がちらりとこちらを確認するのがみえた。

「班分けのあたりから、クラスが少し気持ち悪くなるよ」

て歩く。

彼の言葉に、私は頷く。拝望会は、棄権が許される宿泊施設までは四人から五人の班を作っ

「それも、大丈夫」

もう慣れている。小学生のころから繰り返し体験している。班分けはなぜだか、目の色の違いが強調される。幼いころは純粋に拒絶されることが多かった。それから少しすると反対に、妙に甘ったるい雰囲気で班に迎え入れられるようになった。ほうら私たちは正しいことをしているでしょう、という感じで。後者の方が、笑顔を返さなければならないぶん苦手だった。

制道院に入ってからは、さすがにそれほど露骨な扱いは受けていない。というか私が嫌われる、主となる理由が変わった——それはもちろん、転入してすぐに紅玉寮に入ったことだ——から、顔をしかめられても受け入れやすい。寮のことを悪いとは思っていないけれど、私自身が選んだ行動の結果ではある。

とはいえ拝望会の班分けは、やはり意味合いが違うだろう。元々、黒い目が緑色の目を侵略した歴史が元となったイベントなのだから。これまでは、できるだけ視界に入らないようにしまい込まれてきた歴史ではあるけれど、今年は経路選択制のことでその点が表層化してしまっている。

いちばんの懸念点は、これで嫌な思いをする生徒が生まれることだった。拝望会の経路選択制は緑色の目の生徒の支持を荻さんに集めるためのものだけど、ネガティブなことが起こるとその構図が反転する。

懸念はすでに、原田さんに伝えていた。

「女子の方は、うちの寮がバランスを取ってくれるはずだよ」

原田さんは、味方であれば信頼できる。上手く「拝望会では緑色の目とも仲良く」といった雰囲気を作ってくれるはずだ。でも紅玉の影響力は女子に偏っているから、男子の様子はわからない。

坂口が、妙にしかめた顔で言う。

「白雨の中等部だけであれば、僕にもフォローできるかもしれない」

私は意外で、思わず笑う。

「どちらかといえば、貴方は班からはみ出す方の生徒だと思ってたよ」

「僕は友達が少ないけれど、手伝ってくれる人はいる」

「そう」

坂口には得体の知れないところがある。教室でも、なんとなく評価されている雰囲気がある。かつて、一年の前半は学年で首席だったことで手に入れた地位だろうか。

意識を切り替えて私は尋ねる。

「津村さんの方はどう？」

「会ったよ。白雨の中等部が手伝うから立候補しませんかって話をした。乗り気ではなかったけど、賭けゲームには持っていけた」

「もうやったの？」

「僕がね。三戦全敗。チョコレートをふた箱と、ビスケットをひと箱取られた。次はもっと強い奴を連れてくると伝えている。綿貫なら勝てるよ」

なるほど。順調なようだ。

でも坂口の表情は曇っている。

「綿貫くんは、手伝ってくれるの？」

「わからない。あいつは条件を出したよ」

「どんな？」

「拝望会の、経路選択制の取り止め」

「どうして」

そんなの今さらできるわけがない。もう引き返せないところまで、話が進んでいる。そもそもそれで津村さんを立候補させられても、荻さんの強みを失う。

坂口は不機嫌そうに言った。

「あいつには、あいつの考えがあるんだろ」

彼と綿貫の関係は、私の目にはずいぶん不思議に映る。

ふたりは信頼し合っているようにみえる。互いが互いを好ましく思っている。でも、根っこの部分には踏み込まない。以前、綿貫から坂口の話を聞いたときもそうだった。

「ちょっと考えてみるよ」

と坂口は言った。

5、坂口孝文

八月に入り、僕たちは短い夏休みを迎えた。

僕は二週間ほど実家に帰省した。まず成績のことで少し叱られ、それから家族旅行で五日間オーストラリアに行った。その旅行には、父さんは二日遅れて合流した。いつだって忙しい人なのだ。あとは宿題をしたり、義務的に老人ホームに入っている祖母を訪ねたり、小学校のころの友人と会ったりして過ごした。

僕はある夜、インターネットの記事で茅森良子の名前を目にした。地方の新聞の記事が転載されたものだった。主となるのは拝望会のことだったけれど、半分近くは茅森の生い立ちに割かれていた。その記事で僕は初めて、彼女が早世した女優、月島渚の娘なのだと知った。

彼女の記事は、ふたつの理由で話題になったようだ。

ひとつ目は拝望会が持つ歴史的背景と目の色の違いによる軋轢《あつれき》だ。これを今まで放置してきたことで、制道院へのバッシングが目についた。

でもより関心を集めていたのは、ふたつ目——月島渚の娘が、清寺時生に育てられていた、という点だった。昨年の秋に清寺時生が亡くなってから、彼のリバイバルブームが起こっていたため、タイミングが合ったのだろう。とくに清寺と月島渚の関係は詮索《せんさく》の的になっていた。ありきたりな想像で、茅森の実父が清寺だったのではないか、なんてことがささやかれたりもした。

この記事が紙面を飾ったころにはもう、拝望会の経路選択制は制道院によって正式に認められていた。僕も一応、両親にボランティアの参加を頼んでみたのだけれど、あっけなく断られた。父さんは会社が忙しく、学校の行事には興味のない人だし、母さんは専業主婦だがふたりの娘——僕の妹たちだ——がいるため家を空けることを嫌がった。

なんにせよこれで、綿貫からの条件——経路選択制の取り止めは不可能になった。とはいえ元々、茅森の計画を考えれば選べる方法ではなかったから、気にするだけ無駄でもある。

八月の末に、僕は制道院に戻った。

のんびり図書館の本を整理しているあいだに、九月になった。相変わらず茅森は忙しく動き回っていて、僕は独りきり足踏みをしていた。

そして、多少のルールが変わったとしても、目の色の違いによる壁を抱えたままの拝望会が始まる。

幕間／二五歳

茅森良子

七月のある夜、私はトランクを開けた。

部屋のクローゼットの片隅に放り込んだまま、ずいぶん長いあいだ開くことのなかったトランクだった。

そこに収まっているのは、いってみれば形を持った思い出だ。制道院の寮を出るとき、日用品の類は段ボール箱に、もう使う予定はないけれど捨てるに捨てられなかったものをトランクに詰めた。

中身はたとえば、電池が抜かれた置時計、月明かりに照らされて握手を交わす写りの悪い写真、表紙がしわくちゃになった劇の脚本、赤いトランシーバーがひとつと、それからリングでまとめられた古風な鍵が六本。

その六本の鍵は、清寺さんの書斎からみつかったものだ。

あの人の死後、それほど時間が経っていないころに、奥様と一緒に遺品を整理することになった。詳しい事情は知らないのだけれど、おそらく清寺さんとつき合いのあった出版社やテレビ局に急《せ》かされたのだろうと思う。

奥様は気乗りしない様子だったが、私の方は違った。「イルカの唄」の続きを読みたかったのだ。私の考えの根底には、いつもあの脚本の言葉が流れていた。私にとっての理想の世界。清寺さんの作品のあたたかなところばかりを集めたような優しい星。

遺品の整理では、いくつかの興味深いものがみつかった。たとえば清寺さんのアイデアノートや、修正前の脚本原稿。日記のような短いテキスト。実際に映画の撮影で使われたいくつかの小物は、欲しがる人も多いだろう。

だが「イルカの唄」はみつからなかった。

あの脚本はいつの間にか、彼の書斎から消えてなくなっていた。

代わりに私は、デスクの引き出しから六本の鍵の束をみつけた。鍵のいくつかにはタグがついていて、制道院のものだとわかった。本来であれば、その鍵束は制道院に返却するべきだろう。でも私は、こっそり手元に残すことにした。「イルカの唄」の脚本を探す手助けになるかもしれない、と期待して。

私には予感があったのだ。

――書斎から消えた「イルカの唄」の行き先は、制道院ではないか？

あるいはそれは、ひどく見当はずれな想像なのかもしれない。もしかしたら彼は、すでに「イルカの唄」を捨ててしまったのかもしれない。

でもなんだか清寺さんは、あの脚本を――キャストの一行目に私の母の名前が書かれた脚本を、簡単には手放さないのではないか、という気がしていた。

私はトランクの中身をひとつずつ取り出し、フローリングに並べてみた。

タイムカプセルみたいに、どれもみんな、私が制道院を卒業したときからなにも変わっていないようにみえた。私自身の感情まで含めて、みんな。

なんだか泣きたくなり、顔をしかめてそれを堪える。

決して泣いてやるものかという意地も、あのころから変わらないものだった。

＊

その二日後に、ポストに一通の手紙が入っているのをみつけた。

色気のない、白い封筒に入った手紙だった。

表に書かれた私の名前をみたとき、まさかという気がした。やや控えめなサイズで書かれた、はねやはらいが丁寧で気難しそうな印象のその字は、はっきりと記憶に残っているものだったから。

私は息を止めて封筒を裏返す。

——坂口孝文。

彼の名前が、たしかにそこにあった。

第4話

1、坂口孝文

拝望会とは、つまり「望月《もちづき》を拝む会」だ。

だからこの行事は毎年、中秋の名月に合わせて開催される。

その日はよく晴れていた。青空に群れた羊雲が浮かんでいた。立ち去りつつある夏がふと足を止めて振り返ったように、陽射しが強い。でも風は乾いていて心地よかった。

学校指定のジャージを着た僕たちは、午後一時に校庭に集められた。校長先生の話が終われば、拝望会の始まりだ。リュックを背負って、中等部の一年生から順に出発する。

リュックの中身は、水筒、タオル、地図や注意書きがまとめられたしおり、そして軽食の類だ。拝望会のあいだだけは、僕たちは自由に飲食物を持ち歩くことが許される。

この「軽食の類」をかつて先輩たちが拡大解釈して、カップ麺を持ち込む文化を生み出したものだから、僕のリュックはずっしりと重たくなっていた。目的地の展望台に湯沸かし器なんて便利なものはない。だから湯を沸かすための道具を、友達同士で分担して運ぶことになる。じゃんけんで負けた僕はカセットコンロを背負っている。すぐ前を歩くひとりのリュックは、無理に詰め込んだ片手鍋《なべ》で不恰好にでっぱっている。

制道院を出て山道を歩く。三キロほどの下り坂を、速いペースでたったと進んだ。最初の信号が、山道が終わる合図だ。その先は田園地帯で、山の木々で遮られていた視界がぱっと開ける。道路の傾斜がなくなるのに合わせて、僕たちは歩調を緩めた。田の上を風が吹き抜けるたび、順に稲穂が波打った。その波に揺られもせずに進むコンバインの赤色が遠くにみえた。

学校を出たころは綺麗に整っていた僕たちの列は、すでにあちこちが千切れ、細長く伸びている。拝望会は四、五人の班で歩く。この班を崩さなければ、歩くペースまで指示されることはない。

僕の班は四人組で、全員が白雨の寮生だった。黒い目と緑色の目がふたりずつ。中等部二年の男子生徒で、瞳が緑色をしているのは七人だ。うちにふたり入れれば、残りの五人でひとつの班を作れる。

緑色の目のひとり――野見《のみ》が言った。

「そろそろ始めるか?」

僕は頷く。

野見たちを班に誘ったのは、茅森のサポートだけが理由じゃない。もともと僕はこの班を作る予定だった。全員を白雨寮の「清掃員」で固めた班を。

飲食物の持ち歩きが自由な拝望会のあいだは、生徒間で流通するお菓子の価値が暴落する。だから今日のうちに、後払いで請け負った清掃員の仕事の料金を回収する予定だ。

「綿貫もくればよかったのにな」

と野見がささやく。

僕たちの班が四人組なのは、もちろん最後の一席を、彼のために空けていたからだ。

＊

今年も参加しないのか？　と僕は綿貫に訊いてみた。

二週間ほど前の、月のない夜のことだった。

ベッドに寝転がっていた彼はなにも答えず、天井をみつめているだけだった。僕はかまわずに続けた。

「うちの班に入れよ。夜には集めたお菓子で豪遊できる。それに僕はカセットコンロの担当になったから、君の車椅子に積ませてもらえると楽だ」

綿貫はようやく、瞳をこちらに向けた。

「いつの間に、橋本先生の手下になったんだ？」

「そういうわけじゃないけど」

あの人が熱心に綿貫を誘っていることは知っている。今回、新たに追加された経路は、車椅子でもゴールまで辿り着ける。橋本先生は、綿貫がゴールすることで経路選択制の成果を証明したいのだろう。

「あいつに言われたよ。二年の全員でオレを運ぶ計画があるらしい。まったくなんて素晴らしいんだろうな。チェックポイントに辿り着くたびに当番の班が替わって、みんなの力で仲良くゴールだ」

馬鹿げた話だ。橋本先生はそんな提案で、綿貫が喜ぶと思っているんだろうか。

投げ捨てるように綿貫が続けた。

「リレーのバトンが欲しいなら、体育倉庫にもっと軽くて持ちやすいのがあるって教えてやってくれ」

僕は意味もなく首を振る。

「気にするなよ、そんなの」

「ああ、どうでもいいと思っているよ。ただそんな話を聞いたってだけだ」

「君が参加するなら、僕が押す。誰にも譲らない」

「ひとりで三〇キロは無理だ」

「適当に棄権すればいい。歩けない理由があれば、先生が車で拾ってくれる」

拝望会のゴールなんてどうでもいいんだ。月なんかどこでだってみえる。もしも拝望会に、なにか価値があるとすれば、それは友人と一緒にへとへとに疲れ果てられることくらいだ。

でも綿貫はささやくように言った。

「お前までオレの自尊心を、ずたぼろにするなよ」

そんなつもりはない。本当に。

僕は綿貫と歩きたいだけだ。その方が楽しいというだけなんだ。同情も正義感もない。もっと、僕のための話だ。

でもそんなこと、綿貫だってわかっているだろう。わかっていないのは僕の方なんだろう。きっと僕には理解できない綿貫の感情があって、それで、彼は拝望会に参加するわけにはいかないんだろう。僕はその感情を、わかった気になってはいけないんだろう。

綿貫が言った。

「すまない。言い過ぎた」

僕は首を振る。

「君が僕になにを言おうが、言い過ぎなんてことはない」

思ったことをみんな、そのまま言葉にしてくれればいい。

なのに綿貫は冷たく笑う。

「でもお前だって、オレに配慮してるだろう？」

そう言われてしまえば、もう僕に言葉はなかった。

＊

用水路に並んで延びる道を、僕たちは歩く。あんまり雑な作りのかかしを笑ったり、意味もなく電線の影を辿ったりしながら。

僕たちがずいぶんゆっくり歩くものだから、後から出発した上級生たちが次々に追い抜いていく。僕はその中の、清掃員への未払いがある先輩にそっと声をかける。「そろそろ約束の、チョコレートひと箱をいただけませんか？」なんて風に。今日はそこかしこにお菓子が溢れているから回収も順調で、リュックがさらに重くなる。

やがて前方の公園に、制道院の生徒が集まっているのがみえた。

拝望会では、およそ五キロごとにチェックポイントが用意されている。そこには担当の先生がいて、班のメンバーが全員揃っていることを確認する。先に公園に着いた班が、そのチェックのための列を作っている。

列の最後尾に僕が並ぶと、木陰のベンチから声をかけられた。

「坂口くん」顔を向けると、水筒を手にした桜井がほほ笑んでいる。「二年生じゃ、私たちが最後みたいよ」

そう、と僕は応える。実は僕は、少しだけ桜井が苦手だ。

2、茅森良子

中等部二年の女子生徒のうち、六人が緑色の目をしている。

つまり、五人組を作るとひとり余る計算だ。私は率先してその余りものになった。いっそ桜井の班に入ってやろうと思ったのだけれど、あっけなく断られてしまい、どうにか拝望会の運営委員会で知り合ったひとりに拾われた。森《もり》さんという、よく日に焼けた小柄な生徒で、陸上部に所属している。あとの三人はみんな森さんの友人だと聞いた。

目の色とは無関係に、仲の良い四人組にそうではないひとりが交じっているのだから、どうしたって私は異物になる。できるだけ四人の邪魔にならないよう、班の最後尾を歩いていた。彼女たちは学校を出た直後から快活に話をしていたけれど、私の扱いに困っている雰囲気は伝わった。

その様子が変わったのは、行程の三分の一――一〇キロほどを歩いたころだった。

ふたつ目のチェックポイントは、人工物が風化によって自然へと戻る過程の見本みたいに落ち着いた印象の、小さな神社だった。出発から二時間も経たないうちに、私たちはその神社に辿り着いた。

　中学生の足で、坂の多い一〇キロを二時間で歩くのは、ややペースが速すぎるように思う。陸上部の森さんが健脚なのが理由だが、班員のひとりに疲れがみえ、「もう少しゆっくり歩かない？」と私が提案した。

　森さんがこちらを振り返る。

「疲れた？」

「かなり」

　おかしな返事をしたつもりはなかったけれど、それで四人がいっぺんに笑った。歩調が鈍っていたひとり——瀬戸《せと》さんが言う。

「茅森さんは、疲れないいんだと思ってたよ」

　返事に困ってしまって、私は苦笑する。

「一〇キロも歩くと疲れるよ。陽射しも強いし、リュックのカップ麺はかさかさ鳴るし」

　疲れが溜《た》まると、些細《ささい》な音が妙に気になる。あなたは背負われているだけなんだから、ちょっと静かにしていてもらえませんかと乾麺に言いたくなる。

　カップ麺、と瀬戸さんが甲高い声を上げた。

「食べるの？」

「食べるよ。楽しみ」

ずいぶん悩んで大盛りと書かれているものにした。大勢からの信用を集めるには体形の維持も重要だと考えている私は、普段は体重計に首《こうべ》を垂れて生活しているけれど、今日は三〇キロも歩くのだから多少のカロリーは許されるだろう。

「瀬戸さんは食べないの？」

「私は食べるよ。でも、茅森さんってカップ麺食べたことあるの？」

「もちろん」

清寺さんの家でも食べた。若草の家では栄養管理に気が遣われていたからインスタント食品の類は滅多に口にしなかったように思うけれど、でもまったく機会がなかったわけでもない。施設のイベントでキャンプに行ったときの夕食はカップ麺だった。

森さんが口を開く。

「お金持ちでも、カップ麺って食べるんだ」

それは私もよく知らない。でも、清寺さんの奥様も食べていた。なんにせよこの子たちは勘違いしているようだ。

「施設で育った私が、お金持ちってことはないでしょう」

ただ金持ちの家にもらわれて、四年ほど生活しただけだ。

森さんが、ぴょこんと眉を持ち上げた。

「そうなの？」

「うん。私、両親がいないの」

「でも、清寺時生がお父さんなんだよね？」

「あの人は里親だよ。雨の日に、段ボール箱で泣いていたら拾ってくれたの」

「ほんとに?」

「うそ。もうちょっと良い箱に入ってたかな」

なんて言い方をすると、若草の家の人たちは悲しむだろうか。あそこでの生活に不満はなかった。私は手厚く守られていた。でも、外では冷たい雨が降り続いていた。

「茅森さんって、何者なの?」

とまた別のひとりが言う。私は大雑把にまとめる。

「孤児で、施設で育って、一〇歳のときに清寺さんが里親になった。そして今年の春、制道院に転入した」

だいたい、これで全部だ。そう複雑な生い立ちでもない。でも、どちらかというと希少な生い立ちではあるのだろう。彼女たちはずいぶん興味を持ったようで、それからしばらく、あれこれと質問を受けることになった。

三〇分も話していると、私たちはずいぶん打ち解けていた。おそらく、打ち解けようと彼女たちが努力してくれた。

きっとその努力の一環で、なんの悪意もない声で、瀬戸さんが言った。

「茅森さん、あだ名はないの?」

仲良くなったのだから、いつまでも「茅森さん」では変だ、という話だ。なくはないよと答えて、私は笑う。まさかそんな質問が私を傷つけるなんて、彼女たちは考えもしないだろう。

実際、傷つく、という表現は私にとっても過剰だった。以前のことを思い出しただけだ。私にとってあだ名とは親愛の情を込めて相手を呼ぶものではなく、私の人格を無視し、特定のカテゴリに押し込み、現実に即していないレッテルを貼るものだった。

「どんなあだ名?」

と森さんが尋ねる。

仕方なく、これまでに私に与えられたあだ名の中で、たったひとつだけ聞き心地のよいものを答える。

「やもりん」

このあだ名にだけは、悪意はなかった。小学生のころにできた、黒い目をした友人が私につけてくれたものだった。彼女は私に優しかった。そして、当時の私を深く傷つけた人でもあった。

可愛い、と瀬戸さんが言うのが聞こえた。

＊

少し昔の話をしよう。

かつて「やもりん」がうすっぺらな絶望に包まれていたころの話だ。

当時のやもりんは九歳の、内向的な少女だった。学校の成績はまずまずだが、何事にも自信を持てず、あまりクラスメイトと関わろうとはしなかった。周りも彼女を弱者として扱うことに慣れていた。彼女自身の暗い雰囲気に加えて、目の色だとか家のことだとか、からかえる材料はいくらでもあった。でも、やもりんにはひとりだけ、仲良くしてくれる女の子がいた。彼女を仮に、Aとする。

Aは優しい子だった。たとえばやもりんを、初めて誕生会に誘ってくれた子だった。やもりんは無理を言って施設の人にお小遣いをもらい、小学生が贈るには高価なテディベアをプレゼントした。Aはとても喜び、やもりんの誕生日には、色違いのテディベアを贈ってくれた。ふたりは仲良しだった。

ある日の図画工作の時間、やもりんとAは向かい合って、互いの似顔絵を描いていた。スケッチは前回の授業で終えており、その日は水彩絵の具で色をつける予定だった。

そのときやもりんは、いつものように悪質な「からかい」を受けた。ふざけた男子生徒が、やもりんの目に絵筆を突っ込もうとしたのだ。

――お前の目、黒くしてやるよ。

なんてことを、そいつは言っていた。

おそらく彼の方は、やもりんが怯える姿をみて楽しむだけのつもりだったのだろうと思う。でもやもりんが慌てて顔を背けたものだから、それで狙いが逸れたのか、ついやり過ぎてしまったのか、絵筆が閉じたまぶたにぶつかった。たっぷりとつけられていた黒い絵の具がそこから垂れて、目を開いた拍子に少し流れ込んだ。

やもりんは事件に気づいた先生に連れられて保健室に行き、ずいぶん長い時間目を洗った。それから施設の人が迎えに来て、学校を早退して眼科を受診した。幸い目は傷ついていなかった。

どうやら学校は、男子同士がふざけていて、たまたま手に持っていた絵筆がやもりんの顔に当たったのだと説明したようだ。もしやもりんが今の私だったなら、激しく憤り、力の限りに反論して、なんとしてでも学校に事実を認めさせただろう。でも当時のやもりんは気弱な女の子だったものだから、すべてを呑み込んで口を閉ざしていた。


翌日、登校したやもりんを、Aは優しく慰めてくれた。

──大丈夫だった？　あんな奴ら、相手にしちゃいけないよ。

なんて風に。

それからAは、描き上げた似顔絵をみせてくれた。

彼女が描いたやもりんは、教室でいつもうつむいている少女ではなかった。朗らかな笑みを浮かべた明るい女の子だった。

──やもりんは、私たちとなにも違わないよ。

そう言った彼女の手の中で笑うやもりんは、目を黒で塗られていた。

＊

あのとき私は、彼女の絵を奪い取って破り捨ててしまいたかったのだけど、そうはしなかった。無理やりに笑って、「ありがとう」と答えただけだった。

彼女とはそのあともつき合いがあった。私はやもりんと呼ばれ続けた。そのたびに彼女が描いた、黒い目の私を思い出した。

清寺さんの家に引き取られて転校するとき、彼女は泣きながら私を送り出してくれた。私も寂しげな顔を装ってみたけれど、内心ではほっとしていた。もう彼女に、やもりんと呼ばれずに済むことに。

「ところで、やもりん」

と森さんが言った。

私は素直な笑みを浮かべて「なに?」と応える。

そのあだ名で呼ばれることが、もう当時のように辛《つら》くはない。ただあのころを思い出して、苦笑してしまうだけだ。

森さんの質問は、ずいぶん唐突なものだった。

「やもりんは恋人いるの?」

まさか、と私は答えた。私は優等生で、制道院では恋愛が禁止されている。それに、正直なところ、私は長いあいだ「男子生徒」というものに対して偏見を持っていた。小学生のころは、奴らはみんな敵だと信じていた。

森さんの友達のひとりが言う。

「やもりんには、年上が似合いそう。背も高いし」

「身長はどうでもいいけど、落ち着いている人の方が良いかな」

「好きな人いる?」

「クラスメイトは全員好きだよ」

私の言葉に四人が笑う。「そんな話じゃないよ」と瀬戸さんが言った。

もちろん、そんな話ではないことはわかっている。

彼女たちが求めている話に合わせて、適当にそれっぽい相手の名前を挙げられればよかったのだけれど、そうとわかっていても上手く言葉が出てこなかった。それで私は仕方なく、口をつぐんで顔をしかめていた。寒さに耐えるペンギンみたいに。


そうしているあいだに四人の会話は軽やかに流れ、森さんが陸上部の先輩に恋しているらしいという話になった。

3、坂口孝文

僕の隣を、桜井真琴が歩いていた。

彼女は古くからの知人だ。同じ小学校の出身だから。実のところ僕は一時期、桜井に恋をしていたことさえある。その恋心が生まれたのにも消えたのにも、特別な理由はない。僕が勝手に幻想を抱き、それから勝手に幻滅したというだけだ。小学生にはありきたりな恋だったのではないかと、今は思っている。

小学生のころの僕たちは、ふたりで話をすることもあった。共に制道院を目指していたから、放課後の教室で、しばしば顔を突き合わせて勉強した。どちらかというと彼女は自分の話をするのが好きなようで、極力喋ることを避けていた僕にしてみれば居心地の良い相手だった。でも制道院に入ってからは疎遠になった。どちらかというと僕の方が、一方的に彼女を避けていた。

僕は桜井を嫌っているわけではなかった。彼女と茅森の関係にだって、これといって思うところはない。僕が嫌っていたのは、何年か前の僕自身だ。つまり周りよりも特別に賢いのだと無根拠に信じていたころの僕だ。それは恥ずかしい記憶で、当時を知る桜井とどう接すればよいのかわからなかった。

僕の班の四人に桜井の班の五人が加わって、九人の大所帯ができていた。僕と桜井はその最後尾を並んで歩いた。僕らの少し前には女子のふたり組がいる。彼女たちは顔を寄せ合って、小声でなにか話をしている。その先に、残りの五人――僕の班の男子三人と桜井の班の女子ふたりがひとまとまりになっている。

僕はドラマのワンシーンをテレビでみるように、笑い合う彼らを眺めていた。桜井はずいぶん話しづらそうにしていた。でもどうにか話題を探して、ぽつりぽつりと近状を教えてくれた。学校の勉強のこと、拝望会のこと、小学生のころから続けている吹奏楽のこと。彼女はとても綺麗な音でトランペットを鳴らす。そのことを思い出して、懐かしい気持ちになる。

拝望会のコースは一二キロを過ぎた辺りから、再び山道に入った。地図でみると尾根をひとつ越える地形で、何度もアップダウンを繰り返す。

僕たちは五〇〇メートルほど続く坂道を上る。車道とのあいだにつつじの植え込みがある、幅の広い歩道だった。えんじ色とクリーム色のインターロッキングブロックが綺麗に敷き詰められた、歩きやすい道だ。それでも上り坂は、確実に僕たちの体力を奪う。坂の終わりをみたくて顔を上げると、並んだ木々の枝が頭上にせり出していた。葉の隙間から射しこむ光が、かすかな風でちらちらと揺れた。

その坂道を七割ほど上ったところで、桜井は言った。

「どうして、図書委員になったの?」

僕は一歩ずつ足を踏み出すのに必死だった。リュックがいっそう重くなったような気がしていた。ずっと襟をつかまれているような、後ろ向きの重力に気を取られて、とくに考えもなく答えた。

「もともと、そのつもりだったから」

声の高さには気を遣えなかった。でも、な行が苦手な僕にしては、上手く「の」も発音できた気がする。

「茅森さんと同じ委員になるつもりだったの?」

「まさか。図書委員がよかった」

僕は本が好きだ。一冊の本よりも、たくさんの本が並ぶ書架が好きだ。古い洋館が移築された制道院の図書館は美しい。

「それだけ?」

「だいたい」

だいたい、と彼女は反復した。ガラスみたいな、冷たく硬い印象の声だった。

「他にもあるの?」

「少しは」

「なに?」

委員会を決めた教室で、僕は苛立っていた。特定の誰かが相手じゃない。もっと大きくて漠然としたものに。逃れようのない気圧みたいなものに。

「君が茅森を嫌うのは、別に良いんだ。君の友達が、君に味方するのもかまわない」

流れる汗が、目に入って少し痛い。僕は目元を乱暴に拭う。

桜井は荒れた呼吸のあいだで、途切れがちに言った。

「じゃあ、なにがだめなの？」

「嫌うにしても、やり方があるだろ」

人として、張るべき意地みたいなものを忘れちゃいけないだろ。

どういう意味？　と桜井がささやく。彼女はたぶん、答えを知っているだろう。言葉にならなくても、直感のような部分で。小学生のころの桜井はその意地を持っていたから。

僕は小声でぼそぼそと答える。

「いくら相手が嫌いでも、こっちが悪者になって良い理由はないだろ」

その意地を張り続けるのがプライドだろう。ひとりの少女が嫌いで、彼女と関わりたくないのは仕方ない。でも胸の中で嫌うのと、攻撃のために悪意をむき出しにするのでは話が違う。好き嫌いで語れる問題じゃない。

もしもあのとき手を挙げなければ、僕は悪意を受け入れていたのだと思う。クラスみんなで茅森良子を攻撃しようという悪意を。

うつむいて歩く桜井は、ほんのわずかに首を振ったようだった。

「私が無視しろって言ったんじゃない」

「でも、茅森を傷つけようとした」

桜井自身がなにをしたわけでもなくても、茅森が傷つくことを期待していた。

誰も嫌わない善人であれなんて言いたいわけじゃない。そんなの、まるで洗脳だ。人の自由意志を踏みにじるような話に聞こえてひどく気持ち悪い。嫌いな奴は嫌いでいい。でも僕たちは、悪意というものを、注意深く扱えるはずだろう。

長い上り坂がひとまずの終わりを迎えた。先はなだらかな下り坂だが、その向こうにまた次の上り坂がみえた。

桜井が、足を止めて息を吐き出す。

僕は彼女を残して、そのまま歩き続ける。

——悪意を上手く抑えられないのは、僕も同じなんだ。

歴史のテストを白紙で提出し続けているのだから。

なんだか恥ずかしくて、頬が熱くなるのを感じていた。

4、茅森良子

出発から一八キロ。時刻はすでに、午後五時になっている。

山道を抜けた私たちは、山中にある住宅地の区画整理された広い道路を歩いていた。海岸沿いの都市部に人が溢れたことを理由に、三〇年ほど前にベッドタウンとして開発された地区だった。そのころに建ったものだろう、まったく同じ形をした二棟の団地を、傾いた秋の太陽が照らしている。陽の光には茜色が混じり、景色を少しノスタルジックにみせる。

ふたつの団地のあいだには小さな公園があった。ベンチとすべり台と水飲み場と、それからなんという名前なのだろう、またがって前後に揺れるだけの遊具が設置された公園には、三人の小学生がいた。彼らは長い影を引き連れて、ボールを投げて遊んでいる。

「やもりん、あとどれくらい？」

と瀬戸さんが言った。

「途中で棄権するなら四キロくらいだよ。でも展望台まで歩いて帰ってくれば、さらに一七キロと少し」

「それは、無理だ」

前半のペースが速すぎた影響もあるのだろう、瀬戸さんは疲労困憊《こんぱい》といった様子だ。背を丸めて、足を引きずるようにして歩いている。比較的元気な私と森さんが、交互に彼女のリュックを持っていた。

「背筋を伸ばした方が、歩きやすいと思うけど」

「無理。なんか、脇痛い」

「少し休む？」

「いい。止まったらもう動けない」

気持ちはわかる。私だってずいぶん疲れている。靴の中が妙に熱く、むれていて気持ち悪い。今すぐ裸足《はだし》になりたかった。でも、ランナーズ・ハイのようなものだろうか、ひたすら歩き続けるのは苦ではない。少なくとも上り坂でなければ。

森さんが、私の隣に並んだ。

「やもりんは、ゴールまで行くの？」

「もちろん」

「どっちの？」

「海浜公園の方だよ」

拝望会は伝統的に、鉢伏山にある展望台がゴールになる。でも今回は、もうひとつゴールが追加されている。山に登らず、海岸沿いの道を歩き続ければ大きな海浜公園に辿り着く。こちらの方が展望台よりも少し遠いけれど、長い階段がないため歩くのは楽だ。

「私もそっちがよかったな」

と森さんがぼやく。

「いいじゃない。先輩がいるんでしょ」

宿泊施設まで歩けば棄権が認められるし、その先は班で行動しなくても良い。森さんは陸上部の人たちと歩く約束をしているそうで、その中には彼女が恋する先輩もいる。

この何時間かで、私は件《くだん》の先輩についてずいぶん詳しくなっていた。現在は高等部の一年生で、四〇〇メートルを主に走っている。辛いものが苦手で、寮で出るカレーさえ食べられない。反対に、甘いものはなんでも大好き。加えて可愛いものも好きで、現在はパンダをモチーフにしたキャラクターのグッズを集めている。髪型にはこだわりがないらしく、放課後まで寝癖がついたままのこともある。その寝癖が可愛い。好きな色はオレンジ。好きな映画はピクサー全般。五月一二日生まれの牡牛《おうし》座で、獅子《しし》座の森さんとはまずまず相性が良い。取り立てて興味のある話でもなかったけれど、寝癖が可愛くみえることがあるのは、なんとなくわかる。

森さんは顔をしかめてみせた。

「でもね、吉城《よしき》さんもくるんだよ」

吉城さんというのは、高等部二年の陸上部マネージャーらしい。そのマネージャーも、森さんが恋する先輩を狙っているようだというのが彼女の見立てだ。

「パンケーキ屋さんに誘うんでしょ？」

「隙があれば。吉城さんのガードが堅い」

「別に、目の前で堂々と誘えばいいじゃない」

「すぐにみんなで行こうって話になるんだよ。うち、仲良しだから」

「ふたりきりで行きたいって言えば？」

「言えないよ」

そんなものなのだろうか。

私は恋というものをよく知らない。若草の家にいたころは、優しくしてくれる職員のひとりが大好きだったけれど、あのときの感情を恋心と呼ぶのは違うのではないかという気がする。相手は二〇歳も年上で、すでに結婚していた。その結婚相手に対する嫉妬心のようなものもなかった。どちらかといえば子が親に懐く感覚に近かったのだろう。

疲れ果てているはずの瀬戸さんが言った。

「やもりんは、誰と歩くの？」

「とくに決めてないけど——」

経路選択制の成功を印象づけるためには、より多くの生徒が新たなゴールに向かう方が良い。

紅玉寮にもサポートを頼んでいるけれど、私は緑色の目の生徒にできるだけ声をかけるつもりだった。

そのことを別にしても、私には拝望会を一緒に歩きたい人がある。

「できれば、八重樫さんと」

彼女ともう一度、話をしたかった。

5、坂口孝文

男女ふたつの班が交じり合って歩く僕たちの列は、二〇メートルほどに伸びていた。先頭は、うちの班のふたりが歩いている。その後ろに桜井の班の女子が三人。さらに後ろに男女ひとりずつのペアがひと組。最後尾は変わらず僕と桜井だった。

もうずいぶん長いあいだ、桜井は黙り込んでいる。僕は彼女の歩調が遅くなったような気がして、小さな声で尋ねた。

「休憩しようか?」

桜井はしばらく、口を閉ざして歩き続けていた。

やがて彼女は首を振って、でも僕の質問とは関係のないことを答える。

「茅森さんって、大嫌い」

ずいぶん今さらだ。そんなこと、同じクラスの連中なら全員が知っている。たぶん隣のクラスも知っている。でも。彼女は続ける。

「でもちょっと、恰好良い」

うん。僕もそう思う。

茅森良子は恰好良いのだ。その立ち居振る舞いも言葉のひとつひとつも。いつだってぴんと意地を張って生きている。正しくプライドを持つことを自分に課している。あんな子に出会ったのは初めてだった。あんな、ヒーローみたいな子に会ったのは。

「茅森さんは、なにかずるをしているんだと思ってた」

「寮のこと?」

「うん。悪い奴だと思ってた」

「清寺時生の推薦は、ちょっとずるいかもしれない」

制道院は歴史ある学校だ。著名人だって何人も輩出している。でも彼のように、世界的に知られた人物というのは他には思いつかない。

「私、今年の一学期が人生でいちばん勉強した」

「そう」

「でも、なんにも勝てない。ずるい」

それは別に、ずるくはない。茅森だって努力している。一〇日間で懐中電灯の電池をワンセットだめにするくらい努力している。疲れた顔もみせずに。

「でもたぶん、茅森はトランペットを吹けないよ」

トランペット? と桜井は、戸惑った風につぶやく。

「あいつだって、初めからなんでもできるわけじゃないんだ」

できないことを、ひとつずつできるようになろうと努力してきたから、今の茅森がいる。それはまったくずるくない。

「知ってるよ。そんなの」

彼女は苦笑してみせた。

小学生のころの桜井真琴は、なにもかもを持っているような子供だった。頭が良くて、明るくて、優しくて、運動もできて、可愛くて。男子の半分は彼女に恋していた。桜井は特別なのだとみんなが信じていた。ひとつの神話みたいな子供だった。

僕はたぶん、その神話に恋していた。完璧な人間が好きだった。でももちろん、桜井は神話ではなかった。

「私、坂口くんにテストで負けても、悔しくなかった」

「そう」

「制道院じゃ、朋美の方が賢かったけど、それも別によかった」

「それで？」

「どうして茅森さんだけ、許せないんだろう」

「どうして？」

桜井は顔をしかめる。

「わからないけど、でも。茅森さんは私の大切なものを、馬鹿にしている気がする」

それは？　と僕は小さな声で尋ねた。

聞き取れなかったのだろうか、意味がわからなかったのだろうか、桜井が「え？」とささやく。僕は言い直す。

「なにが大切なの?」

彼女はなにも答えなかった。トランペットを熱心に吹くときみたいに、眉間に皺を寄せていた。その顔は小学生のころと変わらずチャーミングだった。

「僕だって、同じだよ。四月の自己紹介で茅森が総理大臣になるって言ったとき、やっぱり馬鹿にしていたよ。きっとあいつにとっては、大切なことなのに」

できるはずないだろ、とか。そんなことをして何になるんだ、とか。僕はなんにも知らないのに、勝手にわかった気になって胸の中じゃ否定していた。

桜井は彼女に似合わない、聞き取りづらい声で言った。

「実は、茅森さんを好きになりかけていた」

「それはよかった」

「でも、あの子は私と友達になりたいって言った」

「そうなの?」

「うん。ずるい」

「かもね」

暮れかけた太陽が、木の影を引き伸ばしていた。いつの間にか街灯には明かりが灯っている。先頭を歩くふたりが、足を止めてこちらを振り返る。その顔もよくみえない。夜が近い。

隣で、ふうと桜井が息を吐き出す。

彼女が怒ったように歩調を速めて、僕もそのあとに続いた。

拝望会のルートは安全に歩ける道を辿ってうねりながら、山中にある制道院から南西の方角の海岸を目指す。そのあいだに、ふたつの尾根を越える。

脱落が許される宿泊施設は、ふたつ目の尾根にあった。自然公園に隣接した、多くの学校が課外授業で使う施設だった。

宿泊施設まで到着すれば、あとは下り坂ばかりで海岸沿いの幹線道路に出られる。その道路を少し西に歩けば鉢伏山だ。鉢伏山には最後の難関になる、三〇〇段の階段がある。でも拝望会のルートには、もうひとつの難関があった。それは山中の新興住宅地から宿泊施設へと至る、二キロを超える長く急な上り坂だ。

夕暮れ時の空は、目まぐるしくその色を変えた。ずいぶん薄まった水色の空の西側が赤く染まると、小さな鳥の影が群になって飛んだ。あれは、なんという鳥だろう。一〇〇羽も二〇〇羽もいるような群だった。それから空の赤みが膨らんで面積を広げ、波が引くようにまたしぼむ。天頂からは濃紺色の夜空が降りてくる。夕暮れ空と夜空の狭間《はざま》は白に近い黄色だった。雲ばかりが強く輝いていた。その輝きが消えるころ、僕たちは宿泊施設へと続く坂道の入り口に到達した。

坂道の入り口には、なかなか立派な道の駅がある。日中はこの辺りで採れる野菜なんかを売っているはずだが、もう営業時間を終えていた。入り口に自動販売機が四台並び、その光が眩しかった。

自動販売機の前にはベンチがあり、何人かの制道院の生徒がたむろしている。その中のひとりを、桜井が呼ぶ。

「朋美」

八重樫朋美。彼女はじっとこちらをみている。

ほんの短い時間、桜井が僕の方を向いた。その表情は、暗くてよくわからなかった。

「じゃあね」

短く言い残して、桜井は八重樫の方へと歩く。彼女の班の女子四人も、そちらに合流するようだった。小学生のころから、桜井は自然とグループの中心にいる。今だって、きっと紅玉寮に所属していることとは無関係に、彼女には友達が多い。

「デートは楽しかったか？」

なんて風に、野見が声をかけてくる。

僕は顔をしかめて答える。

「わりと」

桜井と歩くのは、だいたいが気まずいばかりだったけれど、そう悪くもなかった。小学生のころ、放課後の教室で一緒に勉強をしていたとき、ふとみつめた彼女の横顔が綺麗だったことを思い出した。

僕は野見に尋ねる。

「回収したお菓子、いくつかもらっていいか？」

「お前の取り分は好きにしろよ。もう食うのか？」

「いや。借金を返す」

拝望会のあいだの、僕の仕事は清掃員の料金を取り立てるだけではなかった。反対にお菓子を差し出す相手もいた。

津村浩太郎。僕は何度か彼に賭けゲームを挑み、すべてに敗北している。


生徒会選挙は、来月の一五日に行われる予定だ。

立候補の締め切りは今月いっぱいで、もう一週間を切っていた。

荻さんを生徒会長にする茅森の計画は、大枠では順調に進んでいる。拝望会の経路選択制の件は学校の内外で話題になった。加えて荻さん自身の人気が意外に高く、想定よりも多くの票を集められそうだとのことだった。

一方で、紫雲への対抗馬の準備は難航している。やはり説得力のある立候補者の筆頭は高等部一年の首席で青月寮に所属する津村浩太郎だ。でも彼が首を縦にふる様子はない。説得材料といえば賭けゲームくらいだけど、彼に勝てるプレイヤーというのはそうそういない。

茅森はもちろん、予備の計画も用意している。青月寮の、生徒会に興味があるひとりに声をかけ、条件の折り合いをつけて立候補の約束をとりつけたらしい。

でもやはり、紫雲への対抗馬は津村浩太郎でなければ少し弱い。予備の対抗馬ではどれほど紫雲の票を食えるのかわからない。僕は清掃員の票を荻さんに集める準備を進めているけれど、それだって十何票かが動くだけで、状況を決定的に変えられるわけではない。

津村さんは、ベンチから少し離れた壁にもたれかかり、スポーツドリンクのペットボトルに口をつけていた。

僕はなれない愛想笑いを浮かべて彼に声をかける。

「お疲れ様です」

街灯の青白い光に照らされた津村さんは、つまらなそうにこちらに目を向けて「なんだよ」とつぶやく。

「約束の、お菓子を持ってきました」

僕はふた箱のクッキーとひと箱のチョコレートを重ねて差し出す。

「あとにしろよ。邪魔だ。邪魔だ」

僕だって邪魔だ。リュックはもういっぱいだ。

でも反抗的な態度は取らない。

「わかりました。では、夜に」

ああ、と彼は小さな声で頷く。

僕は続けて尋ねる。

「立候補の件、考えていただけましたか？」

「何度も断ってるだろ」

「紫雲に勝てるのは、貴方だけです」

「知るか。初めから、負けてるとは思ってねぇよ」

その通りだ。成績でも知名度でも、津村さんは紫雲の連中に負けていない。

だから、この人の立候補には価値がある。他の誰にも代わりはできない。

「じゃあ、またゲームで」

「お前じゃオレに勝てないよ」

「はい。そうでしょうね」

そしておそらく、津村さんでは綿貫に勝てない。

6、茅森良子

勾配《こうばい》一〇パーセントの標識を横目に、私たちは歯を食いしばって坂道を上った。

一〇度ってこんなに急なのとひとりがぼやく。心情的にはまったくの同感だが、この坂の傾斜は一〇度ではない。勾配一〇パーセントとは、一〇メートルの距離で一メートル高度が上がる、という意味だから、実際は六度程度しかない。なのにその六度が今は壁のようにみえる。垂直、は言い過ぎだとしても、三〇度ほどは傾斜がついているような気がする。標識が嘘なのではないだろうか。

日はもうほとんど暮れていた。森さんも瀬戸さんも濃紺色の薄暗がりに塗りつぶされていた。長い距離を置いてぽつん、ぽつんと立つ街灯の下を通るときだけ、ふわりとその肌の色が浮かび上がった。

私は班員に遅れが出ないよう、最後尾を歩いていた。森さんたち三人は、まだしっかり歩けている。でも瀬戸さんは限界が近いようで、身体の軸が左右にぶれる。彼女の腰の辺りに、私はそっと手を添えた。

「まずは、次の街灯まで歩こう」ぐっと彼女の腰を押す。「先のことは考えなくていいよ。次の街灯まで。次の街灯まで。小さなゴールを、ひとつずつクリアすればいい」

その簡単なことの繰り返しだ。ただそれだけで、どこにだっていける。どれだけ遠い場所だって。歩くことをやめなければ、私たちは無敵だ。

「やっぱりさ」

小さな声で、瀬戸さんがつぶやく。「ん？」と一音だけで私は尋ねる。

彼女の苦笑に似た顔を、次の街灯が照らした。

「茅森さんは、疲れないんじゃない？」

そんなことはない。

でも、坂道のようなものを歩くために、私は制道院に転入した。

「少しつま先を外に開いて。一歩は小さく。足が着いてから体重を移すように歩くと良いらしいよ」

なんて、昨日調べたばかりの知識をひけらかす。彼女の腰を押す手に力を込める。

瀬戸さんは黙々と急な坂道を上る。顔を上げても、宿泊施設はまだみえない。山の木々に隠されている。彼女のリュックを代わりに持っている森さんが、歩調を緩めて私の隣に並んだ。

「やもりんは、もっと怖い人だと思ってたよ」

なんだ、それ。私はいつだって優しいつもりだ。

でも彼女が言いたいことも、なんとなくわかる。

「私もだよ。制道院は、もっと怖いところだと思ってた」

敵しかいないと思っていた。気味の悪いものに身を投じるつもりだった。でも違う。ここにいるのはただ一四歳の私たちだけだ。そのことを知らなくて、知らないから怖がっていた。

躊躇うような、小さな声で森さんが言った。

「やもりんは、拝望会が嫌い？」

「全然。たまに、嫌わないといけない日があるだけだよ」

「なに、それ？」

「なんでもない」

たしかに意味がわからない。なんだ、嫌わないといけない日って。いったいいつだ。昨日なのか、五〇〇年前なのか知らないけれど、少なくともそれは今日ではない。

私は拝望会に経路選択制を持ち込んだことを、少しだけ後悔していた。

なんだか山の上の展望台まで歩きたい気持ちになっていた。

それはなんの象徴的な意味も持たない、過去の歴史から切り離された、今日一日の私の個人的な総括として。坂口が昨年食べた世界でいちばん美味《おい》しいカップ麺を、私も試してみたかった。

――私も、展望台まで歩こうかな。

なんて、声に出してみたくてずいぶん悩む。

そのあいだに森さんが言った。

「やっぱり、海浜公園の方にしようかな」

簡単にそう言える森さんが、少しだけ羨ましい。私もいつか、彼女と同じ声色で同じことが言えるだろうか。

あ、と瀬戸さんが、小さな声を漏らした。

彼女は顔を上げていた。その視線を、私も追いかけた。

「月だ」

と森さんがささやく。

ガードレールの向こうの真っ黒な木々のあいだの生まれたての夜空に、まんまるの月が浮かんでいる。

瀬戸さんの腰に添えた手にかかる負荷が、少し軽くなっていた。

＊

宿泊施設に辿り着いたのは、午後六時を一五分ほど回ったころだった。

施設の玄関に先生が立っていて、到着した班をチェックしていた。ここで棄権を申し出れば、もうこれ以上拝望会を歩く必要はない。

私は担当の先生に頼んで、八重樫朋美がすでに棄権していることを確認した。でもできるなら、彼女と一緒に拝望会を歩きたい。今ならもう少し正確に、彼女の言葉を受け取れるのではないかという気がしていた。

食堂では夕食――おにぎりと簡単な総菜のお弁当が配られていた。それを受け取ったら、班での行動はお終いだ。

――これを食べて、八重樫を捜そう。

海浜公園まで八重樫と歩けたなら、どれほど素敵だろう。

意地ではない。打算でもない。今はもう違う。

私は八重樫朋美と友達になりたかった。

7、坂口孝文

空を見上げても、もう夕暮れの欠片《かけら》も残っていなかった。

午後六時三〇分。僕は市立病院みたいに面白みのないデザインの、宿泊施設の壁に背を預けて、水筒の麦茶をひと息に飲んだ。夜風は涼しいのに、身体の芯《しん》が熱い。汗が次々に噴き出してくる。となりで野見も、同じようにしていた。僕は尋ねる。

「海浜公園に行くの？」

野見は、軽く頷いた。

「あっちには階段もないからな」

「そう」

「お前は？」

「展望台」

これからまた八キロ以上も歩いて、しかも三〇〇段の階段を上るというのは馬鹿げた話に思えた。でも歩かないわけにもいかない。

僕は片脇に置いていたリュックを開き、詰め込まれたお菓子の中からハイクラウンを選んで取り出した。ハイクラウンは素敵なチョコレートだ。白い、タバコを模した小箱に、細長い板チョコが四枚入っている。僕はハイクラウンの封を切って、野見に差し出す。彼はその中の一枚を抜き出す。僕も同じように一枚取って、銀色の包装紙を外す。日中をリュックで過ごしたハイクラウンは少しだけ溶けかけていて、やわらかだった。口に含めば甘く、でも後味は苦い。チョコレートは勇気に似ている。

「やっぱり、展望台には行けないものなの？」

「ん？」

「僕にはわからないから」

たぶん、どうしても。いくら想像してもみんな的外れなんだという気がする。

野見はその緑色の目で、じっと僕をみていた。彼はハイクラウンをかじる。それから軽く首を傾げる。

「行けないってことはないよ。別に。でもあそこ、石碑があるだろ」

「うん」

鉢伏山の展望台には洋風の墓石みたいな四角い石碑があり、そこにはおよそ五〇〇年前に起こった歴史的事実が書かれている。つまり黒い目の兵隊が緑色の目の領地を攻撃し、大勢を殺したという記述だ。

「あれ、どう思う？」

僕は少し悩んだけれど、できるだけ素直に答える。

「別に。なんとも」

石の塊に、文字が彫られている。教科書みたいな文章だなという気がする。長い文章でもないけれど、半分くらいで飽きてしまって、あとは流し読みになる。

野見は笑った。

「オレは、関係ないだろって気がしたよ。オレにとっては、こんなもんよりチョコレート一枚の方がずっと大事だろって感じだった」

「それで？」

「わざわざそんなことを考えてたんだから、たぶん本当は、なんの関係もないってことはないんだよな」

なるほど。じゃあ僕とは、まったく違う。

拝望会は僕たちをへとへとにして、少しだけ内側を露出させる。だから僕も野見も、同じハイクラウンをかじる。

「いつ登ったの？」

あの展望台まで。

「小四だったかな。祖父《じい》ちゃんがいて。なんかうちにきて、散歩だって言って、なのに車に乗せられて」

「うん」

「たしか祖母《ばあ》ちゃんの命日だったんじゃないかな。そっちはオレが生まれるずっと前、親父がまだ三歳だか四歳だかのときに死んじゃったんだけど」

「うん」

「だから、四五年くらい前なのかな。祖母ちゃんが倒れて、それで祖父ちゃんが一一九に電話したんだよ。で、救急車が来て、前の通りで停まって。でもそのまま、また走っていったんだってさ」

「どうして？」

「祖父ちゃんの話じゃ、うちの近所でもうひとりぶっ倒れたらしい。祖母ちゃんが乗るはずだった救急車は、そっちに取られたんだって言ってた。で、祖母ちゃんは死んだ。心筋梗塞《こうそく》だったかな」

野見は、目の色については語らなかった。でもこれは、そういう話なんだろう。一台の救急車が、緑色の目よりも黒い目の命を優先したという話なんだろう。

「祖父ちゃんが何度も叫んだのに、救急車は窓も開けなかったんだ。助手席のひとりが、ちらっと祖父ちゃんの方をみただけだったんだ」彼はチョコレートをかじる。「わざわざ何百段も上って、つまんない石の前でそんな話を聞かされて、オレにどうしろってんだよ。関係ないだろ、そんなの。わざわざ関係ないって言ってるのも面倒だろ」

だからだよ、とつぶやいて、野見は話を切り上げた。

僕は彼に言いたいことがあった。胸の中にはたしかに、具体的な感情がわだかまっていた。でも、それは言葉にならなかった。僕にはなにを言う権利もないんじゃないかという気がした。そんなわけもないのに。彼は同じ寮生で、今日拝望会を共に歩いた友人のひとりだ、ということが事実のすべてなのに。

どうにか言い訳じみたことを口にする。

「僕は、綿貫に自慢したいだけなんだ。展望台まで歩いたって」

去年と同じようにへとへとになったよ。でもやっぱりカップ麺は美味かったよ。去年と同じ拝望会だったよ。――そうあいつに報告したいだけなんだ。

「うん。いいと思う」

野見はハイクラウンの最後のひと欠けを、口の中に放り込んだ。


僕はしばらく、野見の隣でうつむいていた。

本当はもう、出発の準備をしなければいけない。宿泊施設の食堂に行って空になった水筒に冷たい麦茶を詰め直して、弁当を受け取って、あの展望台を目指して歩き出さなければいけない。でもなかなか立ち上がれないでいた。

やがて足音が聞こえてきた。きびきびとした、疲れを感じさせない足音だった。

僕はその音の正体を確信していた。理由はない。でも顔をみるのと同じように、聞くだけではっきりわかった。――ああ。茅森だ。

顔を上げると本当に、そこに茅森良子がいた。離れた場所の街灯の弱い光がどうにか届いた彼女の瞳は、普段よりも深い緑色にみえた。

「お疲れさま」

そういった茅森の言葉が、彼女の張り詰めた声に似合わなくて笑う。

「お疲れさま。拝望会はどう？」

「楽しいよ。とっても。ところで、八重樫さんをみなかった？」

「八重樫？」

「海浜公園まで、一緒に歩こうと思って」

「そう。坂の下でみかけたよ。もう少し待ってみたら？」

僕が答えると、茅森は顔をしかめる。

「本当に？」

「うん」

「おかしい」

「なにが？」

「八重樫さんは、私より先にここのチェックを受けてるよ。棄権の欄に印があった」

不思議な話だ。茅森は僕たちよりも前を歩いていた。その茅森よりも先に八重樫がこの宿泊施設に辿り着いていたなら、どうして坂の下に彼女がいたのだろう。

「引き返した？」

と僕はつぶやく。

間を置かずに茅森が答える。

「でも、どうして？　拝望会を逆に進んでいる子がいたら、私も気づいたはずだよ」

「なら、まだここに着いてないのに、先生が間違えてチェックしたのかもしれない」

「あり得る？」

「可能性としては。ひとつずれた欄に印を入れたとか」

人がしていることなのだから、単純なミスがないとは言い切れない。

だが茅森は首を振る。

「あの子の班の、他のメンバーにも印がついてた。五人もまとめて間違える?」

「別の班と勘違いしたのかもしれない」

「二年の女子じゃたったひと組だけ、全員が緑色の目をしている班を?」

たしかにそれは考えづらい。ならやはり八重樫は、すでにここに到着しているのだ。先生に拝望会を棄権すると告げて、それからわざわざ坂の下まで引き返した。

「ルートはある」

と茅森がつぶやく。

拝望会の運営委員だった僕たちは知っている。この宿泊施設から八重樫をみかけた道の駅までは、正規の経路とは別の道でも下りられる。山中のハイキングコースがあるのだ。でもそちらは足場が悪く、明かりも少ないからこの時間に歩くのは危険だ。

物理的には八重樫は、人目に触れず道の駅まで引き返すことができた。でも、そんなことをしてなんになる?

「捜しに行く」

そう言った茅森は、くるりと僕に背を向けた。

「わかった。一緒に」

このときは、両足の疲れも忘れていた。

僕は慌てて立ち上がり、足早に茅森の背中を追った。

8、茅森良子

なんだか妙に嫌な予感がしていた。

私は念のために、山中のハイキングコースで道の駅まで下りるつもりだった。正規ルートの方を坂口に任せれば、八重樫がどちらを通ろうと必ずみつかる。でもその提案は坂口に却下された。

「危ないよ。正規の経路で下りて、もしみつからなければ先生に報告しよう」

仕方なく私は頷く。

坂の人通りはまばらだった。あとから制道院を出た上級生たちも含めて、すでに多くの班が宿泊施設に到着している。すれ違う彼ら彼女らは一様に、不思議そうに私たちの顔をみあげた。拝望会の逆行はやはり目立つ。

道の駅まであと五〇〇メートル、というところで、前方から五人組の女子のグループが歩いてくるのがみえた。桜井の班だ。坂口がささやく。

「八重樫は、桜井と一緒にいた」

私は小さく頷く。

桜井の方も私たちに気づいたようだった。彼女が足を止めてこちらを見上げる。

「なに?」

「話があるの。八重樫さんのことで」

彼女はほんの短く、班のメンバーになにかを伝えた。やがて桜井だけを残して、あとの四人が坂を上っていく。彼女たちは私に不審そうな目を向ける。ひとりが桜井に、「頑張って」とささやくのが聞こえた。

桜井はじっと私をみていた。

「朋美が、どうしたの？」

「あの子がどこにいるのか知ってる？」

「さあ」

「下で一緒だったんでしょう？　八重樫さんがなにをしているのか教えて」

わざわざこの長い坂道を上り、先生に棄権すると伝えてからまた引き返した理由。

桜井は顔をしかめていた。

「知らないよ。そんなの」

嘘だ。桜井は事情を知っているから、班の四人を先に行かせたのだろう。

「お願いだよ。教えて。大ごとにしたくないの」

「貴女の予定がめちゃくちゃになるから？」

「それもある」

私にとって、今回の拝望会の目的は選挙戦のための得点稼ぎだ。つまずくことなく成功させて、荻さんの票に繋げなければならない。それは上手くいきつつある。けれど、もしも生徒のひとりが――それも緑色の目の生徒が行方不明になるなんて問題が起こってしまうと、ずいぶん印象が悪くなるだろう。強引に拝望会のルールを変えたことに原因があるのだ、という風にみえてもおかしくない。

「でも、心配しているのも本当だよ。だから私は、このままあの子がみつからなければ、すぐに先生に報告する。それは八重樫さんが望むことではないと思う」

「放っておいて。茅森さんには関係ない」

「それはできない」

「どうして？」

「友達を心配するのに、理由が必要？」

「別に、友達ってわけじゃないでしょ。貴女と朋美は」

「かもね。なんでもいい。人を心配するのに、理由はいらないよ」

桜井はずいぶん長いあいだ口をつぐんでいた。

私の方も、どうすれば桜井を説得できるのかわからないでいた。彼女と八重樫の事情を知らないから。思ったことをそのまま口にする。

「私は、八重樫さんの邪魔をしたいわけじゃないよ。ルール違反を咎めたいわけでもない。あの子が安全だってわかれば、それで納得する。でもわからないままじゃ引き下がれない」

桜井は不機嫌そうにこちらを睨んでいた。

もしも彼女と、もう少し仲良くなれていたなら、なにかが違ったのだろうか。八重樫の事情を私に相談してくれただろうか。今さら考えても意味がないことだ。

桜井が言った。

「秘密にするって、約束したんだよ。だから、なにも言えない」

私はふっと息を吐き出す。

「わかった。私はこのまま、経路を引き返す。最後尾には先生たちがいるはずだから、八重樫のことを報告する」

先生たちは彼女を捜し回るだろう。もしみつからなければ、警察に連絡することになるだろう。それは制道院の評価を落とし、荻さんの選挙戦にも悪い影響を及ぼす。でも仕方がない。当たり前に考えて、そうするのが正しい判断だから。

「やめて。お願い。朋美をそっとしておいて」

「じゃあ、せめて事情を聞かせて」

「話せば黙っていてくれるの？」

「聞いてみないとわからないよ、そんなの」

桜井は気弱げな表情でうつむいている。私はじっと彼女の言葉を待つ。

顔を上げた桜井が目を向けたのは、私ではなかった。坂口に向かって、言った。

「朋美は、綿貫くんに会いに行った」

私も思わず、坂口に目を向けた。――綿貫？　どうして。

坂口は妙に優しく聞こえる、高い声で言う。

「それは、制道院まで戻ったって意味じゃないよね？」

うん、とほんの小さな声で、桜井が答える。

「つまり綿貫が来ているの？　この辺りまで」

「たぶん。私も、合流するって聞いただけだから」

「わかった。桜井は先に行って。班員が揃っていないと、君の友達も困るでしょう？　茅森は僕が説得する」

　ふざけた言い方だ。私に対する宣戦布告みたいなものだ。

　桜井が、わずかに頷いて歩き出す。私はその背中を見送りながらつぶやく。

「どう説得するつもりなの？」

「ん？」

「私を」

「まずは、話し合ってみようか」

　彼の落ち着き払った様子に苛立ちが膨らむ。

　その感情で、私は声を張り上げた。

「話すことなんかないでしょう。車椅子を押して、この坂を上れると思う？」

「上れないから下で会うんじゃないかな」

「だとしても。そもそも、こんなところで綿貫くんに会ってどうするっていうの？」

「拝望会を歩くんだろ。それから、世界一美味いカップ麵を食べる」

「馬鹿なの？」

「たぶんね」

　坂口は笑っていた。

　彼はうつむいて気弱げに歩く桜井の、ずいぶん小さくなった背中にまだ目を向けたままだった。

「せめて僕にくらいは話しておけって思うよ。もっと準備できることがあった。君にはなにも知られないまま話を進められたかもしれない。綿貫にしては、やり方がずいぶん馬鹿げている。でも、たまには馬鹿なことをしたかったんだろ」

なんだ、それ。

よくわからないけれど。

「それは、私のせいなの?」

拝望会の経路選択制が、理由なのだろうか。

でも坂口は首を振る。

「たくさんあるだろ。理由なんて。綿貫がしたいことなら、僕は応援するよ」

「なんの用意もなく、車椅子で拝望会を歩けるわけがない」

「それは綿貫が決めることだ。あいつは君よりずっと、自分の身体に詳しい」

「でも学校のイベントで、危ないことはさせられない」

「知ったことじゃない。あいつには、あいつの価値観がある。それを頭ごなしに否定しないのが、君が目指す平等じゃないのか」

「その言い方は、卑怯《ひきよう》だ」

理想を語るだけなら簡単だ。綿貫の――車椅子で生活を送る彼の我儘は、もちろん叶えられるだけ叶った方がいい。でも現実はそうじゃない。もしも暗い夜道で彼が事故に巻き込まれたなら、それは学校全体の責任になる。

「綿貫くんが拝望会に参加したいなら、私だって手を貸せた」

充分に安全に配慮して、彼が問題なくこの拝望会を終えられるよう準備できた。

「それが、嫌だったんだろ。我儘の内容を、押しつけられるようなことが」

「手助けが我儘？」

「そうじゃない。なんていえばいいのかな。綿貫の我儘を、周りが決めるなってことなんだ。それが嫌で、だからあいつは自分の我儘を言ったんだろ」

私は奥歯を噛みしめる。坂口の言いたいことが理解できたから。

私が制道院に入学したいと考えたのも、きっと同じことだった。弱者を守るという名目の、生温く鈍い刃に身を傷つけられるのは苦痛だった。それがどれほど辛い道のりでも、自ら歩き始めた道というものを探していた。

綿貫をサポートする班を作って、専属で先生がひとりついて歩いて。もしもそんな景色の真ん中に綿貫がいたなら、私は彼に同情していただろう。彼は本当に幸せなのだろうかと疑っていただろう。反対に、夜道を八重樫とふたりきり進む彼の姿を想像すると、純粋に苛立つ。その我儘がどれほど周りに迷惑をかけるのか、わかっていないのかと問い詰めたくなる。同時に少しだけ羨ましい。その景色はきっと、すべての前提を抜きにしてみつめると美しい。

「貴方がなんと言おうと、私は先生に報告するよ。危険なことは見逃せない」

「わかるよ。でも、まだ早い。生徒がひとり経路を外れただけだ。僕たちでみつけて、正しい経路まで案内すればいい」

「いえ。綿貫くんがいるなら、先生の車で迎えに来てもらうべきよ」

「本当に？」

坂口はじっとこちらをみつめる。

正面から向かい合って、気づいた。坂口は一見、柔らかに微笑んでいる。でも実際はそうではない。瞳は真剣で、拳は固く握られていた。

「君は本当に、それが綿貫のためだっていうの？」

「私のことは、関係ない」

正しい答えはわかっている。なら、それに従うだけだ。私の感情を放り出してでも。

坂口は子供っぽい顔つきの、ナイーブな瞳でじっと私をみつめている。

「たぶん、どうしても僕たちの意見は合わないんだろうね」

「そうね」

「なら、頼むよ。今夜だけは僕の我儘をきいてくれないか」

本当は私は、頷きたかった。

この拝望会のあいだに私自身もふと、鉢伏山の展望台まで歩きたいと感じたから。それに、坂口が私に、頼むと言ったのは初めてだったから。でも、だめだ。

「できない。私は、私のやり方を変えられない」

私の目からみて間違ったことに、頷く術《すべ》を私は知らない。

――だから、私を説得してみせなさい。

胸の中でそう唱える。こいつが言い出したことだ。本当に、彼が上手く私を説得するのを願っている。でもとても難しいだろう。当たり前に考えて、今回の議論では私の方が正しい。学校のイベントで安全よりも優先されるべきものなんてない。

坂口は長いあいだ、私をみつめていた。それから、ポケットに手を突っ込んだ。

「ただでとは言わないよ。これで手を打ってくれないか?」

まるで握手みたいに、彼が手を差し出す。

そこに握られていたのは、すでに開封されたひと箱のハイクラウンだった。

私は顔をしかめる。

「どういう意味?」

「僕の方が間違ってるって意味だよ。だから、これで許して欲しい」

私はしばらく彼を睨んでいた。ふざけるな、と胸の中で繰り返した。でも言葉にはならなかった。

――なんて、ずるいやり方だろう。

顔をしかめて、私はハイクラウンを受け取った。

9、坂口孝文

みつからなければ先生に報告するよ、と茅森が言った。

その言葉に、僕は頷く。だが、きっと綿貫たちはみつかるだろう。

道の駅から西の方角に、尾根をぐるりと回り込んで海沿いの幹線道路に出る、比較的平坦な道路が伸びている。そちらは旧道で整備が充分ではないが、車椅子で拝望会のゴールを目指すならこのルートを選ぶはずだ。

だとすれば綿貫と八重樫の合流地点も想像がつく。制道院からここまでの二〇キロを超える坂ばかりの道のりを、車椅子で自走できるとは思えない。別の移動手段を使ったはずだ。旧道には、バスの停留所がいくつかある。

僕たちは、道の駅からもっとも近い停留所を目指すことに決めた。

拝望会の経路を外れて旧道に入ると、夜の闇が密度を増した。街灯の間隔がずいぶん広くなったことが理由だった。

茅森が前を行き、僕はそのすぐ後ろに続く。この旧道の歩道は、肩を並べて歩けるほど広くはなかった。間近を自動車のライトが走り抜けていく。交通量は少ないけれど、どの車もずいぶん速度を出している。歩くのが怖い道だった。

茅森は速い歩調で黙々と進む。

僕はその不機嫌そうな後頭部に向かって尋ねる。

「君は、どうして図書委員になったの？」

桜井に同じ質問をされたとき、ふと気になったのだ。茅森が図書委員を選んだのは、少し不思議だ。図書館で本棚の整理をしているよりは華やかな、選挙の票集めに繋がりそうな委員会だってあるはずだ。

「別にいいでしょ。なんだって」

「うん。でも、君と同じ図書委員になれてよかった。おかげで少しは、君のことがわかった」

茅森はほんの一瞬、ちらりとこちらを振り向いた。

「貴方が私の、なにを知っているっていうの？」

それほどは知らない。ほとんどなにも知らない。でも、少しだけ知っている。とても大切なことを、ほんの少しだけ。

「たとえば僕の我儘を、ハイクラウンで許してくれること」

だからこうして歩きづらい夜道を一緒に歩けること。

またすぐ傍を自動車が走る。そのエンジン音が右側の頰を打つ。この道を車椅子で進むのが、どれほど怖ろしいかわからない。

当たり前に考えて正しいのは茅森の方だった。綿貫のことは、すぐに先生に報告するべきだった。彼や八重樫や僕は間違っていて、でもその間違いを、茅森はささやかな言い訳で許してくれた。彼女は徹底して優しく、誠実に僕たちを見下す。

茅森が珍しく、躊躇いがちに言った。

「昔読んだ脚本を探しているの」

「え？」

「図書委員になった理由」

「その脚本は、うちの図書館にあるの？」

「わからない。でも、他には思いつかなかったから」

「どんな脚本なの？」

「とっても素敵な脚本」

茅森がふっと息を吐いて笑う。彼女はずいぶん怒っているのだろうという気がしていたけれど、意外とそうでもないのかもしれない。

「どんな話なのか教えてよ」

「私も、最後は知らないよ。途中までしか読んだことがないから」

「なのに素敵な話だってわかるの？」

「別に、結末が大事なわけじゃないんだよ。ミステリみたいな謎があるわけじゃないし、サスペンスみたいにどきどきするわけでもない。なのに、ページをめくる手が止まらなかった。私はずっと、いつまでもイルカの星にいたかった」

「イルカの星？」

「脚本のタイトルが『イルカの唄』だったから、私は勝手に、物語の舞台をそう呼んでいる。そこは地球によく似ているけれど、私が気持ち悪いと感じるものがなにもない。夜が明けたあとみたいな星」

茅森の声は、僕が聞いたこともないものだった。いつものぴんと張り詰めた美しさは綺麗に消え去っていた。柔らかで、優しくて、なんだか幼いような感じも、普段以上に大人びているような感じもする声だった。それは子守歌を唄うような声だった。毛布のような声だった。星明かりをそのまま音にしたら、こんな風になるんじゃないかという気もした。

「ずっと、長い夜の中にいるような気がしている。本当に幼いころから、ずっと。なかなか夜が明けなくて、明日にならなくてつらかった。地球の自転が遅すぎて、どうしてこんなに古臭い時代が続いているんだろうって不満だった」

僕にはなにも言えなかった。

彼女への共感も、哀れみのようなものもなかった。

言葉が出てこなかったわけじゃない。はじめから、なにも言う気にならなかった。茅森良子の声に聞き惚《ほ》れていた。月明かりに照らされた、彼女の姿に見惚れていた。ここに僕がいることも忘れるくらいに。

茅森がちらりと、こちらに不機嫌そうな目を向ける。

「わかるって言って」

「え？」

「はやく」

僕はなんだか奇妙に緊張して、不恰好に上ずった声で「わかるよ」と応えた。

茅森はそれで、満足したようだった。

「私は『イルカの唄』を読んだとき、はじめて、長い夜が明けるところを想像できた。はっきりと、涙が滲むくらいに。それから、朝陽みたいなものを目指して歩き出したくなった。現実のこの星で、夜が明けた景色をみられるなら、どんな苦労だって背負い込んでやろうという気になった」

隣を大きなトラックが走り抜け、そのライトが、あくびをするほどのあいだ茅森の姿を照らす。彼女は速い歩調で進みながら、ハイクラウンをかじる。

「だから私は、総理大臣を目指すことにした」

夢から覚めるみたいに、そう言った彼女の声は、美しく張り詰めていた。

＊

道路の片脇の空き地に、いくつもの廃品が積まれていた。

冷蔵庫だとか、電子レンジだとか、スチールラックだとか。どうして山中の空き地に、廃品の山があるのだろう。近くにそれらをリサイクルする工場でもあるのだろうか。月光に照らされる廃品の山は寒々しくみえた。どこか知らない星の文明が終わったあとみたいだった。その空き地の片隅で、綿貫条吾と八重樫朋美をみつけた。

綿貫は車椅子に腰を下ろし、八重樫はその後ろに立っている。ふたりは共に夜空を見上げている。月には薄い雲がかかり、その輝きがにじんでいる。

「綿貫」

名前を呼んで歩み寄る。彼の困ったような笑みが、淡い月明かりに照らされていた。

綿貫がこんな形で拝望会に参加した理由は、尋ねないでおこうと決めていた。どうせ言葉で聞いてもわかるわけがないのだから。綿貫の方もあれこれと言い訳を並べることはなかった。

彼は月から視線を落として、躊躇いがちに言った。

「天気が良いな」

「うん」

僕は車椅子の後ろに立ち、車輪のブレーキペダルを上げる。八重樫に目を向けると、彼女は小さな声で「ごめんなさい」とささやいた。別に、そんな言葉を聞きたかったわけじゃない。できるなら僕が綿貫の車椅子を押しても良いのか尋ねたかった。でも、本当に尋ねてしまうと、とたんに僕はその資格を失うのではないかという気がした。

ハンドルを摑んで、できるだけゆっくり足を踏み出す。

「急ごう。少し遅れている」

夜空を見上げて彼は答える。

「実はそろそろ、棄権しようかと思っていたんだ」

「どうやって？」

「さあ。そういえば考えていなかったな」

「カップ麵は持ってきたんだろう？」

「一応ね。別に、どこでだって食べられる」

「でも、世界一美味い場所で食べた方が良い」

空き地を出る。道路は少し上り坂になっている。僕は強くハンドルを握りしめて、力を込めて一歩ずつ踏み出す。ここから鉢伏山までどれほどの距離だろう。五キロよりは長い。一〇キロはないはずだ。時刻は午後七時三〇分を過ぎている。九時になると拝望会が打ち切られる。そのときまでに僕たちが正規のルートに戻っていなければ、もちろん問題になるだろう。

「次の公衆電話まででいい」と綿貫は言った。「オレの拝望会は、もう充分だ」

「どれくらい歩いたの？」

「さあ。自力で進んだのは、二、三キロってところじゃないか。バスの乗り継ぎがなかなか難しくてね」

「楽しかった？」

「いや。疲れただけだ」

「そう」

「でも、月は綺麗だよ」

「ならよかった」

この行事にどんな歴史があろうが、だれがどれほど崇高な目的を持っていようが知ったことじゃない。拝望会は、ただ望月を拝む会だ。なら、月が綺麗なだけでいい。

「行けるところまで行こう」

僕の言葉に綿貫は、一見するとシニカルな笑みを浮かべる。

「おんなじことを、小学生のころに考えたよ。四年だったかな。家出ってのをしてみたかった。たしか、なにかつまらないことで父さんとケンカしたんだ」

「どこまで行ったの？」

「けっきょく、出発さえしなかった。うちの門の前で、ずいぶん悩んでしまったんだよ。右に行くべきなのか、左に行くべきなのか。どっちでもよかったんだ。でも、なんだか心細くなって、けっきょくみんな諦めた」

「そう」

「あのとき、オレの行けるところってのは、門の前までだった」

「今は違う」

「どうかな。そう違わなかったよ」

歩きづらい道だった。歩道にはガードレールさえない。車道の片脇のどうにか車椅子と同じ程度の幅が、白線で区切られているだけだ。今日彼はこんな道を、何キロもひとりで進んだのだろうか。

綿貫は車椅子に、ゆったりと背を預けている。

「たまに、足のことを考えるんだ。もしもこいつがまともに動けば、オレはどこまで行けるんだろうって考えるんだ。それは、苦しいことなんだよ。いろんな言葉で強がって、この足のことを認めてやるのは、苦しいことなんだ」

こんな話を、綿貫が僕にするのは初めてだった。こんな、相槌《あいづち》を打つのさえ難しいような話を。

「オレはずっと、苦しいままでいたいんだ。楽になりたいなんて、ちっとも望んじゃいないんだ。でもみんな、その邪魔ばかりをする」

「僕も」

「君も」

「八重樫は？」

「オレに同情しないのは、あいつだけだよ」

だとしても僕は、綿貫と共に拝望会を歩きたかった。どれほど一方的な我儘でも、この時間を求めていた。

綿貫が顔を後ろに向ける。

茅森と八重樫が、一〇メートルほど後ろを歩いている。

「まさか、茅森まで来るとは思わなかったよ」

「あの子は、ずいぶん心配していたよ」

「それは申し訳ないことをしたな」

「もしもそれが同情でも、同情のすべてが間違っているわけじゃない」

ああ、と綿貫が、小さな声で応えた。彼の目は寂しげだった。でもそれは、彼の綺麗な瞳に僕の方の感情が映り込んだだけなのかもしれない。

軽く息を吸って、覚悟を決めて、僕は魔法の言葉を口にする。

「茅森が好きなんだ。なんとか気に入られたいと思ってる」

「そう。それで?」

「僕のために、津村浩太郎を打ち負かしてくれないか」

「わかった」

綿貫が前に向き直る。それで彼の繊細な瞳がみえなくなる。

静かな声で綿貫は続けた。

「代わりに、もうしばらく車椅子を押してくれ」

僕たちが歩いているこの場所は、たしかに長い夜の中なのだろう。月の明るさに気を取られて、イルカの星とは見当違いの方向をみているんだろう。

それでも僕は、今夜を幸せと呼ぶことを、できるなら許されたかった。

10、茅森良子

坂口に「イルカの唄」の話をしたことは、私自身意外だった。

けれど彼の手からハイクラウンを受け取ったとき、私はたしかに、あの脚本で描かれた星をイメージしていた。

おそらく「イルカの唄」は、清寺さんにとっても特別な脚本だったのだろうと思う。あの人の映画をいくつもみて、気づいた。私はそれらの映画に既視感があった。すべてではない。でも、あたたかな場面や、優しい台詞や、希望みたいなものはたいてい。それらはみんな「イルカの唄」ですでに読んだものだった。

きっと清寺さんは、それまでの彼の作品の肯定的な部分ばかりを集めて、あの脚本を書いたのだ。彼が考える正しさが身を寄せ合って、イルカの星で暮らしているようだった。

私はなにひとつ諦めず、イルカの星を目指すつもりでいる。すべての正しさを集めたような星を。だから、坂口の言葉を否定できなかった。――これが、私がハイクラウンを受け取ったことへの、言い訳のすべてだ。

八重樫と綿貫はあっけなくみつかった。

山道沿いの空き地に積みあがった廃品に紛れて、ふたりは空を見上げていた。

――なんにせよ、トラブルはないようでよかった。

そう安堵《あんど》の息を吐いたとたん、忘れていた疲労が何倍にもなってのしかかってきた。あまり意識もしていなかったけれど、旧道に入ってからはずいぶん速いペースで歩いたような気がする。もうこれ以上、一歩も足を踏み出したくなかった。この場に座り込んでしまいたかった。でも、拝望会はまだ終わらない。私は綿貫を、拝望会の正規ルートの、先生たちがいるところまで送り届けなければいけない。

坂口が、綿貫の車椅子を押して歩き出す。私は顔をしかめて彼の背中を追う。すぐ後ろをついてくる八重樫が、「ごめんなさい」とつぶやいた。

純粋に疑問で、私は尋ねる。

「いったいどうして、ここに綿貫くんがいるの?」

「私が、呼んだから」

「心配じゃないの? 彼のこと」

旧道を進む車椅子は、やはり危なっかしくみえる。隣を走る車との距離が近すぎる。少しバランスを崩すだけで大事故になっても不思議はない。

八重樫は、小さいけれど不思議とよく通る声で言った。

「私と貴女じゃ、大切にしているものが違うのだと思う」

「なら、教えて。貴女にとって、大切なものを」

今夜は彼女を理解できるのではないか、という気がしていた。

けれど八重樫の答えは、私の想像よりも難しいものだった。

「ごめんなさい。言葉にできない」彼女の声が、少しだけ大きくなる。「ううん。できないわけじゃない。でも、言葉にすると別物になる」

いったいどういう意味だろう。疲れた頭で考え込むけれど、上手くまとまらない。

八重樫の方は、私の返事を求めているわけではないようだった。口早に彼女は続けた。

「言葉というのは理屈でしょう？　でも理屈で正しいことばかりが、本当に正しいわけじゃないでしょう？　きっと、話し合えば話し合うほど、条吾をここに呼んだのは間違いだってことになる。理屈ではそうだから。でも私にとって大切なのは、別のものなの」

わからない。

「私は、正しいことは、みんな理屈が通っていると信じているよ」

でも八重樫は首を振る。

「違う。理屈で説明できる正しさはわかりやすくて、そうじゃない正しさは理解が難しいから。だから、理屈と正しさが混同されてるだけじゃない？」

これはあの、図書館の物置きで彼女と交わした言葉の続きなのだ。

私が追い求めているものは理屈ばかりの幸福で、そちらに進むと犠牲になるものがあるのだと、八重樫は一貫して主張している。

「でも理屈に頼らなければ、なにも伝えられない」

「理屈ばかりに頼ってわかり合うのは危険だと、私は思う」

八重樫の考えは、私とは根本から違う。

彼女に説得されたくて、私は尋ねる。

「理屈は、どう危険なの？」

彼女はずいぶん悩み込んでいた。道路を自動車が数台走り抜けた。そのエンジン音が遠ざかると、秋の虫の音が、地面から湧き上がるように聞こえた。

小さな咳払いをして、八重樫は答えた。

「上手く言えないけど、大事なところが省略されていく。輪郭がはっきりしているものばかりにまとめられる。でも、輪郭がぼやけたものの方が、本当は大切なんじゃないかな」

今度は私の方が黙る。坂口の背を追ってひたすら歩きながら、八重樫の言葉を頭の中で読み解こうと注力する。

「それはつまり」

そう言って、私はひとり苦笑する。それは、つまり。この言葉こそが、八重樫が理屈で語ることの問題点として挙げたものではないのか。でも、苦笑しながらも続ける。

「つまり理屈は、物や数字に価値を与えすぎる。たとえば幸せについての話をしていたはずなのに、もっとわかりやすい、お金や労働時間なんかの話にまとめてしまう。それは価値観の画一化であり、個人の感情を無視している、ということ?」

意外なことに、八重樫は笑った。思わず噴き出した、という風に。それから私の言葉を反復した。

「価値観の画一化」

「なに?」

「茅森さんは、そういう風に難しい言葉でしか話せないの?」

「それは貴女の話が難しいせいだよ」

坂口に「イルカの唄」の話をしたときは、もう少し軽やかな、ふわふわとした言葉で話せていたような気がする。だから、たしかに、本当に大切なものの輪郭はぼやけているのかもしれない。

「私は条吾と拝望会を歩きたかった」と八重樫は言った。「別に、理屈なんてない。ただそう
したかったの。したいことを、意地になって守っただけ」

一瞬、私は頷きそうになった。

貴女は正しいのだと言ってしまいたかった。

でも首を振る。私自身のプライドにかけて。

「それでもし綿貫くんが大きな事故に巻き込まれていたら、どうするつもりだったの？」

「後悔するよ。とても。だから理屈じゃ、茅森さんが正しい。でも」

でも、の続きはなかった。すでに説明は終えているということなのだろう。理屈では切り揃
えられないものに従って、八重樫は我儘を押し通した。この子の姿勢は一貫している。

「だとしても私は、後悔したくないよ」

「そう」

「理屈で正しいと思えることを、全部やりきって生きていきたい」

「うん。いいと思う」

「だから、八重樫さん。友達になって」

八重樫は相変わらず小さな声で、「だから？」と反復した。

「意味がわからない」

「わからなくてもいいよ」

「友達ってなに?」

「それこそ、理屈で説明しても無意味でしょう」

「好きにして」

「ありがとう。代わりに貴女には、私をやもりんと呼ぶ権利をあげる」

「いらない」

彼女のクールな声に、思わず笑う。

きっと私には、本当の意味で八重樫朋美を理解することはできないのだ。彼女が拝望会に綿貫を呼んだ気持ちには、いつまでも共感できないだろう。それでも今は、同じ道を共に歩いている。

ふと空をみると、月がその高度を少し上げていた。

＊

山道はやがて街に繋がる。ガソリンスタンドの大きな看板が、その入り口だった。

視界を覆っていた木々が消え、空が開けた。向こうにいくつかのビルがみえる。せいぜい七、八階建てほどのビルだが、その窓から漏れる光や、外壁に取り付けられた看板を照らすライトや、道路に沿ってずらりと並ぶ信号機で夜の闇が削り取られていた。街中をしばらく歩いてようやく、どうやらここが聞き覚えのある駅の近くらしいとわかった。

隣に並んだ坂口が言う。

「驚くね。制道院の最寄り駅から、快速でたった一〇分だ」

でも私は、まったく別のことに驚いていた。

実のところ、私は夜の街を歩いた経験がなかった。清寺さんのところで暮らしていたころは、しばしば奥様に連れられて、レストランで夕食をとった。でもそんなときは必ず車の送り迎えがあった。私がこんな風な夜の街並みを目にしたとしても、それは窓から眺めるだけのものだった。

コンビニエンスストアの店内が妙に明るくみえるのも、チェーンの居酒屋の前にたむろするサラリーマンたちも、そこを通り過ぎる自転車がちりんと鳴らすベルの音も知らないわけではなかった。でもどれもが新鮮だった。

ずっと、どこかから喧噪《けんそう》が聞こえている。行き交う人の会話だとか、客の呼び込みをする店員の声だとか、ドアが開いたときに店から漏れる音楽だとか。短い音が繋がり、繋がり、ずいぶん間延びした長いひとつの振動になる。その振動が、私の頭をくらくらとさせた。

「大丈夫？」

坂口がこちらの顔を覗き込む。

私は細長く息を吐いて答える。

「うっかり人間界に迷い込んだ妖精《ようせい》みたいな気分になってたよ」

坂口は妙に真面目な顔で頷く。

「今ごろ気づいたの？　実は君、半年も前から人間の世界で暮らしてるんだぜ」

その複雑な言い回しは、おそらく坂口なりの冗談なのだろう。ふた呼吸ほどのあいだ、彼の文意を考えて、馬鹿馬鹿しくなって私は笑う。

「なんにせよ、貴重な体験だよ。もしかして、警察にみつかると補導されるのかな」

私の人生にそんなことが起こり得るなんて、想像もしなかった。

坂口に車椅子を押される綿貫が、こちらを見上げる。

「いいか？　もし警官が近づいてきたら、オレが胸を押さえてうずくまる。君はこう言うんだ。——発作が起こったが薬がない。このまんまじゃ死んじまうよ。病院に連れて行くのを邪魔するなら、あんたらは人殺しだ」

「そうしたら補導されないの？」

「映画じゃ上手くいっていた」

それは車で速度違反を誤魔化すときのやり方でしょう、と小さな声で八重樫が言った。

幸いなことに、私たちが警官に声をかけられることはなかった。

ごうごうと音を立てて、高架を電車が走る。その下をくぐれば、海岸沿いを東西に走る幹線道路に出る。時刻はすでに午後八時三〇分を回っていた。

11、坂口孝文

僕たちは海沿いの幹線道路を西へと進む。月と、街の明かりとに背を向けて。

オレンジ色の街灯が、ぽつぽつと夜を照らす。道路には、テールランプの赤が列をなしている。左手は黒々とした海だ。波が寄せては引く音が、撫《な》でるように聞こえた。

この幹線道路は拝望会の正規ルートでもある。やがて、制道院の生徒の姿が目につきはじめた。すでにゴールまで歩き終えた生徒たちが引き返しているのだ。すれ違うたびに彼らは、車椅子の綿貫に目を向けた。僕は無理に背筋を伸ばして歩いた。なにもおかしなことはしていないのだと自分に言い聞かせて。

「どこまで行くつもりだ？」

と綿貫がささやく。

「もちろん、ゴールまで」

と僕は答える。

「そうか。頑張れよ」

「君は、つき合ってくれないの？」

「どうやって？」

「ひとつしかないだろ」

鉢伏山にはロープウェイがあるけれど、この時間はすでに運行を終えている。今から展望台を目指すとなると、三〇〇段の階段を上る他に方法はない。

「行けるところまで行こう」

と綿貫が答えた。

どきん、どきんと胸が鳴る。疲労とは別の理由で足取りが重くなる。

鉢伏山の麓《ふもと》には、ロープウェイ乗り場が併設された電車の駅がある。その裏手が登山口になっている。幹線道路からは道が外れるため、経路を間違えないよう数人の先生が案内に立っている。拝望会の運営委員だった僕は、そのうちのひとりが、橋本先生だと知っている。

鉢伏山はもう間近にみえていた。

長い拝望会の終わりが迫ったこのとき、僕が考えていたのは、祖母とハイクラウンのことだった。

＊

小学六年生の夏、僕は父さんとふたりで老人ホームを訪ねた。

そのころには、祖母の認知症はずいぶん進行していた。顔を合わせても、僕が誰なのかわからないようだった。僕のことを「学生さん」と呼び、しきりにカステラを勧めてくれた。どうやらしばしば近所の高校生たちがボランティアで老人ホームを訪ねるそうで、おそらくその人たちと間違えていたのだろう。

祖母の老人ホームには小さな売店が入っていて、帰り際に父さんが、そこでハイクラウンをひと箱買った。それから丘の上にある、見晴らしのよい公園に寄った。

僕たちはハイクラウンをかじりながら、眼下に広がる街並みを眺めていた。家も車もみんな玩具みたいにちっぽけにみえた。ボウリングの球くらいのサイズの鉄球を転がせば、なにもかもぐちゃぐちゃになってしまいそうで、僕はふと、そうしたいような気持ちになった。なにが嫌なわけでもない。誰かを不幸にしたいわけでもない。なのに、なんとなく、視界の中のものをみんな壊したくなった。

父さんはおそらく、祖母を老人ホームに入れたことについて考えていたのだろう。自分の決断を、疑う心がきっとあった。でもそのことを言葉にはしなかった。

代わりに、困った風に笑って言った。

「勇気はチョコレートに似ている」

勇気、と僕は反復した。話の文脈のようなものが、よくわからなかったのだ。父さんは続けた。

「甘いだけではないんだよ。苦みも混じっている」

今だって僕には、父さんが言いたかったことが、正確にはわからない。

けれど僕はきっと、まだ元気だったころの祖母と戦うべきだったのだ。

今となってはもう叶わないのだから、頭の中で街に鉄球を転がすくらいなら、あのころそうしておくべきだった。

*

綿貫の姿をみた橋本先生は、ずいぶん戸惑っているようだった。

彼はラフなスポーツウェアの姿で、懐中電灯を手にしていた。その光を無遠慮に僕たちに向けて、言った。

「どうして、綿貫がいるんだ」

僕は相変わらず、上手く言葉が出てこなかった。

懐中電灯の光に照らされて、綿貫が軽く肩をすくめてみせた。

「気が変わったんですよ。ふと拝望会に参加したくなったんです」

「ならどうして、私に言わなかった？」

「わかりませんか？　わからないなら、別にいいけれど」

「とにかく、もう遅い。車を呼ぶよ。詳しい話は、その中で聞こう」

「ええ。では、あとで」

綿貫がほんの一瞬、視線をこちらに向けた。強い瞳だった。その瞳に指示されるような気持ちで、僕は車椅子を押す。

慌てた様子で橋本先生が声を上げた。

「待て。どこにいくつもりだ」

僕は足を止めなかった。

綿貫が、平気な様子で前方を指さす。

「もちろん、拝望会のゴールです」

鉢伏山は黒く巨大な獣のように、月夜の下でうずくまっている。ロープウェイ乗り場の裏に階段ばかりの登山道があることを、僕は知っている。

橋本先生の声は、叫ぶようだった。

「できるわけがないだろう」

綿貫が冷ややかに応える。

「オレの足が動かないからですか？」

橋本先生は、なにも答えなかった。ただ僕たちの後ろをついてくる。さらにその後ろに茅森と八重樫がいる。前を向いたまま綿貫が続ける。

「頷けばいいんだ。その通りなんだから。オレの足で、鉢伏山を登れるわけがない。そう言えばいいんだ」

「海浜公園であれば、私が付き添うよ」

「どうして、できないことをしようとしちゃいけないんですか」

「わかるだろう？　危険だ」

「その危険というのは、どれほどオレを傷つけるんですか。これまで貴方がオレに言ったことよりも、深く傷つけるっていうんですか」

綿貫はたぶん、本心で話しているのだろうと思う。

でも、そんな本心なんて、ちっとも外にはみせたくなかっただろう。僕が車椅子を押しているから、行けるところまで行こうと誘ったからそうしているんだろう。

登山道の入り口は、コンクリートでできた味気ない階段だった。僕はその手前で車椅子を止めて、ブレーキペダルを押し込む。

すぐ後ろで、橋本先生が言った。

「私は、君の意志を尊重したいと思っているよ。でも、わかってくれ。教師として認められないこともある」

僕はふっと息を吐き出す。

そういえば、リュックは宿泊施設に置いたままだ。だからもう僕の手元にチョコレートはない。ひとつきりポケットに入っていたハイクラウンは茅森に差し出した。でも後ろから僕らをみつめる茅森の視線は、きっとチョコレートとそう違わないものだ。

あの日、頭の中で転がした鉄球に背を押されて、僕は振り返る。

「先生が正しいんです。こんなにも暗い時間に、綿貫をつれて三〇〇段の階段を上るのは無茶なことです」

「そうだ。まともじゃない。動かない足で」

「綿貫の足は、まったく動かないわけではありません。手すりがあれば一〇メートルくらいなら歩けます。でも、そうですね。階段の一段ぶん足を上げるのだって苦痛でしょう。バランスを崩せば簡単に転がり落ちてしまうでしょう。そうなればどれほどの怪我を負うのかわからない。もちろん制道院の責任にもなるでしょう」

みんな、知っているんだ。本当に。

今回のことに関しては、橋本先生が正しくて、僕たちが間違っている。でも。

「なら、私の言う通りに——」

僕は橋本先生の言葉を遮った。

「でも正しいことで、傷つくものだってあるんです」

きっと橋本先生にはわからない。綿貫がこれまでどれだけ傷ついてきたのかも、これからどれほど傷つくのかも。それは僕にもわからない。もしかしたら綿貫本人にだって。でも、だから、馬鹿げた意地を張っているしかないじゃないか。

綿貫が僕を見上げた。

「肩を貸してもらえるか？」

「もちろん」

車椅子のとなりで身を屈《かが》めると、綿貫は抱き着くように、僕の肩に腕を回した。彼の身体は熱く、少し震えていた。

　橋本先生が苦しげにささやく。

「どうして、展望台にこだわるんだ」

　決まっている。そんなの。

　苦笑しながら綿貫が答えた。

「世界でいちばん美味いカップ麺が食えるからですよ」

　他には説明のしようがない。

　僕は綿貫の脇の下に腕を差し込んで、抱えるように階段の一段目を上る。綿貫の足は、右よりも左の方が少しよく動く。まずそちらの足がゆっくりと持ち上がり、たしかに階段を踏む。それから、右足を引きずり上げる。重い。苦しい。これを三〇〇回。とうてい、今夜のうちに終わるとは思えない。

「こんなことをして、なんになるんだよ」

　と橋本先生が言った。それは泣き声に似ていた。

　僕はもうなにも答えなかった。代わりに、茅森の声が聞こえた。

「私も疑問です。でも、理解できない考え方を、理解できないからと切り捨てていくなら、愛も平等もみんな偽物です」

　相変わらず、綺麗な声だ。嫉妬するくらいの。

　でも、違う。愛とか平等とかが理由じゃないんだ。そんなに大げさな話じゃなくて。ただ、友達と歩ける拝望会は最高だってだけなんだ。

僕はわけもなく笑っていた。綿貫も。あり得ないだろ、こんなの。と彼の目が言った気がした。そう。あり得ないんだ。馬鹿げているんだ。でも拝望会が持つ意味なんて、それだけだろ。意味もなく友達とへとへとになって、あとにはなんにも残らない。それが全部なら、どれほど素晴らしいかわからない。

二段目を上る。僕の息はもう上がっている。三段目で綿貫がバランスを崩した。僕の身体にはまともに体力が残っていなかった。その身体を支えたのは、橋本先生だった。

先生は僕の反対側から、綿貫の背中に手を回す。

「準備をしていたんだ。君のために。本当に」

苦しげな声で綿貫が答える。

「はい。ありがとうございます」

橋本先生の手の懐中電灯は、山の木々を向いていた。僕たちの足元を、階段に並ぶ街灯の青白い光がどうにか照らしていた。だから先生の表情はよくわからなかった。けれどうつむいた彼は、なんだか少し寂しげだった。

投げ捨てるように先生が言う。

「どうして、お前らは、与えられたもので満足しないんだ」

ああ。僕は、橋本先生が嫌いだ。彼はまがいもなく優しくて、真面目で、僕らのことをなにも知らない。知ろうともしない。

ハイクラウンの味を思い出す。

「それがつまり、貴方が悪だと言っているものなんじゃないんですか」

いつか、緑色の目をした彼らを、黒い目をした僕たちが奴隷にしていたころだってきっと、同じことを言っていた。――どうして、与えられたもので満足しないんだ。

橋本先生は首を振る。

「違う。私は、君たちが満足するまで与え続ける」

そうじゃないんだ。そんな風に考えていちゃ、いけないんだ。僕はただ、綿貫と拝望会を歩きたい。彼も同じように思っていてくれれば嬉しい。それが全部でなきゃいけない。

でも橋本先生の腕は力強い。綿貫がずいぶん軽く、一歩を踏み出すのが苦痛ではなくなっていた。もう何段上っただろう？　僕はそのことを考えるのをやめた。

もしも拝望会のゴールに辿り着けたなら、橋本先生に「ありがとう」と言おう。貴方のおかげで素晴らしい拝望会になったと伝えよう。僕は今も橋本先生が嫌いだけど、でもきっと、この階段で肩を貸してくれる先生は、彼の他にはいないから。できるだけ素直な気持ちで感謝を伝えよう。

僕たちは一段ずつを踏みしめる。夜風は冷たいのに身体の芯が熱く、次から次に汗が噴き出してくる。つんと草の匂いが鼻をついた。それは終わりつつある夏の残り香のようだった。

「たぶん――」激しい呼吸の合間に、消え入るような声で、綿貫が言った。「愛っていうのはなんだって、たったひとつの言葉を忘れるための過程なんだ」

彼の言葉の意味を、僕は正確には受け取れなかった。

いったいどんな言葉を忘れれば、愛が生まれるのかわからなかった。

でも綿貫の言葉は、そう間違っていないんじゃないかという気がした。

また一段、拝望会が終わりに近づく。そのたびに僕は疲れ果て、なんらかの、つまらない言葉を忘れる。

12、茅森良子

三人の背中を見上げていると、わけもなく泣きたくなった。

悲しいわけじゃない。少し悔しい。どうして橋本先生よりも先に、私が肩を貸せなかったのだろう。

八重樫は車椅子を折りたたみ、それを抱えて階段を上った。私は彼女を手伝った。車椅子はずいぶん重い。私たちはゆっくり、ゆっくり進む。でもそれは遅すぎるということもない。綿貫と、彼に肩を貸す坂口や橋本先生の歩みに合わせるのにちょうどよい速度だった。

坂口と綿貫の選択は、やはり正しくはないのだと思う。来年の拝望会は、こんな風にはしない。学校の行事は安全に配慮されていなければいけない。理屈を無視して、感情だけで物事が進んではならない。

それでも、三人の背中は美しかった。ひとつの物語みたいに私の胸を打った。

私はきっと、いつまでもこの夜を忘れないだろう。

これから先、どれほど正しいと確信している言葉を語っているときでも、だれかの過ちを非難しているときでも、私自身への強い反論として彼らの背中を忘れないだろう。八重樫が守ろうとしたものがこの景色だったなら、私はいつまでも彼女に対する敬意を持ち続けていられるだろう。

私は冷たく、厳しいものを求めて制道院に転入した。

でもここに、そんなものはなかった。

ただ私と同じ歳の彼ら彼女らがいるだけだった。坂口や、八重樫や、綿貫が。それは冷たいものではなかった。でも私が知らないものを知っている人たちではあった。きっと私ひとりではみつけられないものを。

だから、制道院に来てよかった。

この拝望会を歩けたことは、いつまでも私の誇りであり続けるはずだ。

夜の闇の中で、虫の音と、私たちの息遣いだけが聞こえていた。

やがて曲がりくねった階段の先に、展望台がみえた。

＊

最後の一段を上ってから、綿貫が大きな息を吐いた。彼は八重樫が開いた車椅子に腰を下ろし、「ありがとう」とささやいた。

橋本先生は、綿貫のことを報告するためだろう、携帯電話を取り出した。

坂口は階段を上り終えたところで座り込み、荒い息で夜空を見上げていた。私は彼に歩み寄る。

「拝望会は、どうだった？」

そう声をかけると、彼はずいぶん幼くみえる顔で笑う。

「最高だった。君は？」

「まったく思い通りにいかなかった」

私は彼の隣に腰を下ろす。疲労のせいだろうか、小さく耳鳴りがする。

展望台にはすでに、人の姿はまばらだった。満月を見上げて私は続ける。

「予定外のことばかり。もう足がぱんぱんだし、喋るのもおっくうだし、選挙のことを考えると憂鬱だし」

「でも、月は綺麗だ」

「うん。まあ、悪くはない。とてもいい」

綿貫の車椅子を押して、フェンスに近づく八重樫がみえる。ふたりはなにか話しているようだけど、こちらまでは聞こえない。

座り込んでいると、秋の夜は少し肌寒い。隣の坂口の熱を感じるような気がして、それが妙に気恥ずかしかった。私がじっと前方をみつめていると、彼が言った。

「二年後、君は生徒会長になるよ」

なにを、急に。

「ええ。そのつもり」

「僕も全面的に協力する。そんな必要もないかもしれないけれど」

「どうして？」

「なにが？」

ふとした気まぐれで、私は冷たく聞こえる返事をする。

「関係ないでしょう。私が生徒会長になろうが、貴方には」

気にした様子もなく坂口は答える。

「そうでもないよ。ハイクラウンで買収できる生徒会長は、とっても素敵だ」

彼の返事は、私が期待したものではなかった。

「私は――」

真面目な話をしているのだ、と言ってやるつもりだった。でも言葉が途切れた。月から坂口に視線を移すと、彼と目が合った。別に、普段通りの彼の目だ。まるっこくて、子供っぽい。でも知的ではある。

「本当に。君がただの優等生なら、どうでもよかった。尊敬はするけれど、たぶんそれだけだった。でも今は心から、君に総理大臣になって欲しいと思っている。そのために僕にできることはなんでもしたい」

「貴方、総理大臣をハイクラウンで買収するつもりなの？」

「次は新品を用意するよ」

私は思わず笑う。

「別に、なんでもいうことをきくわけじゃないよ」

「そう」

「今夜は例外。たまたま、買収されたい気分だっただけ」

「うん。だから、応援する」

もしもあのとき、八重樫と綿貫を一緒に捜した相手が坂口でなければ、この夜はまったくの別物になっていただろう。より正常で、よりありふれた夜だっただろう。私はハイクラウンのひと箱で買収されることなんてなくて、綿貫のことはすぐに先生に報告して、彼はいまごろ安全な車の中だっただろう。

「とても嬉しい」と私は答える。「貴方が協力してくれるなら、きっとなんでもできる」

本当に、そんな気がする。

隣に坂口がいたなら、イルカの星だってあっけなくみつかる。

「僕がいなくても、君はなんだってできるよ」

「そうでもないよ」

実際に今夜、この展望台まで歩くことはなかった。階段を上るあいだ、彼の背中ばかりみていて、目の色のことを一度も考えないなんてことはなかった。

坂口孝文とは、なんだろう。いったいどんな人なんだろう。未だによくわからない。普段は寡黙で、背が少し低くて、勉強ができて、なのにテストを白紙で提出する。寒さに耐えるペンギンに似た、優しいけれど頑固な少年。そんなこと春から知っている。この数か月間で、私は彼のなにを学んだだろう。

彼の声は甲高いけれど、口調はクールでアンバランスだ。

「綿貫の協力をとりつけた。津村さんのことは、たぶんなんとかなる」

「今夜のことで?」

坂口が、この拝望会であったことを、綿貫への交換材料に使うのは意外な気がした。それを意外に感じるのだから、春よりは多少、坂口に詳しくなったのだろう。

彼は首を振る。

「違うよ。魔法の言葉を使った」

「どんな？」

「秘密。青月寮の候補者は大丈夫？」

津村浩太郎を立候補させられなかった場合に備えて、私は青月の、別の寮生にも声をかけている。

「たぶん、大丈夫。とりあえず向こうは、役員になれれば満足だって話だから」

予備のもうひとりは、書記にでもしておけばいい。

「そう。じゃあ僕は、津村さんの選挙活動を手伝うよ。彼にもそれなりに票を集めてもらわないといけない。上手く紅玉の票とは食い合わないようにする」

ありがとう、と私は答えた。

でも今はこんな話をしたいわけではなかった。もう少し、綺麗な満月とそれが照らす夜の海にふさわしい話がしたかった。

「なにか、不安材料はある？」

と坂口が言う。

私は答える。

「とりあえず、目の前にひとつ」

「なに？」

「カップ麺のお湯がない」

拝望会の運営委員会で知り合った人たちに、カセットコンロと片手鍋を借りる約束をしていたのだけれど、彼女たちは海浜公園の方にいるはずだ。

「それは大問題だね」

「貴方は？」

「なんにもない。カセットコンロを持ってたんだけど、カップ麺と一緒に置いてきた」

「どうする？」

「誰かに借りるしかない」

彼は展望台を見渡して、一方を指さす。その先には、桜井たちのグループがいる。

「貸してくれるかな？」

そう尋ねると、坂口は「きっと」と頷く。私もなんだか上手くいくような気がしていた。桜井真琴は、私に友好的ではないけれど、それでも優しい子なのだろう。

私は背負ったままだったリュックを下ろす。

「はんぶん食べる？」

「いいの？」

「うん」

頷いて取り出したカップ麺をみて、坂口は噴き出すように笑った。

「焼きそば？」

「うん」

「そこはラーメンでしょう」

「そう？」

カップ麺は焼きそばがいちばん好きだ。二番目はうどんだ。

「お湯をもらってくるよ」

「私がいく」

相手が桜井であれば、私から頼むのがフェアだ。なんだかそんな気がする。

カップ麺を手に、彼の隣から立ち上がって、私はもうひとつの問題に思い当たる。

——そういえば、割り箸《ばし》が一膳《ぜん》しかない。

別に使いまわせばよい。気にするようなことじゃない。普段の私であれば、そう提案していたように思う。でも坂口と同じ箸を使うところを想像すると、妙な抵抗感があった。ほんの一瞬、鼓動が止まり、それがとくんと強く打った。

「どうしたの？」

と後ろで彼が言う。

別にと短く答えて、私は足早に歩き出した。

＊

箸を一本ずつわけあって食べた焼きそばは、ひどく食べづらく、おそらく世界でいちばん美味しかった。

それから八重樫の使い捨てのカメラで、何枚かの写真を撮った。もちろん八重樫と綿貫のもの。彼女と私のもの。坂口と綿貫のもの。八重樫の希望で、彼女と私に桜井が加わったもの。

最後の一枚は、私と坂口の写真だった。

私はその背景に、展望台にある石碑を選んだ。その石碑には、かつてこの土地で起こった、黒い目の誰かが緑色の目の誰かを侵略した戦争について書かれていた。

その石碑の前で、私と坂口は向かい合い、真面目な顔で握手を交わした。

なかなかよい写真が撮れたと思っていたのだけれど、翌月になって現像されたものをもらったときには、つい苦笑したものだ。石碑の前には明かりがなく、月光と使い捨てカメラのフラッシュでは、ただ暗いばかりでなにが写っているのかよくわからなかったから。私の目は妙に赤く輝き、なんだか怖いなというのが坂口の感想だった。

その写真が届いたころ、選挙を終えて荻さんが次の生徒会長に決まった。

幕間／二五歳

坂口孝文

中等部二年の拝望会が終わったあと、僕は初めて清寺時生の映画をみた。まず茅森の母親が主演している四本からはじめて、それより新しいものと古いものを、交互にみていくことにした。

彼の映画はどれも美しかった。

画面も、台詞も、音楽や効果音も、すべて混じりあってひとつのテーマを支えていた。映画を一作視聴し終えるたびに、現実が少しだけ綺麗になったような気がした。彼の作品は、観客ひとりひとりの目に映る世界を変える力を持っていた。

僕が清寺映画に感じたいちばんの魅力は、リアリティだった。

彼の映画は一見するとドライで、胸を痛めるような場面もたびたびあった。その、悲しいリアリティを僕は知っていた。辛くて、苦しくて、こちらを苛立たせたり怖がらせたりするようなリアリティは、ほかの映画でもみたことがあった。でも清寺時生の作品は、それだけではなかった。悲惨な状況に射す一筋の希望だとか、優しさだとか、愛情だとか。あたたかでポジティブなものだって、しっかりと手でつかめそうな重みを持っていた。それは新聞を読んでもみつからない種類のリアリティだった。

「だからみんな、清寺さんの映画が好きなんだと思う」

とあるとき、茅森は言った。

「嘘じゃなくて、夢じゃなくて、現実にあるものの綺麗な側面をあの人は映すから。だから、諦めるなって言われている気がする」

僕は清寺時生の熱心なファンではなかった。茅森と出会わなければ、彼の映画をみようともしなかっただろう。でも、その映画に心酔する人の気持ちがよくわかった。茅森がいう通り、彼の映画はこちらを励まし、勇気づけてくれる。嘘でもなく、夢でもなく、現実的な、でも僕が知らなかった視点で。

茅森は、なんだか不機嫌そうにもみえる、気難しげな顔で言った。

「私が初めて清寺さんの映画をみたのは、あの人に会ってからだった」

「そう」

「本当は、もっと早くみる機会があった。つまり、もう死んじゃったお母さんが映っているわけだから」

僕は困ってしまって、どうにか「たしかにそうだね」と応えた。

でも、僕の返事なんてどうでもよかったのだろう。茅森は続けた。

「お母さんを恨んでるわけじゃない。本当に、好きでも嫌いでもない。でも、興味がないっていうのとも、少し違う。動いているお母さんをみるのが、怖いような気がしていた」

「どうして?」

「なんだろう。お母さんの映画をみたら、泣いちゃうような気がしたのかな。あの人を好きになったり、嫌いになったりしそうだったからかな」

「いいじゃない。別に」

「うん。今はそう思う。でも、なんにせよ、実際にみてみたらそうじゃなかった。私は現実的な言葉で励まされただけだった」

それは良かった、と僕は答えた。

清寺時生の作品は、様々な種類のリアリティを内包していた。現実的な苦しさも、優しさも、希望や愛情もそこにはあった。

でも茅森が探し続けていた「イルカの唄」だけは、傾向が違っていた。

*

一時間ほども、ただ空を眺めているのはいつ以来だろう。

記憶にはなかった。もしかしたら、生まれて初めてのことなのかもしれない。

僕が制道院の門を乗り越えたころは、絵の具のチューブから出したばかりみたいに清々しい青色だった空が、夜を間近に控えた今、白んでなめらかなグラデーションのパウダーブルーに移り変わっていた。その色は、まだ小学生だったころの放課後、遊び疲れてグラウンドに寝転がったときにみた空に似ていた。優しくて、でも寂しい。諦めを混ぜたような色だった。

制道院の校舎の前に座った僕は、腕時計に目を落とす。

針は六時ちょうどを指していた。
茅森良子は、現れない。
薄暗がりの中で、独りきり、僕はトランシーバーをみつめていた。

第2部　一七歳

いつか本物の愛を
みつけるために、
それに似たものの話をしよう。

第1話

1、坂口孝文

放課後の廊下をひとり歩く。

梅雨の合間のよく晴れた日だった。

夏を感じさせる鋭い光が窓の形に切り取られて射し込み、楠《くすのき》の影を廊下に映す。僕は少し背を丸めて、視線を落として進む。

前方から、大きくはない、だが軽快な足音が聞こえた。それは茅森良子の音だった。彼女は繊細に作り込まれた微笑を浮かべ、背筋を伸ばして、後輩ふたりを引き連れて歩いてくる。彼女の足元で楠の影がかすかに揺れた。

茅森は落ち着いた声で「こんにちは」と僕に声をかけた。

僕はちらりと彼女の顔を確認しただけで、なにも応えずすれ違う。

高等部二年の六月。僕が一七歳で、彼女の誕生日を二か月後に控えたころ。

茅森良子は制道院を支配していた。

＊

昨年の秋にあった生徒会選挙は、茅森の圧勝だった。

それは考えられる限りで最高の勝利だった。生徒会長に立候補したのが、彼女ひとりきりだったのだ。他のすべての寮は敗北を認め、対立候補を立てなかった。

中等部二年の秋に生徒会選挙で荻さんが勝ったときから、この展開は計画されていた。生徒会長の腹心という立場を得た茅森は、着実に発言力を高めながら支持者を増やし、圧倒的な優位を背景に紫雲や青月と繰り返し交渉して話をまとめた。彼女ひとりが立候補した選挙では、信任、不信任を問う投票が行われ、九割を超える生徒が彼女を信任した。

制道院において、緑色の目をした女子生徒が生徒会長に就くのは初めてのことだった。けれど全校集会で挨拶をする茅森の姿に不自然なところはひとつもなかった。彼女は美しい姿勢でマイクの前に立ち、自信に満ちた笑みを浮かべ、よく通る声で生徒会長に選ばれたことを報告した。彼女の言葉は制道院の伝統と呼ばれるものに対して、充分に配慮されていた。目の色にも性別にも触れはしなかった。それでも茅森良子の姿は劇的だった。この学校の時代がひとつ前に進んだのだと、強く感じた。

誰の目からみても、茅森は特別な生徒だった。

成績は常にトップを維持し、昨年の生徒会でも主力のひとりで、公開討論の全国大会では最優秀賞を獲得した。おそらく今の制道院に、彼女の名前を知らない生徒はいないだろう。校長先生の名前を知らなかったとしても、茅森良子はフルネームで答えられる。彼女の里親が清寺時生で、将来は総理大臣を目指しているのだということまでだいたいの生徒が知っている。

一方で、茅森を嫌う生徒もいないわけではなかった。選挙でも一割近くは不信任に投票しているのだ。とくに紫雲寮にはまだ、茅森を目障りに思う生徒も多いようだ。紫雲にはやはり発言力があり、それに従う他の寮の生徒もいる。純粋に目立つというだけで眉をひそめられることだってある。

そして茅森良子は、自身の味方にも敵にも同じ笑みを向ける。

少なくとも表向きは、三年前に制道院にやってきたころから変わらず、完璧な優等生であり続けている。

2、茅森良子

私はすべての生徒を平等に扱おうと決めている。だから坂口をみかけると、丁寧に微笑んで挨拶をする。彼が素っ気なくすれ違っていくと知っていても。

今日も廊下で坂口に無視されて、内心では顔をしかめながら生徒会室に向かった。

初めてその部屋に踏み込んだときには、ずいぶん緊張したものだった。

私が制道院に入る前の年までは、生徒会室には別の部屋が使われていたそうだ。でも、そちらは同好会から昇格した数学部に、部室として明け渡すことになったと聞いた。以前生徒会が使っていた部屋は、たった数人の執行役員には広すぎたのだろう。代わりに生徒会には、教室の半分ほどのサイズの日当たりが良い部屋が与えられた。それは以前、清寺さんが使っていた部屋だった。

　制道院の客員講師だったころの清寺さんは、空き時間をこの部屋で過ごし、個人的な仕事を進めていたらしい。もともとは清寺さんの部屋だった場所が生徒会室になっていることを、私は運命と呼ぶことに決めた。本心じゃ、運命なんてものを信じてはいない。でもある種の偶然に運命と名づける価値は知っている。

　役員ではないが、生徒会を積極的に手伝ってくれているふたりの下級生――共に、紅玉寮の寮生だ――を連れて生徒会室に入った私は、まっすぐに部屋の奥にあるデスクに向かう。すでに着席していた役員たちから「お疲れ様です」と声をかけられ、私も「お疲れ様」と応える。

　席に着くと、全員の視線が私に集まるのがわかった。右手に副会長、左手に書記と会計、向かいには何人かの下級生。決して人数が多いわけではない。だが間違いなく制道院の生徒の代表が、ここに集まっている。

「今日もよろしく。なにか報告はある？」

　定型句になっている言葉を口にすると、左手の書記――桜井真琴が言った。

「清掃ボランティア同好会から、課外活動の申請がありました」

　私は彼女に目を向ける。

「いつものことでしょう。なにか問題？」

「問題ってわけじゃないけど――」桜井はしばらく言葉を途切れさせ、眉間に皺を寄せて続ける。「やっぱり、奇妙な集まりだから」

　まあ、たしかにその通りではある。

清掃ボランティア同好会は黒花の高等部一年生が設立した、会員が四人の小さな集まりだ。でも彼女たちが主催する清掃活動には、決まって一五人前後の生徒が参加する。学校が主導しているわけでもない、ただ掃除をするだけの活動に安定した求心力があるのは不思議にみえても仕方がない。

「書類に不備はないんでしょう?」

「ええ。まあ」

「なら通すしかないでしょう。別に悪いことをしているわけじゃないんだから」

「でも、あの同好会には変な噂があります」

「そう。どんな?」

「会長も知ってるでしょ。うちが嫌いな生徒たちが集まっている、っていう」

私は素直に苦笑する。

もろちん、その話は知っている。清掃ボランティア同好会は、実は現在の生徒会に反対する勢力の集まりであり、生徒会の転覆を狙っている、なんてユニークな噂だ。そして私は、噂以上のことも知っている。

あの同好会は、坂口が作った清掃員組織の表向きの顔だ。

清掃員はその数を、すでに六〇名ほどにまで増やしている。だからボランティアに参加する十数名というのも氷山の一角でしかない。加えて、清掃員の中には私たちの生徒会に不満を持つ生徒が大勢いる、というのも真実だ。

「放っておけばいいじゃない。そんなの」

私が軽く答えると、桜井は不機嫌そうに口を曲げた。

「でも」

「私たちを嫌う生徒が集まって意見をまとめてくれるなら、それは有難いことでしょう。誰もが無関心な生徒会よりずっといい」

「勝手なことを言っているだけよ。こっちの仕事量も知らないで」

「それでいいよ。なにも問題ない」

私は桜井に向ける笑みの種類を変える。より生意気で、より挑戦的なものに。その表情が今の生徒会室では許される。

「上に立てば、下の方からは勝手なことを言われるものだよ。私たちは、そのすべてを許せばいい。誰がなにを言おうが、私たちが完璧であればかまわない。だって今の制道院とは、私たちのことだから」

桜井が言う通り、この生徒会には仕事が多い。これまでの生徒会よりも五割は多いはずだ。それは私たちが大きな発言権を持っていることを意味する。

これまで学校側がなんとなく決めてきたことを、私たちが奪い取り、検討し、ひとつひとつより正しいものに変えてきた。各部活動の予算の配分だって、校則で定められる服装の規定だって、いちいち生徒会の意見が反映されている。

「制道院に私たちの敵はいない。なら、誰が相手でも優しく見守っていればいい」

しっかりと目をみてそう告げると、桜井は小さく頷いた。

「では、手続きを進めておきます」

よろしく、と私は応える。

胸の中で自分の言葉を繰り返した。

――制道院に、私たちの敵はいない。

もしも敵と呼べる相手がいるなら、それは制道院の外側だ。

＊

学友会は、今もまだ私に肯定的ではない。

中等部二年の拝望会の経路選択制以降、私が制道院の在り方を少しずつ変えようとするたびに彼らはネガティブな反応を示してきた。そもそも、緑色の目をした女子生徒が生徒会選挙で圧勝することが、彼らにとっては遺憾だろう。学友会を取りまとめている連中には紫雲寮の出身者が多い。

面倒な相手ではあるけれど、私も学友会を蔑ろにはできなかった。彼らはつまり「地元の有力者」の集まりだから、卒業後、政治家を目指す私にも有益だ。できるなら気に入られておきたい。

慌てることはない、と私は自分に言い聞かせる。

学友会に気に入られる方法はシンプルだ。結果を出し続ければ良い。彼らは制道院の名前がポジティブなニュースになるのが大好きだ。全国の高校生が集まって公開討論を行う大会で私が最優秀賞を取ったときには、わざわざ甘ったるい祝電をよこしてきた。

それからもうひとつ、学友会が好きなものがある。

世界的な名声を得た制道院の卒業生、清寺時生だ。

だから私は尊敬するあの人を使って、学友会に媚《こび》を売っておくことにした。

今年の学園祭——章明祭は、清寺さんに頼って、多少は世間的なニュースバリューがあるものにする。

つまり私は、「イルカの唄」の舞台を章明祭で上演しようと決めた。

3、坂口孝文

中等部二年からの三年間で、僕の生活で変わったことといえば、大まかにはみっつだけだった。

ひとつ目は清掃員組織が巨大化し、その活動内容を多少変えたこと。ふたつ目は白雨の寮長になり、多少は雑用が増えたこと。みっつ目は暇なばかりだった寮の夜に、新たな習慣が生まれたこと。

あとはとくに変わりがない。歴史のテストを白紙で提出するのはやめたけれど、橋本先生と和解したわけでもない。多少は背が伸びたほかは成長らしい成長もないまま、白雨寮の一室で綿貫と共にだらだらと過ごしている。たまにゲームをやっては打ちのめされて、彼の戦利品のリストばかりが長くなる。

六月のぶ厚い雲が月を隠していた夜に、ベッドに寝転がった綿貫が言った。

「大学はもう決まったのか?」

進路希望調査があったのは先月のことだ。

僕は学習机の椅子を軋《きし》ませて答える。

「なかなか難しい。京都か、東京か」

「場所で決めるのか？」

「ほかは入ってみないとわからないでしょう」

大学で学びたいことは、おおよそ決まっている。でも希望の学部に入れるなら、大学の名前なんてなんでも良い。僕の学力で届きそうな中で、できるだけ偏差値が高いところを選べばよいのだろうという程度の考えだ。

総合的に考えて、卒業後は東京に出るのではないかという気がしていた。でも両親は僕が関《かん》西《さい》圏に残ることを期待している。そのままうちの会社に就職させたいのだろう。

「君は悩まなかったの？」

と綿貫に尋ねてみた。

彼は以前から、将来は実家の会社に入ると言っていた。親の跡を継ぐというよりは技術職が希望で、入りたい部署にも明確なイメージがあるようだった。

軽い口調で、綿貫は「消去法だよ」と答えた。

それから、用意していた文面を読み上げるように続けた。

「車椅子で就職活動をするのは、想像するだけで億劫《おっくう》だ。ならそんなものすっ飛ばして入れるところが良い。他にどうしてもやりたいことがあるなら別だが、オレはわりとうちの仕事が気に入っているんだよ。なら楽な方を選ぶさ」

綿貫の声は、とくに悲しげでもなかった。だから僕も、彼の話を悲しいものとしては受け取らなかった。

「僕は別に、うちの仕事が好きなわけじゃない。嫌いなわけでもない」

「やってみれば好きになるかもしれない」

「うん。実は、そんな気がしている」

なんだって一所懸命に打ち込めば、やりがいも誇りもみつかるだろう。でも。

綿貫が言った。

「他にやりたいことがあるのか？」

「あるにはあるよ。無理やりにみつけてきただけなのかもしれないけれど」

「へえ。無理やり？」

「なんていうのかな。反抗期みたいなもので、ただなにかに反発しているだけなんじゃないかって気がするんだよ。本当の好き嫌いじゃなくて、なんとなく用意された道みたいなものに進みたくないだけかもしれない」

話していて恥ずかしくなるけれど、僕の悩みというのは、つまりこれだった。僕自身がやりたいことに確信を持てない。純粋な感情を置き去りにして、もっと子供じみた自己主張だけで進路を決めようとしているのではないかという気がする。

「いいじゃないか、別に反発だけでも」

「そうかな？」

「君のその反発より、素直な夢や目標の方が上等だなんて誰が決めた？　重要なのは感情の成り立ちみたいなものじゃないだろ。どちらを選んだ方が、より将来の後悔が少ないのかってだけだろ」

「でも、その後悔が少ない方がわからないから悩んでいるんだよ」

「誰にだってわからないよ。そんなものは」

「じゃあどうやって決めればいい？」

「コイントスでもすればいい。それが嫌なら、想像力を働かせるしかない」

想像力、と僕は胸の中で反復する。

でも一七歳の僕の想像は、どこまで未来に届くだろう。いったいどれだけ後悔を避けて通れるだろう。

どれほどもできないのだ、という気がする。どうせ、思いもしない形で後悔は生まれるんだろう。なら後悔の総量を減らすんじゃなくて、それを受け入れられる方を選びたかった。悲しい、苦しい、失敗した。でも。でも、なんだろう？　わからないけれど、とにかく最後に、後悔に対して反論できる方を。

「そろそろ時間だろう？」

と綿貫が言う。

時計をみると、もう五分ほどで午後九時になるところだった。

「うん。ありがとう」

学習机の引き出しを開ける。そこには赤いトランシーバーが入っている。

昨年の夏ごろから、僕は茅森を避け始めた。

それと同時期に、彼女とのあいだに、新たな習慣が生まれた。

＊

白雨寮の寮長には、ひとつの特典がある。

それは、寮の屋上の鍵を管理できる、というものだった。

白雨寮の屋上は、基本的には立ち入りが禁止されているが、毎朝掃除だけはきっちりと行う。寮長は朝の掃除全体を監督する義務があるため、それで屋上の鍵を手元に置くことになる。

僕は毎夜、その鍵を使い、赤いトランシーバーを片手に屋上に出る。

白雨の屋上からは紅玉寮がよくみえた。規則的に並ぶ窓のうち、二階の、右から二番目が茅森の部屋だ。彼女はその窓辺に立って、トランシーバーのコールを鳴らす。

──紫雲に行って、個室をもらえばいいのに。

と彼女は言う。でも僕は白雨が気に入っているから、この寮を出るつもりはない。

今夜もまた、午後九時ちょうどにトランシーバーが鳴った。

そのトランシーバーは、昨年の誕生日に、茅森からもらったものだ。

4、　茅森良子

坂口と誕生日のプレゼントを贈り合うようになったのは、中等部の三年生からだ。

当時の私はある翻訳小説を探していた。その小説はすでに絶版になっていて、古本でしか流通していなかった。それをたまたま坂口が持っていたのだ。私は買い取るつもりだったのだけど、彼は誕生日プレゼントだと言って私に押しつけた。

私よりも坂口の方が、誕生日が早かったものだから、プレゼントを贈り返すには翌年を待たなければいけなかった。高等部に進級し、彼の誕生日が目の前に迫ったとき、私はずいぶん悩み込んでしまった。どうやら私はプレゼントを選ぶのが苦手らしいとそのときになって初めて気づいた。

休日に街に出て、へとへとに疲れはてるまで探しまわったけれどしっくりくるものがみつからなくて、途方に暮れていたときに目に入ったのがトランシーバーだった。

その一対のトランシーバーは活発な赤色で、フォルムが丸っこくて可愛らしかった。そしてほんの小さな、主張のない文字でメーカーの名前が入っていた。

私はそのメーカーを知っていた。綿貫条吾の家の会社だ。彼に関係しているプレゼントであれば坂口も気に入るはずだという目算もあって、私はトランシーバーを購入した。

けれど坂口は少し困った様子だった。トランシーバーが彼からもらった本に比べればずいぶん高価だったことが理由だ。そこで私たちは、一対のトランシーバーをひとつずつ持ち合うことにした。

その年の夏ごろから、私たちは、夜九時になるたびにトランシーバーの電源を入れるようになった。

初めは生徒会選挙のことで、彼に相談があったのが理由だった。当時はまだ私が生徒会長になる前で、ふたりであれこれと悪だくみを話し合った。

私と坂口はほとんど完璧なコンビだと思う。私は荻さんの代でさらに発言力を増した紅玉寮をそのまま引き継ぎ、坂口は人数では最大の白雨寮と黒花寮を中心に清掃員組織を広げて強い影響力を持ちつつあった。しかも坂口は、意図して私に反感を持つ生徒を清掃員に加えた。彼に「できるだけ率直な、私に対する批判を集めて欲しい」と頼んだことが理由だ。

清掃員には、私と坂口しか知らない側面がある。それは私の生徒会をより強固なものにするための、アンケートの回収場所という側面だ。

表向きはそんな素振りなんてみせやしないけれど、私たちは情報を交換し合い、互いを上手く利用してそれぞれの立場を盤石なものにした。半世紀前のイタリアで政治家とマフィアが手を組んでいたようなものだ、とたとえるとなんだか私たちのバッドエンドが目にみえているようで良い気はしないが、この体制のおかげで今の制道院に私の敵はいないと胸を張れる。私に反対する組織のトップが、私の最大の理解者なのだから、無敵だ。問題は坂口が、清掃員たちからの見え方を意識して私と仲の悪いふりをはじめたせいで、廊下ですれ違うときなんかに少し寂しい思いをすることくらいだ。

私は寮の部屋の窓辺に立つ。紅玉寮は白雨寮よりも高いところに建っているから、あちらの寮の屋上を見下ろせる。坂口の姿はみつからなかった。でも、彼がそこにいるのは間違いない。トランシーバーを耳に当てているところを他の生徒にみられるわけにはいかないから、物陰に身を潜めているのだろう。

スイッチを入れるとざらりとしたノイズの次に、彼の声が聞こえる。

私たちは同じ周波数を共有している。

＊

「今の生徒会に、具体的な問題はないと思う」と坂口が言った。「紫雲の生徒は、やっぱり君を嫌っている。でも攻撃できる材料はみつけられていない。傍目には例年の生徒会との違いがよくわからない、というくらいで、そんなことは問題にならない」

私はトランシーバーに向かって、ふん、と息を吐き出す。

「制道院の生徒会としては、ずいぶん新しいことをしているつもりだけどね」

たとえばこれまで、生徒会が主導して校則を書き換えたことなんてあっただろうか。少なくとも私がよく知っている、去年や一昨年の生徒会は、学校の決定事項に対して反論することさえなかった。でも私は違う。相手が誰であれ、必要であれば戦う。

トランシーバーの向こうで坂口が笑う。

「もちろん、実際はずいぶん違う。でも違いを知ろうとしない人たちには、なにをしても同じにみえる」

「紫雲の他の寮は？」

「論点は同じだよ。けっきょく、君が生徒会長になっても変化の実感がない、という点が大きい。白雨や黒花はもっとわかりやすい改善を望んでいる」

「寮の環境のこと？」

「うん」

私は紅玉以外の寮を知らない。だから実感に乏しいけれど、紫紅組とモノクロ組には設備面でも格差があると聞いている。

「寮への不満は、アンケート調査の予定があるよ。学校との交渉のきっかけにできるかもしれない、くらいのものだけど」

「白雨のアンケートは僕がまとめるよ。生徒会が学校に通せそうなものを混ぜて、点数を稼いでおけばいい」

「ありがと。でも、半分は素直な意見を出して」

「わかった。じゃあ本題に入ろうか」

彼が清掃員の集まりで回収してくる生徒会への不満だって、本題のひとつではあるけれど、私は反論しなかった。

最近は坂口と、脚本のことばかり話している。

私の記憶にある「イルカの唄」を書き起こしているのだ。とはいえ私が読んだのは脚本の半ばまでだし、すでに読んでいるシーンも、いくつかの印象的な台詞を別にすれば大まかな出来事の羅列くらいしか覚えていないものだから、大半は創作し直すことになる。テストの点なら国語だって私の方が少し上なのに、文章を書くのは坂口の方がずっと上手いように思う。だから一行ずつ相談しながらノートを埋める。

「じゃあ、今日はシーン七から」

と、トランシーバーの向こうの坂口が言った。

「イルカの唄」はわかりやすいストーリーがある脚本ではない。幼馴染みの数人が成人してから再会し、海辺の一軒家で共同生活を始める物語で、日常の出来事が主題になる。

シーン七では、ふたりの女性が夕暮れの海辺で過ごす時間が描かれる。

「夕陽が海面を照らしている」と私は記憶を頼りに話す。「ふたりは並んで砂浜に座っている。もしかしたらビールを飲んでいたかもしれないけれど、私たちの舞台では変更した方がいいかな」

「細かな点はあとで詰めよう。それで？」

「片方の思い出話を、もう片方が聞いている。それだけなんだけど、でも、理解が難しいシーンだった」

私は窓辺を離れてベッドに腰を下ろし、トランシーバーに向かって長い説明を始める。

そのシーンで話題になるのは、スポーツフィッシングのことだった。高度な倫理観を持つイルカの星では、娯楽のための釣りへの拒否感が強い。だが、ある登場人物の祖父は、釣りを趣味にしていた。その祖父は、作中ではすでに亡くなっているが、かつて彼と交わした会話を思い出すシーンだ。

彼の台詞に、こんなものがある。

――倫理は胸の中だけで育てなさい。外に出すと、どこかで意味を失くすものだから。

この言葉の意味が、私にはよくわからなかった。

「どう思う？」

尋ねると、坂口はトランシーバーの向こうでしばらく沈黙していた。それからゆっくりと話し始めた。

「倫理を外に出しちゃいけないっていうのは、わかる気がするな」

「どうして？」

「台詞にある通りだよ。たぶんそれは、どこかで意味を失くすものだから」

「どんな風に？」

「スポーツフィッシングが悪だというのは簡単だけど、食料を得るための漁業まで悪にしてしまうのは難しい。でも僕には、生きるためであれば他の生き物を犠牲にして良いという考え方だって、倫理的には理解できない」

「みんな菜食主義になれって話？」

「違う。魚より植物の命の方が下だっていうのも、僕にはしっくりこないよ。けっきょく人間からみて、感情移入しやすい相手しか話題にしていない気がする」

「魚に感情移入できる？」

「小麦やトマトよりは」

「ま、そうね。でも別に、それが悪いってわけじゃないでしょう？」

「もちろん。でも、根っこの気持ちの悪さは残るよ」

「根っこっていうのは？」

おそらく言葉を選んでいたのだろう、短い沈黙のあとで坂口は答えた。

「殺して良い命と殺してはいけない命を、区別するのが気持ち悪いってことかな」

私は坂口に反論したいわけではなかった。

でも彼の考えをより正しく理解したくて、話を進める。

「菜食主義には、犠牲の量という観点もあるよ」

坂口だって知っている話題だろう。つまり牛を一頭育てるには多くの植物がいるから、直接植物を食べた方が犠牲が少ない、という話だ。私が読んだ本には、牛肉一キロを生み出すためには穀物が一〇キロ必要だとあった。

彼はずいぶん冷めた、突き放したような口調で答える。

「純粋に犠牲の数を問題にするなら、なんにも食べないのがいちばんでしょう。自分ひとりが死ぬだけで済むんだから」

私は思わず笑う。彼の言葉が、あまりに純粋で。

「つまり貴方の倫理観じゃ、善人は飢え死にするしかないってこと？」

「僕の個人的な考えを極端に突き詰めると、そうなる」

「私は違う。良い人が——そうではなくても、誰かが飢えて死ぬのをただみているのは倫理に反する」

「僕もだよ。実際には僕も、アンフェアな感情でなにが正しいのかを決める」

フェアか、アンフェアか。

どうやらそれが、坂口の根底にある倫理の判断基準のようだった。そして彼にとってのフェアな姿勢というのは、自身の感情に寄りかからない、より客観的な視点で物事を判断することなのだろう。

こんな風に、少しずつ坂口を説明できるようになるのは嬉しいことだった。

彼は小さな声で補足する。

「倫理が感情を理由にしている限り、別の感情には理屈の通った反論ができないよ。声の大きさの比べ合いにしかならない」

「正義の敵が別の正義であるように？」

「たぶん。なんにせよ、倫理っていうのは似通った価値観を持つ人たちのあいだでしか成立しないものだから、そうではない人を説得するのには向かない」

　私はトランシーバーの向こうにいる坂口の表情を想像する。きっと彼は、困った風に顔をしかめている。

　坂口は、個人的な価値観に関する話があまり得意ではないのだ。どこか恥ずかしがっているように感じる。でも私に合わせて素直な言葉を聞かせてくれる。一方で私は抽象的な話も、恥ずかしがっている坂口も好きだから、しばらくこの話を続けていたかった。

「つまり貴方は、倫理的主観主義に立脚している」

「なに、それ？」

「なんとなく言葉の並びでわかるでしょう。気になるならあとで調べておいて。私は最近、道徳は実在すると信じつつあるけれど――」

　そして私たちは脚本の話題から脇道へと果敢に足を踏み出し、しばらくのあいだ、倫理の本質に関する非常にイノセントな会話に没頭した。感情を根拠としない、より客観的な倫理は存在するのだろうか。あるいは倫理にとって代わる、善悪の判断基準をみつけることができるだろうか。

　ふたりが納得する、美しい答えはみつからなかった。でも、あくまで真剣に答えを探すのだ、という姿勢は一致していた。

やがて寮の消灯の時間が近づいて、私は言った。

「客観的に正しい倫理っていうのは、どこにもないのかな?」

それは素直な疑問だった。きっとほんの幼いころ、まだキャンディの数で一喜一憂していたような時代から変わらない、シリアスな疑問だ。

坂口は長いあいだ、口を閉ざしていた。私は窓から夜空を見上げて、彼の無言に耳を澄ませていた。なんの音を拾っているのだろう、トランシーバーはたまに小さなノイズを拾う。そのざらりとした振動が心地よい。

坂口が言った。

「僕にわかるのは、僕にとっての倫理だけだよ。だから他の人が別の倫理を持っていたとしても、できるだけ尊重したい」

彼らしい答えだ。作中の祖父も、同じように考えていたのだろう。だから、倫理は胸の中だけで育てろと言ったのだろう。

でもイルカの星では、彼の価値観はすでに古びたものとして扱われている。だからわざわざ彼を「祖父」に設定し、寿命を迎えさせたのではないか。だとすればあの美しい惑星で、当たり前に認められている倫理はどんなものなのだろう。

胸の中の疑問を、私は短くまとめて口にする。

「私は、イルカの星をみつけたい」

とりあえず章明祭のための脚本を完成させるために。でも本当は、もっと重要なもののために。

トランシーバーの向こうから、ふうと息を吐く音が聞こえた。ため息よりはドライで、力強い音だった。

「やっぱり、もう少しだけ六つ目の鍵穴を探さないか？」

と坂口は言った。

5、坂口孝文

清寺さんの死後、茅森は彼の遺品の整理を手伝ったそうだ。

でも、どれだけ探しても「イルカの唄」はみつからなかった。

代わりに彼女は、鍵の束を手に入れた。清寺さんが制道院で客員講師をしていたころに使っていたものだった。

鍵は全部で六本あった。うち四本にはタグがついていて、清寺さんが使っていた教室や待機室、それらの部屋が入っている校舎なんかのものだった。タグのない二本のうちの一方は、当時彼が使っていたデスクの引き出しのものだとわかった。でも、最後の一本――六本目の鍵だけは、合う錠がわからない。

この鍵束は、清寺さんが制道院にいたころの、彼の行動範囲を示しているはずだ。なら最後の鍵で開く錠の先に「イルカの唄」の原稿があるのではないか、と僕たちは考えていた。ずいぶん希望的な推測ではあるけれど、他に頼れるものはない。

僕たちはまだ、制道院にあるすべての鍵穴を調べられたわけではなかった。

関わりのない寮には足を踏み込むのが難しいし、たとえば校長室のような、生徒が出入りすることがまずない部屋もある。その筆頭が、職員室だった。

職員室の入り口の扉には、鍵が合わないことをすでに確認している。でも錠があるのは扉だけではない。戸棚のひとつが正解かもしれない。

僕は近々、職員室に忍び込もうと考えていた。


まず問題になるのは、どうすれば職員室の鍵を手に入れられるのか、ということだ。

目的の鍵の在り処《か》はわかっている。職員室の壁には、様々な鍵が掛かっている大きなボードがある。その中には職員室自体の鍵もある。予備も含めて二本。そのうちの、予備の方を一晩だけ拝借したい。

思いついた方法は単純だった。鍵にはプラスチックのタグがついている。そのタグを別の鍵につけ替えてボードに戻しておけばいい。多少もたついても、一分もあれば足りるだろう。でもそのあいだ職員室にいる先生たちの注意を逸らす必要がある。

なんて話をしていたら、綿貫が言った。

「気を惹《ひ》くなら、橋本先生を狙うべきだろうな」

どうして、と僕は尋ねた。

彼は当たり前だろうという風に答える。

「ケンカをしやすいからだよ。人の気を惹くには、大きな声を出すのがいちばんだ」

「橋本先生と怒鳴り合うのか？」

「これまでだって何度もしたことがあるだろう?」

「何度もってほどじゃない」

ほんの二、三回といったところだ。でも、たしかに僕は、あの人の他の先生とは一度だって口論したことがない。

綿貫は平気な顔で続ける。

「橋本先生が職員室にいて、他の先生ができるだけ少ない日を狙えばいい。先生たちのスケジュールを調べるのは、そう難しくもないだろう?」

「うん。すぐにわかると思う」

「盗《と》った鍵は、どう戻すつもりなんだ?」

「職員室に忍び込んだとき、ボードの偽物ともう一度取り換えればいい」

「でもそれだと帰りに鍵をかけられない」

「いや、たぶん大丈夫だよ」

職員室のドアは召し合わせ錠という種類のもので、内側から鍵をかけるのは、小さなレバーを下にスライドすればよいだけだ。糸を使った古典的な細工でなんとかなるだろう。同じ錠が使われている教室もあるから、あれこれ試してみればいい。

そう説明すると、綿貫は真面目な顔で頷いた。

「なら、まずは鍵かけを試してみよう。それから先生たちのスケジュールの調査。そっちはお前に任せていいな?」

「というか、君はなにもしなくていい」

職員室の鍵をこっそり借りる方法について、意見を聞きたかっただけだ。

だが綿貫は首を振った。

「ひとりじゃ無理だよ。先生の注意を逸らす役と鍵をすり替える役がいる」

それはその通りだ。でも、綿貫を巻き込むのも抵抗がある。

僕が言い淀《よど》んでいると、彼は呆れた風に笑った。

「鍵の方はお前がやれよ。もしもばれたら、ひとりで叱られろ。オレはあくまで橋本先生と話をするだけだ」

「そもそも君が関わる理由がない」

「楽しそうだろ。それに、あいつには言ってやりたいことがたくさんある」

僕たちと橋本先生は、今もまだ仲が良いとは言い難い。根本的に気が合わないし、あの人は悪気なくこちらの感情を逆なですることを言う。でも中等部二年の拝望会の夜、あの展望台の階段で、綿貫に肩を貸してくれた恩は忘れられない。だから僕はあの人のことが、もう当時ほどは嫌いではない。

きっと綿貫の心情も、僕とそう変わりはしないだろう。橋本先生に対しては、怒鳴りたいことがたくさんあり、一方で彼への感謝もあるのだろう。

「じゃあ頼む。ありがとう」

と僕は言った。

綿貫はちらりとこちらに目を向ける。

「どうして、職員室なんてつまらないところに忍び込みたいんだ？」

僕は綿貫にもまだ、「イルカの唄」の話をしていない。あの脚本のことは、茅森の許可を取らなければ口にしてはいけないのだ、という気がするから。

代わりに綿貫には、僕の個人的な理由の方を答えた。

「告白の成功率を上げるための、理想的なシチュエーションを探しているんだよ」

もしも「イルカの唄」の脚本がみつかったなら、僕は茅森に告白しようと決めている。

綿貫は軽く顔をしかめて、「それでどうして職員室なんだ」とつぶやいた。

＊

扉に外から鍵をかける実験には、僕と綿貫に加え、八重樫も参加した。

放課後の教室は、密室トリックの実験には都合が良かった。扉が教室の前と後ろにあるのが良い。一方の鍵がかかっても、もう一方から中に入ってまた開けることができる。

鍵をかける方法は単純だった。糸をU字にして錠のレバーに引っ掛けて、扉の下の隙間から廊下に出す。廊下側からその糸の両端を持って引けば、レバーが下りて鍵がかかるはずだ。

そのために僕は、何種類かの糸を用意した。鍵をかけるには、釣り糸が最適なようだった。問題は錠のレバーが小さすぎることで、なかなかうまく糸が引っかからない。テープで貼って固定するとどうにかなるが、今度はそのテープが問題になる。U字にした糸の片側だけを引けば糸の回収はできるのだけれど、テープは教室の中に残る。錠のレバーに張り付いたままのこともあるし、レバーからは剝がれるのだけれど扉の下の隙間を通らず教室の床に落ちていることもある。

僕たちは意見を出し合い、確実にレバーからテープを剝がす方法をみつけた。U字の糸をさらに二重にし、一方は室内の机の脚を半周させることで、糸の引き方で異なるふたつの方向に力がかかるようにしたのだ。ある引き方をすれば真下に力がかかって錠が下り、別の引き方をすれば室内の机の方に力がかかってテープが剝がれる。

それでもテープが扉の下の隙間を通り抜けられないという欠陥は残るのだけれど、こちらは無視して進めてもよいだろう。もしも翌朝の職員室で死体がみつかったなら名探偵が現れて軽やかに密室トリックを解き明かすかもしれないけれど、実際に職員室に残されるのは床に落ちたほんの数センチのテープだけだ。事件性はない。

途中、五分ほど綿貫が席を外したあいだに、八重樫と少し話した。

「最近の条吾は、ずいぶん明るくなったよ」

と彼女は言った。

でも僕には、よくわからなかった。

「そう？　あんまり変わらない気がするけれど」

制道院に入ってすぐ、寮が綿貫と同室になってからのひと月ほどはずいぶん嫌味な奴だという気がしていたけれど、そのあとは同じ印象だ。頭が良く、優しく、でもその優しさを他人に知られるのが嫌いなひねくれ者で、意外に釣り糸で密室を作るような遊びが好きな気の合う友人だ。

「貴方からみればそうでしょう。条吾は貴方が好きだから」

「君ほどは好かれてないだろ」

「どうだろう。私が相手だと、壁を作っているような気がする」

「誰が相手だってそうだよ。壁の種類が違うだけで」

別に綿貫に限った話でもない。自分のすべてをさらけ出せる相手なんて、この世界のどこにもいないだろう。

「最近の条吾は、なんていうか、強くなったようにみえる。リハビリもずいぶん真面目にやっているみたいだし」

「歩けるようになる見込みはあるの？」

この質問を、綿貫にしたことはなかった。

八重樫はあいまいに首を振る。

「リハビリといっても、歩くための練習じゃないの。車椅子での生活さえ難しくなるといけないから、今の状態を維持するためのものだよ。あとはバランスを崩したとき、上手く倒れる練習とか」

「そう」

「でも、今日は手すりにつかまって一〇〇歩で限界だったのが、明日は一一歩目まで進めるかもしれない。来年には手すりなしで一〇〇歩も行けるかもしれない。そうならないとは誰にも言えない」

「そうだね」

「以前の条吾は、そんな努力をする人ではなかった。あの人は、どうにか理屈をつけて、歩けない足を受け入れようとしていた」

僕は綿貫について、八重樫に反論できるほど詳しくはなかった。だから句点を打つように、軽く頷いてこの話を終わらせてもよかった。

でも、なんだかそうするのが気持ち悪くて、僕は首を横に振った。

「今だってそう違わないんじゃないかな。受け入れるための理屈を、少し変えただけなんじゃないかって気がする」

かもね、と八重樫は言った。

なぜ彼女がこんな話をはじめたのか、僕には最後までわからなかった。

やがてしゅるしゅると廊下を走る、車椅子の車輪の音が聞こえて、僕たちは会話を打ち切った。

＊

職員室に忍び込む計画を伝えると、トランシーバーの向こうの茅森はくすりと笑って、「もっと早く誘ってくれればいいのに」とささやいた。

計画の実行日は、七月の最初の火曜日にするつもりだった。橋本先生が顧問を務めている水泳部が休みで、彼は参加しない会議がある予定の日だから。放課後に綿貫と一緒に職員室にいって鍵をくすね盗り、夜中に寮を抜け出して校舎に忍び込む。そしてイルカの星について書かれた脚本を探す。なんて素敵な計画だろう。

「君も一緒にいく？」

「もちろん」

「でも先生にみつかると、成績に響くかもしれない」

「なめないで。今さら、その程度でどうにかなる成績じゃない」

「そう。じゃあ、窓の鍵を開けておいて欲しい」

職員室がある校舎の鍵は、茅森も持っていない。だから窓から忍び込む予定だ。生徒会の仕事で忙しくしている茅森は、遅くまで校内にいても違和感がないから、先生の施錠の見回りのあとで鍵を開けておく役には最適だった。

茅森は「わかった」と答えてから、彼女にしては気弱な口調で続ける。

「みつかると思う？」

「きっと。もしだめなら、上手く慰めてあげるよ」

「そう。期待してる」

清寺さんの「イルカの唄」は、制道院にあるだろうか。

なければならないのだ、という気がしていた。章明祭の舞台なんて、僕にとっては重要じゃない。でも茅森がどれほどその脚本を大切に思っているのか知っているから、必ずみつけださなければいけない。

ささやくような声で、彼女は言う。

「七月最初の火曜日は、七夕だね」

意識していなかったけれど、たしかに予定の火曜日は、七月七日だ。それは、彼女が久しぶりに清寺さんの脚本に再会する日としてふさわしいように思う。

きっと僕たちは、なにもかもが上手くいく。

このときはそう信じていた。


だが僕たちの計画は、変更を余儀なくされる。

予定日の三日前——七月四日の朝早くに、寮の電話がなった。白雨寮の電話機は玄関近くの廊下の窓辺に置かれていた。僕は受話器を片手に、窓から綺麗に晴れた青空をみあげて、父さんの感情を抑えた声を聞いていた。

意外な話ではなかった。すでに覚悟していたことだった。

それは祖母の危篤を伝える電話だった。

青空を小舟のような、輪郭のはっきりとした雲が、東に向かって流れていた。

僕は電話に向かって、すぐに戻るよと答えた。

6、茅森良子

坂口孝文が制道院を離れた七月四日は、土曜日だった。

その日、私は生徒会室でいくつかの資料を作成していた。とくに急ぎの用があったわけでもないのだけれど、なんだか気持ちが落ち着かなくて、それで簡単な作業で手を動かしていることにした。

同席していたのは、私と同じように雑務の類を片付けていたひとりだけだった。桜井真琴。彼女は難しい顔をして机に向かっていたけれど、右手に握ったペンはもうずいぶん動いていなかった。目の前のプリント用紙をみつめたまま彼女は言った。

「坂口くんの、お祖母様のことは知ってる？」

いいえ、と私は短く答えた。お祖母様なんて言い回しを実際に聞くとは思ってもいなかったから、そのことに少し気を取られた。彼女の家庭では違和感のない言葉遣いなのだろうか。だが私も、清寺さんの奥様は「奥様」と呼ぶ。そう大きな違いはない。

桜井は続ける。

「膵臓《すいぞう》を悪くして、冬の終わりごろから入院されていたみたい」

「そう。よく知ってるね」

「坂口くんのお祖母様も私の父も、制道院の出身だから。そういう話って、すぐに広まるのよ。あの人たちは体調と、子供たちの進路くらいしか話題がないから」

桜井が誰を指して「あの人たち」と表現したのか、正確にはわからなかった。でもおそらく彼女の父親を含む、ある種の大人たちなのだろう。

「坂口くんは、お祖母様とあまり仲がよくなかったみたい。聞いてる？」

「まったく」

そもそも坂口に祖母がいたことも知らなかった。そりゃ、亡くなっていなければいるのだろうけれど、私には両親さえいないものだからあまりイメージができない。

なかなかに繊細な話題ではないか、という気がしたけれど、私は素直に尋ねる。

「どんな風に仲が悪かったの？」

純粋に興味があったし、桜井の方もこの話をしたがっているように感じたのだ。

なのに彼女はつれない様子で答える。

「私もそんなに詳しいわけじゃないよ。坂口くんからお祖母様の話を聞いたのは、小学生のころだし」

「でも少しは知ってるんでしょう?」

「なんていうか、怖い人だったみたい。躾《しつけ》に厳しくて、坂口くんの交友関係なんかにもいちいち注文をつけて」

「じゃあ当時知り合っていれば、私はずいぶん嫌われたんでしょうね」

「たぶんね」つぶやくように答えてから、桜井は言いづらそうに続けた。「なんにせよお祖母様は、坂口くんが小学五年生のころに介護施設に入ったんだって」

「そう」

「そのとき、彼が言ってたのよ。安心したって」

あまり聞いていたい話ではなかった。

桜井が好んで口にするタイプの話題だとも思えなかったから、私はペンを置いて、彼女に尋ねる。

「つまり、なにが言いたいの?」

「なにって」

「なんだって思ったままを喋るのが貴女の美点でしょう」

「馬鹿にしてる?」

「まったく。本心から美点だと思っている」

嘘ではないのに、桜井は不満げに顔をしかめていた。

でも、わざわざ口論するほどのことでもないと考えたのだろう、彼女は言った。

「介護施設にいるお祖母様のことを話すとき、坂口くんは少し寂しそうだったよ。そのことを思い出しただけ」

そう、と私は答えた。

私は肉親というものを知らない。清寺さんと奥様には多大な恩も感謝もあるけれど、私の親だとは思えない。強いていうなら若草の家の職員が親代わりだった。けれど、あの人たちとの関係も、血の繋がりとは違うものだろう。

「貴女はどうなの？　家族とはみんな、仲がいい？」

そう尋ねると、桜井は顔をしかめた。

「弟は少し面倒。なんだかすごく馬鹿にみえる」

「嫌いなの？」

「そうでもないけれど」

「というか、弟がいたのね。会ってみたいな」

「どうするのよ？　あんなのに会って」

「さあ。昔の貴女の話でも聞こうかな」

なんとなくの思いつきではあったけれど、なかなか面白そうだ。

「ぜったいに止めて」

と桜井がこちらを睨む。

そういえば坂口にはふたりの妹がいるらしい。できるならそのふたりとも話をしてみたい。家庭で「お兄ちゃん」をしている坂口というのは、想像もつかないから。

話はこれでお終いだ、という気がしていたけれど、違った。

桜井は、机の上のプリント用紙に視線を戻して、続ける。

「ケンカしてるの？　坂口くんと」

私は苦笑する。去年の夏までは、私と坂口は対外的にも「仲の良いクラスメイト」だったものだから、傍目にはあるときから仲違《なかたが》いしたようにみえるだろう。

「秘密」

と私は答えた。

彼との関係を表す言葉を私は知らないから、他にはどうしようもない。

――坂口が制道院に戻ってきたとき、どんな風に声をかければいいだろう。

彼の「お祖母様」は無事だろうか？　こんな風に思い悩む相手というのも、坂口に出会うまでの私の人生にはいなかった。

＊

だが週が明けても、坂口は戻ってこなかった。

土曜のうちに彼の祖母は亡くなったそうだ。

坂口家は大きな家だから、翌日にすぐ葬儀というわけにはいかず、告別式は火曜日になったと聞いた。坂口に再会するのはどれだけ早くても水曜以降だろう。そう思っていたけれど、違った。

「葬儀のあと、すぐこちらに戻るそうだよ」

と中川先生が言った。

月曜日の放課後のことだった。

私はすでに図書委員ではなかったけれど、時間があれば図書館にいる彼女の許を訪ねるのが習慣になっていた。

中川先生は湖に立った波のように、同じ速度で、抑えた声で話す。

「彼は繊細な子だから、色々と思うこともあるだろう。もう少しゆっくりしてくればよいのにね。私の身勝手な考えじゃ、十代のころの悲しみというのは大切に扱ってほしいよ。傷つくたびに足を止めていられる時期は、どうしたって限られているんだから」

素直な気持ちで、私は首を横に振った。

「歩きながらだと悲しめないわけじゃないでしょう」

清寺さんが死んだ夜、私は普段通りに問題集を開いた。制道院でトップを取るための勉強の最中だったからだ。あの夜のことは、間違いなく私の血肉になっている。解いた問題の内容がなにひとつ頭に入っていなくても、本当に苦しいとき、次の一歩を踏み出す練習になった。あの夜でさえ問題集のページを開いたのだ、という記憶に、励まされたことが何度もある。

中川先生は、なんだか悲しげにもみえる風に眉を寄せて微笑した。

「誰もが君のようではないよ。何年だって同じ場所を睨み続けていられるような、強固な意志を持っている学生なんて、どれほどもいない」

「でも彼は坂口です」

中川先生がいう通り、私は同年代の中ではずいぶん意志が強い方だという自信がある。純粋な頭の良さを比べれば、私はいちばんではないのかもしれない。まったく同じだけ机にかじりついていたなら、テストの点が私を上回る生徒は制道院にも何人かいるだろう。それでも実際に最高点を取るのは私だ。これまでの私のすべてが、妥協を許さないから。

でも、坂口孝文。彼にだけは、勝てないかもしれない。坂口は前提のようなものが私とは異なるのだ。違う視点で現実をみていて、そしておそらく、彼の方が良い視界を持っている。

私がそのことに気づいたのは、昨年の選挙戦だった。私の敵はひとりもいないと思っていた。誰が相手でも圧勝できる。そのつもりだったけれど、冷静に考えると違った。

もしも坂口が紫雲寮に入り、生徒会長に立候補していたなら、おそらく私は勝てなかった。この数年で力を増した紅玉寮の全面的な協力を得ても、紫雲に加えて清掃員たちを味方につけた彼には票数で及ばない計算だった。

以前、冗談めかした口調で、坂口は言った。

――実は制道院に入ったばかりのころは、生徒会長を目指そうかと思っていたんだよ。白雨から生徒会長が出るのは痛快だろう？

きっと坂口はそのために清掃員を組織した。

そして、もしも坂口の気が変わっていなければ、彼は目標を成し遂げていたのではないだろうか。昨年の時点では、坂口が白雨から立候補してもやはり紅玉を味方につけている私の方が上だっただろう。でもより早い段階から動かれていたらわからない。坂口が清掃員を組織したのは中等部一年なのだから、時間は充分にあったはずだ。

中川先生はわずかに首を傾げてみせた。

「君たちが羨ましいよ。尊敬し合っているようにみえる」

「中川先生には、尊敬できる人がいないんですか？」

「いるよ。もちろん。清寺さんもそのひとりだ」

「他には？」

「何人か。でも身近にはいない。距離というのが、きっと重要でね」

「離れていた方が良い、という意味ですか？」

違うよと先生は、かすかに首を振った。

「近づけば近づくほど、相手の色々な面がみえてしまうでしょう。歴史上の偉人を尊敬するのは簡単だけれど、知り合ってしまうと話が違う。教師を尊敬できても、友人になると難しい。恋人になるとなおさらで、もしも結婚なんてしようものならどうしようもない。みえないところを埋めていた幻想が、みんな誤りだったと証明されていく。だから身近な人を尊敬できるのは、本当に稀有《けう》なことだよ」

思えば、中川先生はいつだって距離感というものに注意を払っている。どれだけ親しくしていても、あくまで教師と生徒としての線引きが守られる。彼女の方からは、決してその線を踏み越えてこない。これまではずっとそうだった。

でも彼女の、次のひと言は、その線を越えるものだったように思う。

「私は友人の辺りで躓《つまず》いた」

先生には、尊敬したくてもできなかった相手がいるのだろうか。

「どんな人を、尊敬したかったんですか？」

先生は自然な口調で私の質問をはぐらかした。

「誰であれ、尊敬できる方が良いと思うけどね。ずっと同情している人はいる」

「同情」

「私にとって自明のことを、どうしてもわかってもらえないんだよ。そんなとき、君と坂口なら、答えは簡単だろう？」

うん。とても簡単だ。

「わからないことは、丁寧に説明すれば良いのだと思います」

私と坂口はあのトランシーバーで、いつまでだって話し合うことができる。昨日伝わらなくても今日、今日伝わらなくても明日。私たちは、互いを理解することを、放棄しない自信がある。

まったくだね、と先生は笑う。

「でも簡単なことほど、言葉で伝えるのは難しかったりもする」

「どんな、簡単なことを伝えたいんですか？」

先生は珍しく、湿り気を帯びた重たい表情で笑った。

「いつだって私が望んでいるのは、たったひとつだけなんだよ。生まれだとか、目の色だとか、性別も。そういった属性じゃなくて、私の前に立ったなら、あくまで私という個人を相手に話をしろというだけなんだ」

私には中川先生の言葉の意味がよくわかった。それはたしかに、私たちにとっては自明のことで、けれど伝わらない相手には決して伝わらないことも知っていた。だから私はイルカの星を探し続けていた。すべての属性が意味を失った星の、綺麗な物語を。

冗談のつもりで告げる。

「なら私たちのことを、好きなだけ羨んでください」

でもそれは、少しも冗談になっていなかった。イルカの星と同じものを、私と坂口のあいだには築けるはずだと信じているから。

中川先生は綺麗に笑って、「そうするよ」と答えた。

＊

火曜日の休み時間に、意外な来客があった。

名前を呼ばれて廊下に出てみると、そこにいたのは綿貫だった。

彼とは未だに、それほど親しいわけではない。廊下でみかければ挨拶を交わすけれど、彼の車椅子を押したこともない。綿貫は言った。

「鍵はどうする？」

職員室に忍び込む計画のことだろう。

あの計画は、もちろん延期になるものだと思っていた。「イルカの唄」の脚本を探しているのは私の都合なのだから、無理に坂口を巻き込む必要はないが、血縁者を亡くして学校を離れている彼をおいて話を進めるのも違うのではないか。

だが綿貫の方は、計画を止めるつもりはないようだった。

「ダミーの鍵はここにある。君にやる気があるのなら、放課後に職員室で」

どこか不機嫌そうな顔つきで、彼はそう言った。

幕間／二五歳

茅森良子

制道院が廃校になった直接の原因は、私たちが高等部三年のときに起きた大きな震災だと聞いた。その影響で耐震構造が見直されることになったが、制道院の古い校舎のいくつかは安全基準をクリアすることが困難だったそうだ。

学校はそれらの校舎を建て替えようとしたが、学友会が強く反対した。校舎の多くは歴史的にも価値のある建物で、現状のものを補修して使いたい、というのが彼らの考えだった。学校側は学友会の消極的な態度を変えられないまま金策に奔走することになり、最終的にはある東京の私立大学に身売りする形で話がまとまった。

だから正確には、制道院という名前の学校が、完全に消えてなくなったわけではない。けれど大学が買いたかったのは、制道院の名前と、一部の教師だけだった。学友会が考える制道院らしさ——あの歴史的な建築物や、拝望会などの伝統行事や、校風といえるもののすべては綺麗さっぱり切り捨てられることになった。なになに大学付属という言葉を頭にひっつけたその学校は、すでに全寮制でも、中高一貫校でもない。名前の一部に制道院が含まれているだけの、駅近くの真新しい建物に入った、真新しい教育機関だ。

この話を初めて聞いたとき、私の胸に浮かんだ言葉は、誰にも聞かせられないものだった。

――どうせなら、名前ごと消えてなくなればよかった。

なにを馬鹿なことを、と自嘲したけれど、それは偽りのない本心だった。私があの学校の名前を聞いてまず思い出すのは、決まって坂口孝文のことだから、すべて消えて欲しかった。

彼は間違いなく私の理解者だった。もっとも親しい友人で、いくつかのすれ違いを回避できていたなら、きっと恋人になっていた人だった。でも実際には坂口は、私をもっとも深く傷つけた人になった。

私は長いあいだ、彼を許そうと努力してきた。もしも彼に再会したなら、平然と微笑んで挨拶を交わせるようになることが、私にとっての成長だと信じていた。

でも、今はそうではない。

私はプライドを、ひとつ捨てようと決めた。別のプライドを守るために。

だからもう、堂々と宣言できる。

坂口孝文が大嫌いだ。

＊

彼からの手紙を受け取ってから、一度だけ橋本さんに会った。
場所は彼女の自宅――入籍に合わせて移り住んだ新たな家――の近くのカフェを選んだ。同じ建物の一階にはテニススクールが入っていて、その片脇の、植え込みで隠されたようなひっそりとしたスチール製の階段を上った先がカフェの入り口になっていた。

入店すると中は意外に広く、無垢材が多用されていて古いコテージのようなあたたかみを感じた。私は窓辺の席に座った。約束の時間はもう間もなくだったから、注文は橋本さんが到着するまで待ってもらうことにした。窓から前の通りを見下ろしていると、ちょうど下校の時間なのだろう、小学生たちが歩いていくのがみえた。

実のところその日は、私にとって記念すべき日だった。一一歳のころから、もう一四年間も再会を心待ちにしていた脚本を、ようやくまた手に取れる予定の日だったから。

本当であれば私は、もっと胸を弾ませているはずだった。緊張して、落ち着きなく、手足をぱたぱたとさせていても不思議ではなかった。なのに私が考えていたのは、目先の仕事のいくつかと、それから坂口のことばかりだった。これから私の目の前に現れるものへの仄暗い予感もとくに視界には入らなかった。

空はよく晴れていた。カフェの窓には、ところどころ厚みにむらがあるアンティークガラスが使われていて、七月の太陽の光が虹色の輝きを帯びてみえた。

通りの向こうにあるケーキ屋さんから、親子だろうか、女性とまだ小学校に入る前くらいの歳の女の子が共に出てくる。女の子は両手でしっかりと白い箱を持っている。それをみて、私はほほ笑む。それからバランスを取るように頭の中で坂口の嫌いなところを並べる。

ちょうど約束の時間になるころに、からんと入り口のベルが鳴った。そちらに目を向けると、レザーのトートバッグを提げた橋本さんが、私をみつけて寂しげな笑みを浮かべた。

彼女はゆっくりとこちらに近づき、向かいの席に座る。

「なんだかずいぶん、久しぶりに会う気がするよ」

と橋本さんは言った。

「式からまだひと月も経っていませんよ」

「うん。不思議だね。茅森は今、弁護士の事務所だっけ？」

「一時的なものです。多少は現場の経験があった方が、次のステップでも有利ですから」

店員が注文を取りにくるまで、私たちは近況の報告で時間を潰した。

ふたりともがメニューも開かずにアイスコーヒーを注文して、それから橋本さんはトートバッグからA4サイズの封筒を取り出した。

さすがに少し、緊張する。今、目の前に「イルカの唄」があるのだから。

「どうして長いあいだ、その脚本を隠していたんですか？」

私が尋ねると、橋本さんはじっとこちらをみつめた。その緑色の瞳はナイーブで、簡単にひび割れてしまいそうにみえた。でも一方で、どこか安心しているようでもあった。

わずかにかすれた声で、「きっと君が想像している通りだよ」と彼女は言った。

第2話

1、坂口孝文

よく晴れた高い空に煙が立ちのぼっていた。

その煙はまっ白で、あれがそのまま雲になるんだよと言われれば信じてしまいそうだった。

空を見上げながら僕は、いつか旅行でみたオーストラリアの砂漠を思い浮かべていた。昨夜インターネットでみた記事のひとつに、地球から三億キロも離れた小惑星まで行った探査機について書かれていたのだ。その探査機は、本来の予定ではすでに地球に戻っているはずだったのに、厄介なトラブルがみつかり帰還が延期されたそうだ。探査機は来年の六月に、オーストラリアの砂漠に落下するらしい。それはどれほど美しい光景だろう。

先週の土曜、制道院を出た僕は、電車に乗って病院の最寄り駅に向かった。駅には母が迎えにきていて、すでに祖母が息を引き取ったことを聞いた。悲しいとは感じなかった。知っていることを再確認しただけのような気持ちだった。でもあの人の死を目の前でみなくて済んだことに、少し安心していた。

僕は祖母が好きではなかった。明確に嫌うこともできないでいた。僕とは関係のない人なのだと自分に言い聞かせてきた。それでも僕の根っこの部分は、あの人が作ったのだろう。僕は祖母を嫌う代わりに、あの人とは決して交わらないところを目指した。あの人が大事だというものの価値を否定して、別のところで大切なものをみつけようとしてきた。反対に進む、という意味で、あの人は僕の指針であり続けた。

煙突の煙は、色の濃い灰色へと移り変わっていた。

空では風が強く吹いているようで、煙が東にたなびいて薄らぐ。空にあの人が溶けていく。知ったことか、と僕は胸の中でつぶやく。同じ空を、一筋の流れ星のような小惑星探査機が切り裂いて、夜の砂漠に落下する様を想像する。もちろん僕は泣かなかった。でも左目に、鈍い痛みがじんわりと広がるのを感じた。

火葬が終わると、指示されるままに遺骨を拾った。箸でつかんだ骨はあまりに軽く、なんだかチープな作り物のようだった。自分の番が終わったあとは、目の痛みばかりが気になった。

帰り際に手洗いで鏡を覗き込むと、左目だけが、真っ赤に充血していた。片目が赤い僕はなんだか不気味で、ずいぶん悪い人間にみえた。かつての黒い目にとって、緑色の目も同じようにみえていたのだろうか。馬鹿らしくて無理に微笑む。鏡の中の僕も同じ顔をする。けれど印象は変わらない。

手洗いを出ると、白髪の小柄な老人が廊下の窓辺に立って、煙突のある空を見上げていた。つややかな黒い杖をついた男性で、彼の礼服はそのままカタログから切り取ったようにシルエットが美しかった。

僕はその人を知っていた。彼も祖母の告別式の参列者だったが、初めて顔をみたのは四年も前の章明祭だった。三木《みき》という名前で、制道院の学友会で会長をしている。

僕は三木さんに近づく。

「本日は、誠にありがとうございます」

そう声をかけると、三木さんは親密にみえる笑みを浮かべた。

「この度は、心からお悔やみ申し上げます」

「恐れ入ります」

「ずいぶん大きくなったね、孝文君」

「申し訳ありません。お会いしたことがありましたか?」

四年前の一件では、僕は三木さんに挨拶をしていない。火葬場まで参列するのだから祖母とは親しい間柄だったのだろうが、坂口の家でもみかけた記憶はなかった。

「君が生まれたばかりのころに、何度か。こんな話をされても迷惑だろうが」

「いえ」

「久子《ひさこ》さんは、ずいぶん君を自慢していたよ。もう歩いた、もう喋ったとね」

久子というのが祖母の名前だった。でも孫を自慢する祖母は、どうしても想像ができなかった。

「僕にとっては、祖母は怖ろしい人でした」

「そう」

「厳しくされた思い出しかありません」

「それも君が大事だったからだろう。身内を甘やかす人じゃあなかったから」

「はい」

そう思います、と僕は、心にもない言葉で答えた。祖母に大切にされていると感じたことはなかった。僕が知っているあの人は、坂口家のすべてを支配したがっているだけだった。坂口家はあの人の思い通りになって当然なのだと信じ込んでいるようだった。

「制道院はどうだい？」

「素晴らしい学校だと思います。楽しくやっています」

「そう。君はずいぶん成績が良いと聞いているよ」

「ありがとうございます。でも、僕よりもずっと優れた友人が何人もいます」

僕は三木さんと茅森の話をしたかった。

でも彼は、やや唐突に話題を変えた。

「久子さんが制道院にいたころの話を、聞いたことはあるかな？」

「いえ」

「あの人が制道院に入学したのは、彼女が高等部の一年生のときだった。女性の入学が認められた、最初の生徒のひとりで、その中でも飛び抜けて美しく、聡明な人だった。僕はそのころ、まだ中等部だったんだけどね。わざわざ友人と連れ立って、高等部の教室まで見学にいったこともある。制道院に女性がいることがずいぶん不思議だった」

そうですか、と僕は応じた。

まだ学生だったころの祖母を想像するのは難しかった。思えば僕は、あの人の古い写真をみたことがなかった。三木さんが続ける。

「久子さんは図書館が好きでね。今もあるだろう？　あの図書館は、僕が制道院に入るのと同じころに建ったんだ。久子さんが図書館の席にいるのをみつけると、僕は本をめくるふりをしながら、彼女の様子ばかりをうかがっていたものだよ」

三木さんが笑うのに合わせて、僕も愛想笑いをしてみせたけれど、それは上手くいかなかった。僕は制道院の図書館が好きだ。祖母も同じだった、という話は、僕の胸に小さなひっかき傷を残した。

でも三木さんは、僕の様子なんて気にも留めていないようだった。とにかく誰かに祖母の話をしたくて仕方がないという様子だった。僕はその話をできるだけにこやかに聞いていた。

三木さんの口から語られる祖母は、僕がまったく知らない女性だった。活発で、明るくて、魅力的に聞こえた。三木さんは高等部に入ると、生徒会長に選ばれたそうだ。祖母は生徒会の手伝いもしていて、それでずいぶん親しくなったのだという。ちょうどそのころに文庫版のシャーロック・ホームズの全集が刊行されていて、新刊が発売されるたびに競い合ってそれを読んだ。「半分は久子さんと話をするために読んでいたんだよ」と彼は笑った。祖母は普段は大らかな性格だったが、好きな本のことになるとずいぶん意地を張ったらしい。僕には大らかな祖母をイメージできなかった。老人ホームにいたころのあの人ともまた違うように感じた。

「久子さんが生まれたのが、もう二〇年もあとだったなら、あの人が生徒会長になっていただろうね」

と三木さんは言った。

僕は微笑んで、それから、この人に嫌われることを覚悟した。

「三木さんは女子生徒を生徒会長にしたくないんだと思っていました」

彼はとくに表情を変えなかった。

変わらず柔和な、親密にみえる笑みを僕に向けたままだった。

「もちろん、例外だってあっていい」

「別に、例外なんて風に表現する必要はないと思います」

「なんにせよ三年でふたりは多いね」

制道院では、二年前に紅玉寮の荻さんが、今年は茅森が生徒会長を務めている。

「割合が重要ですか?」

「うん。君が立候補すればよかった。どうして紫雲にいかなかったんだい?」

「白雨は居心地が良いので。生徒会長を、性別でわけて数える必要なんてないでしょう」

「いいや。男には責任というものがある。口先では平等なんて言ってみても、本心じゃみんな知っている。だから自殺者も犯罪者も、女性より男性の方がずっと多いんだよ」

彼の話の飛躍に、僕は上手くついていけなかった。自殺者数と犯罪者数を男女にわけた場合の、具体的な偏りも知らなかった。

三木さんは両手を添えた杖に重心を置いて、僕の目をまっすぐにみつめていた。

「責任というのは、男が持つものだよ。そして責任に押しつぶされた人たちが自ら命を絶ったり、犯罪に手を染めたりする。僕たちはその文化を背負っている。多かれ少なかれ、君だってね。女性と歩いていて暴漢が現れたなら、相手を背中に隠すだろう?」

「一緒に逃げますよ。そんなの」

「なら犠牲になるのは女性だ。君の方が足は速い」

「かもしれません」

「それでいいのかい？」

「逃げて、警察を呼びます。そんなものでしょう」

嘘だ、と自覚していた。

もしも隣に茅森がいたなら、僕は彼女を守ろうとするだろう。だがそれが綿貫であっても同じだ。車椅子から立てない彼を置いてはいけない。そして綿貫は、そんなこと許しはしないだろう。さっさと逃げ出せと本心から怒るだろう。茅森なら？　わからない。僕が身を挺して彼女を守って、あの子は喜ぶだろうか。

馬鹿げた話だ、と感じていた。上辺でしか答えようがない質問だから。

なら、僕の上辺は決まっている。

「おそらく僕は逃げ出すだろう、と思います。でも、他人事として考えるなら、より強い方が前に出るべきなのかもしれません。性別ではなく、純粋に強い方が」

「なら、相手が拳銃《けんじゅう》を持っていたなら、どうだろう？　多少の身体の強弱なんて関係がなくなるよ」

「一緒に逃げますよ、それこそ」

「それでも男が前に出るのが、僕の正義だよ。強いとか、弱いとかではないんだ。前に立つことが責任だ」

「この話が、生徒会長と関係ありますか？」

制道院の生徒会長に、暴漢が現れたときに生徒の前に立つなんて義務はない。そんなものあるはずがない。

だが三木さんは、ゆったりと頷いた。

「あるよ。もちろん。現代のこの国で、拳銃の恐怖なんてものは身近ではないだろう。よりありふれている凶器こそが、責任だよ。それが人を苦しめ、人を殺す。ならそれを背負うのは男の仕事だ」

僕は性別で責任の所在が決まるなんて話を否定したかった。一方で、僕にだって多少なりともこの人と同じ価値観があるのだと自覚してもいた。どう言い繕っても、感情じゃ、暴漢の前に立つのは男の方だと思っていた。今の僕が持っている理性では、その感情を胸の内に押しとどめるのが精一杯だった。

いつまでも三木さんは、柔和な笑みを崩さなかった。

「君の世代には君たちの矜持《きょうじ》があるんだろう。でも同じように、僕の世代には、僕たちの矜持がある。どちらが正しいのかなんてことは比べようがない」

「それでも、比べないといけないんだと思います」

「なんのために?」

「現状に、満足してしまわないために」

「慌てることはないさ。どうせ勝つのは君たちだ。そのうち僕らは死に絶える」

優しい口調でそう言いながら、三木さんは腕時計に目を落とした。

以前の僕であれば、彼の言葉に頷いていていた。勝手に時代は移り変わり、倫理観は更新されていく。なら無理に相手の同意を求める必要はない。時間の流れで僕たちは多数派になり、そして古びてまた次の世代に押しのけられる。そんな風でいいんだと考えていた。茅森良子に出会うまでは、そうだった。

でも彼女は違うだろう。

もっと切実に、具体的にこの世界を変えられると信じているのだろう。

僕はすでに茅森派だから、ここで話を終わらせるわけにはいかなかった。

「多少は慌てますよ。地球の回転が遅すぎて」

同じようなことを、三年前の拝望会の夜に茅森が言っていた。その言葉に「わかるよ」と答えたから、僕はやっぱりこの人に、反論しなければいけないのだ。長い夜みたいな古臭い時代が、少しでも早く明けるように。

「星はそうそう、速度を変えない」

と三木さんが言った。

「いいえ。これでも、ずいぶん速くなったんだと思います」

と僕は答えた。きっと一〇〇〇年前よりも一〇〇年前の方が、一〇〇年前よりも今の方が、この星は速く回っている。自転の遅さに苛立った誰かが、その速度を増してきた。

僕は初めて、本心から笑う。

「制道院の時間だって。三年でふたりも、女性が生徒会長になりました。しかも今の会長の目は緑色です」

なんて主張が、本当は馬鹿げているんだ。性別や目の色でカウントすることが、イルカの星に比べればずいぶん古臭い。でも前進ではあるはずだ。

三木さんは再び腕時計に目を落として、「そろそろ」と言った。

僕は最後に、もうひとつだけ付け加えた。

「三木さんに、考えを変えて欲しいとは言いません。でも、茅森をよくみてください。きっと祖母と同じように、例外に入れていい人です」

本日はありがとうございました、と僕は頭を下げた。

だから僕からは、三木さんの表情がみえなかった。

「だとしても、だ。あんまり速く回りすぎると、この星は壊れてしまうよ」

それじゃあ、と言い残して、彼が立ち去る。

左目の違和感は、そういえば、いつの間にか消えていた。

＊

母さんには「もう一日、うちにいればよいでしょう」と言われたけれど、僕はできるだけ早く制道院に戻りたかった。いつも祖母の気配を感じていたあの家から、距離を置いていたかった。

制道院に帰り着いたころ、時刻は午後七時になろうとしていた。

日の長い時期だから、ちょうど夕焼けがピークを迎えつつあった。それは目を奪われる夕焼けだった。うねるような力強い紫色の空の西側で、鮮やかなオレンジ色の光が雲に反射し、山際が激しく輝いていた。その夕空が地表の闇をいっそう際立たせた。だから僕からは、正門の片脇に立っていた彼女の表情がよくわからなかった。

「おかえり」

と茅森良子が言った。

「ただいま」

と僕は答えた。

彼女は右手に握っていた、小さな鍵を掲げてみせる。黒いシルエットになったそれが意味することは、考えるまでもない。

「どうする?」

彼女の短い質問への返事は決まっていた。

僕たちはイルカの星を探すんだ。みんなが寝静まったころ、こっそり寮を抜け出して。

星々が輝く夜空に目も向けず、素敵な物語の結末を探す。

2、茅森良子

職員室の鍵を盗み出すのに苦労はなかった。

みつかれば言い逃れできない悪事だったから緊張して指先が震えたけれど、橋本先生を相手にした綿貫の口ぶりは見事なもので、他に職員室にいた先生たちはずいぶん長いあいだ彼らに気を取られていた。だから私はゆっくりと時間をかけて、予備の職員室の鍵と偽物をすり替えられた。

消灯から二時間後。午前一時に校舎前、というのが、坂口との約束だった。胸の高鳴りを抑えて、約束までの時間をできるだけ普段通りに私は過ごした。寮に戻って夕食を済ませて、リビングで下級生たちと話をして、それからひとりで入浴した。

紅玉寮のバスルームは、一般的な家庭のものに比べるとそれなりに広く、共同の浴場としては少し狭い。一緒に入れるのは四、五人までだろう。

他の寮——とくに人数が多い白雨や黒花であれば、入浴の時間が学年ごとに決められているようだけど、紅玉にそういったルールはない。たいていは仲の良い子たちで連れ立って入浴する。けれど私は、お風呂ではひとりきりでいたかった。そして今の紅玉に、私の自由を邪魔する寮生というのはほとんどいない。上級生でも私が入浴しているとわかると時間をずらしてくれる。

でも今夜は、私が湯船で手足を伸ばしているとき、音を立てて浴室のドアが開いた。無遠慮に私のプライベートな時間に踏み込む寮生はふたりしか想像できなかった。桜井か、八重樫か。今回は後者が正解だった。八重樫はこの春から、寮を紅玉に移している。

彼女はちらりとこちらをみたけれど、とくになにを言うこともなく、洗い場の椅子に腰を下ろした。私の方も口を開かず、彼女の白い背中をみつめていた。

八重樫はまず頭からシャワーを浴びて、備えつけのシャンプーを手に取る。私の方は、彼女になんと声をかけたものだろう、と胸の中で思い悩んでいた。

先に口を開いたのは八重樫だった。

「職員室に忍び込むんでしょう?」

私はふっと息を吐いて笑う。

動揺は、胸の外には出なかったはずだ。

「なに、それ？」

「はぐらかさなくていいよ。私も、ドアに鍵をかける実験につき合ったもの」

職員室への侵入には綿貫も関係しているのだから、八重樫が事情を知っていても不思議ではない。この子であれば、わざわざ先生に言いつけもしないだろう。

彼女は髪を泡だらけにしながら続ける。

「坂口くんと一緒？」

「秘密。でも、知ってるんでしょ」

「はっきりは知らないよ。条吾が話すようなことでもないし」

綿貫は他人のプライベートに踏み込むのを嫌う。そして、その線引きが潔癖なくらいに厳密だ。これはあくまでたとえ話だけど、「坂口の好きな食べ物は？」みたいな質問にだって「本人に訊け」と答えるように思う。

些細な好奇心で、私は言ってみる。

「貴女と綿貫くんって、一見すると似てるけど」

「そう？」

「うん。なんとなく斜に構えている感じとか」

「悪口？」

「そんなつもりはないけど、気になったならごめんなさい」

「別に。それで？」

「でも、本当は正反対なんじゃないかっていう気がする」

「誰にだって当てはまりそうだね」

「たしかに」

音を立ててシャワーが床を打つ。彼女の髪から泡の塊が滑り落ち、流水に押されて排水口へと運ばれていく。八重樫は乱雑な手つきで髪の水気を払う。

「条吾は、誰ともわかり合えないことを知っているんだよ」

「そう？」

「うん」

「私には、反対にみえる」

八重樫とも、坂口とも、綿貫はわかり合っている感じがする。私が長い時間をかけて学んだことを、彼は初めから知っていたような。

八重樫は続けてトリートメントを手に取った。

「条吾は相手のことを、本当はわからないって知ってるから、少しだけわかったことをとても大事にする」

「なるほどね。いかにも貴女が気に入りそう」

「どうかな」

「私はそれを知らなかったから、貴女に泣かされた」

三年前に、図書館の一室で。あのときから私は、八重樫とふたりきりになると少し緊張する。

この子には馬鹿にされたくなくて、迂闊なことは口にできない。

八重樫は小さな声で、それ？　とささやく。

「良子は、勝手に納得して話を飛躍させる癖がある」

普段はそうでもないはずだ。わかりやすく、丁寧に話すことを心がけている。だいたい八重樫だって、ぼそりと短い言葉を口にすることが多くて、その意味を理解するのが困難だ。

「あの図書館で貴女に言われたことを、ずっと考えている」

つまり、緑色の目の歴史をどう扱うのか、ということを。

私が思い描く理想の世界では、黒い目が緑色の目を虐げてきた歴史なんて、わざわざ強調されはしない。目の色で過去の出来事を区別することなく、黒い目を悪役にすることもなく、人類全体の過ちとして歴史を受け入れる。

でも八重樫の考えは違う。

――まったく傷つかないよりも、傷つくことを受け入れられる方がいい。

と彼女は言った。

つまりそれは、鈍くなるな、という意味だろう。目の色の違いで起こった悲劇を他人事のように扱ってはいけない。現在の私たちにまっすぐ繋がる歴史なのだということを覚えておけと、八重樫は言いたかったのだろう。

「あのとき、貴女が言ったことは、真実のひとつなんだと思う」

八重樫はトリートメントを繊細な手つきで髪につけながら、小さな声で「そう」と応えた。

私は続ける。

「でも、やっぱり納得できない。貴女の考え方の成り立ちみたいなものはわかるけれど、過去の出来事をいちいち大事にするのは非効率的だよ。幸せのために、邪魔なものは投げ捨てればいい」

「その幸せは、あくまで貴女の幸せでしょう？」

「うん。だからたぶん、私たちはわかり合えないんだね」

きっといつまでも意見が合わない。私には私が理想とする幸福があり、八重樫には八重樫が確信する幸福がある。

「あのとき私は、わかり合えない考えがあることを受け入れられなかった」

客観的な視点を持てないでいた。私の理想を理解できない奴はみんな馬鹿で、見下していれば良いと信じていた。だから、うっかり泣くことになった。

「それで？」

「今はもう違う。貴女の考えには納得できないって知っている」

「そう」

「でも、相手の考えに納得できないまま互いを尊重し合えるなら、それは理解のひとつの形なんだと思う」

つまりこれは、八重樫の、綿貫への評価と同じだ。

本当はわからないことを知っているから、少しだけわかったことを大事にしたいと思える。

八重樫の言葉に納得できないことを認めた上で、彼女の考え方の成り立ちみたいなものを尊重できる。

ほんの小さな声で、八重樫は笑ったようだった。

「良子は変わらないね」

「そうかな」

あのときから、多少は成長したのだと証明したつもりだったのに。

「ずっと同じ。無理やりにみんな受け入れて、誰だって愛そうとしてる」

「そうね。みんな好きだよ」

制道院に来たときに決意した。これまで出会った全員と、これから出会う全員を、ひとり残らず嫌わない。同じ笑顔を向けてみせる。

「でも、貴女は違うよ。大好きだし、尊敬してる」

本当に。この子は数少ない例外だ。私が心から友達になりたいと思った相手だ。

八重樫は小さな肩越しに、ちらりとこちらをみた。

その顔には、こちらを挑発するような笑みを浮かべていた。

「ありがと。でも、坂口くんほどじゃないでしょう?」

つられて、私も苦笑する。

「ここだけの話なんだけど」

「うん」

「あいつだけは、大嫌い」

誰も嫌わない、と決めている私の、世界でたったひとりの例外だ。

八重樫はすぐに前を向いたから、もう彼女の表情がわからなかった。

「どうして職員室なんかに忍び込むのか知らないけど。ま、楽しんできて」

彼女の言葉に、「そうする」と私は答えた。

お風呂のあとで坂口に会うのは初めてで、やはり少し、緊張する。

＊

消灯の時間になって、いちおうベッドに入ったけれど、眠気は少しも感じなかった。

午前一時になる一〇分前に、窓から寮を抜け出すと、湿った空気が夏の夜の香りを鼻元まで運んだ。

星が綺麗な夜だった。月は満月に近いけれど、よくみるとわずかに歪《いびつ》な楕円《だえん》形をしている。でもこれを満月と呼んでもよいだろう、という気持ちになる、大きくて明るい月だった。私は制道院の闇が濃い夜の、より暗いところを選んで歩く。ずいぶん静かだ。私自身の足音と、虫の音がわずかに聞こえるくらいだった。今日は七夕だ、ということをふと思い出したけれど、天の川は探さなかった。

坂口はすでに、校舎の前にいた。呑気に座り込んで夜空を見上げていた。

「こんばんは」

と私は声をかける。

「こんばんは」

と彼が応える。

この挨拶を坂口と交わすのは、今夜が初めてだと思う。別れるときには「おやすみ」と言い合うのだろうか。そんな想像でも鼓動が強く打った。

坂口が立ち上がる。

「どこから入るの?」

尋ねられて私は、あっち、と指さす。言動が幼くなっている気がする。この夜のなにかが私をか弱くさせる。私は無理には、それに逆らわなかった。

私たちは並んで歩く。彼の顔はよくみえなかった。そのぶん、普段よりも彼の近くを歩いた。手の甲と甲が触れて、彼がわずかに歩調をゆるめた。

侵入経路は、放課後に用意していた。私は生徒会の用事があるふりをして校舎に残り、施錠の見回りをする先生に声をかけられるのを待った。それから、寮に戻る途中、先生が通り過ぎたあとの廊下の窓をひとつ開錠しておいた。

その窓は、外からみるとずいぶん高い位置にあるように感じた。

まず坂口がよじ登り、私に手を貸してくれた。

出会ったばかりのころは、私の方が背が高かった。けれど彼は中等部の三年でずいぶん身長を伸ばして私に並び、高等部の一年で抜き去っていた。坂口に補助されて、私はどうにか窓枠を越える。彼の手は想像よりも大きい。

「ありがとう」

と私はささやく。

「どういたしまして」

と彼が応える。

私たちは屋外よりもさらに暗い廊下を歩く。懐中電灯は用意しているけれど、光が漏れるのが不安でまだ使わない。窓からぼんやりと射し込む夜空の明るさで、まったくなにもみえないということもなかった。真夜中の校舎は静まり返っていた。壁が厚いからだろうか、足音がよく反響した。

私は何度か、坂口の亡くなったお祖母さんのことを切り出そうと、口を開きかけた。でも上手く言葉にならなかった。ご愁傷様ですとでも言えばよいのかもしれないけれど、その言葉には馴染みがなくて、上手く心を込められる気がしなかった。

けっきょく私は、まったく違う話題を口にした。

「こんなことにつき合わせたのは、申し訳ないと思ってる」

「こんなこと？」

「真夜中に校舎に忍び込むようなこと」

「いいじゃない。なかなか楽しいよ、肝試しみたいで」

「そう？」

「うん」

私だって人並みに恐怖を感じる。お化け屋敷は——これまでの人生でたった一度だけしか入ったことがないけれど——それなりにどきどきしたし、ひとりきり夜の暗い道を歩くのだって苦手だ。

でも今夜に恐怖はなかった。真夜中の制道院がどれほど暗くても、胸の中は安らかだった。

小さな声で坂口が言う。

「だいたい、これは僕が始めたことだよ。君につき合っているわけじゃない。それに、ちょうどよかった」

「なにが？」

「あの人の葬式のあとだから」

「どういう意味？」

「なんとなく。余計なことを考えなくていい気がする」

「余計なことって？」

「いろいろ」

その、いろいろについて知りたかった。でも私は「そう」と答えるだけにとどめた。

家族を亡くした同級生に相応《ふさわ》しい言葉を、私は知らなかった。彼の表情は、夜が暗くてよくわからない。声色は普段となにも変わらないような気がした。でもその内側は違うんだろう。彼の言葉通りいろいろなことを考えているのだろう。

強引に話を戻す。

「なんにせよ、私は他の方法だって選べた。職員室を調べたければ、先生に事情を打ち明けてもよかった」

清寺さんの脚本を探したい、という話であれば、先生たちも簡単には断れないはずだ。彼の著作物の権利はすべて奥様が持っているのだから。もちろん職員室には、生徒にはみせられない資料もあるはずで、すべてを私の目で確認することは難しい。でも本当に「イルカの唄」の脚本がそこにあるなら、隠されもしないだろう。

坂口は笑ったようだった。声は聞こえなかったけれど、息遣いでそんな気がした。

「たしかに夜中の校舎に忍び込むのは、あんまり君らしくはない。誰にも文句を言われない方法を選ぶのが君だという気がする」

本当は別に、そうでもない。

私はずるいことが好きだ。できるなら上手く自分だけ得をしたい。別に、みんなに誇れる清廉潔白な精神を持っているわけじゃない。ただ目的のために、優等生であろうと心がけてきただけだ。

坂口は続ける。

「でも、わかる気がするんだよ。もしかしたらまったく的外れで、勝手にわかった気になっているだけなのかもしれないけど。君にとって『イルカの唄』は、簡単に他人に話せるものじゃないんだろうね」

彼の言葉は、少しぼんやりしているけれど、そう違ってもいない。

あの脚本は私の価値観の象徴だった。非常に重要な指針だった。まだ人々が星に頼って旅していた時代の北極星みたいな。それは暗い夜の中で、同じ場所で輝き、私が進むべき方向を教えてくれるものだった。

本当に子供っぽい、愚かしい、現実をみていない身勝手な感情では、私はあの脚本を独り占めしたかった。私だけが胸に抱いているものであってほしかった。何年か前まではそう思っていたけれど、今はもう違う。私はあの脚本を、世に公開するべきだと信じている。より多くの人がイルカの星に共感してくれれば嬉しい。

私は無理に笑う。暗闇で表情はみえなくても、その強がりが彼には伝わる気がする。

「たしかに『イルカの唄』のことは、誰にも話したくなかった」

「そう」

「なんだか少し、もったいないから。せっかくの、貴方とふたりきりの秘密だから」

中川先生には、未発表の脚本があることは打ち明けた。でも具体的な内容も、タイトルさえも伝えていない。制道院で「イルカの唄」のことを知っているのは、私と坂口だけのはずだ。

私の勇気ある告白に、坂口はなにも答えなかった。きっとこの闇の向こうで、困った風に顔をしかめているだろう。私は追い打ちをかける。

「他の人に話してしまったら、貴方とふたりで脚本を探す理由がなくなるでしょう？　こんな風にふたりきりで校舎に忍び込むこともできないし、トランシーバーの話題にだって少し困るもの」

ようやく、坂口が応える。

「本気で言ってる？」

「もちろん、嘘」

なんて嘘。半分くらい本心ではある。もっと素直にその本心を、彼に明け渡したいという思いもある。でもそれは上手くいかない。ぎりぎり、たまに手の甲が触れるくらいの距離感が心地よい。

ふっと坂口が、息を吐く音が聞こえた。

「脚本は、きっとみつかるよ」

私はほほ笑む。

「もしもみつからなければ、上手く慰めてくれるんでしょう?」

「うん。なにか考えておく」

「じゃあ、帰り道は手を繋いで」

やっぱり彼は、顔をしかめて黙り込んでいるだろう。

そう私は予想していたけれど、違った。

「もしみつかってもそうするよ」

と彼は答えた。

*

私は心の底から「イルカの唄」の脚本を求めている。あの物語に清寺さんがどんな結末を用意したのか、知りたくて仕方がない。

でも、一方で焦りはなかった。

章明祭の劇は、私と坂口で用意する脚本で乗り切れるだろう。前半はあやふやな記憶を書き起こし、後半は私たちの想像で執筆しているものだが、原作が清寺時生の未発表の脚本だというだけで充分な話題性があるはずだ。

本物の「イルカの唄」を探すのは、それからでいい。章明祭が終わったあと、劇の成り立ちを説明してオリジナルの脚本の存在を知らしめ、それから情報を募っても遅くはない。

だから私にとって、今夜のメインテーマは「イルカの唄」の発見ではなかった。

坂口と共にあの脚本を探している時間こそが貴重だった。夜空に星を探すように、彼と同じ方向をみつめていられることが。

でも坂口は、あの脚本と私の関係を、少し誤解しているようだ。

彼は「イルカの唄」を過剰に繊細に扱う。私と「イルカの唄」の関係を、たとえば親子に似たものだと捉《とら》えているのではないだろうか。もしも「イルカの唄」がひとりの人間だったなら、一緒に暮らしているのが当たり前なのに、今は生き別れているように。

でも実際は、そうではない。

私にとっての「イルカの唄」を、無理に説明するなら、それは心から尊敬できる恩師のようなものだった。だから、今すぐに再会したいわけではない。私の方が成長して、それからまた顔を合わせられればいい。

けれど私は、坂口の誤解を解こうとはしなかった。

――私は貴方が思っているよりもずっと、家族というものを知らないんだよ。だから私は、貴方が想像しているような切実さを持ち合わせていないんだよ。

なんて風な説明を、できれば口にしたくはなかったから。

今はずるくても黙っている。私は私の利益を優先する。

私のために真剣な顔つきで脚本を探す坂口が隣にいることが、これまでの私の人生においてどれほど貴重なものなのか、きっと彼は知らない。

＊

職員室に忍び込んだ私たちは、懐中電灯の光が漏れないようにデスクの陰にしゃがみ込んで、ひとつずつ戸棚の中を確認した。多くのファイルには背表紙に内容が記載されていて、関係のなさそうなものには触れないよう注意した。

それでも職員室からは、実に様々なものがみつかった。下巻だけのミステリ小説、色あせた写真、差出人不明の手紙、折れたトロフィー、精巧なミニカー、底が焦げたやかん、日焼けした反省文、一〇年前の新聞、バランスの悪い寄せ書き、木箱に入った石の標本、映写機の説明書、など。

今夜、私たちは効率を追い求めなかった。天体望遠鏡を交互に覗きながら星の話をするように、みつかったひとつひとつについて小声であれこれ言い合った。一時間ほどかけて、並んだ戸棚の中をひと通り調べてみたけれど、「イルカの唄」はみつからない。

とはいえそれで、職員室の探索のすべてが終わったわけでもなかった。いくつか鍵がかかった戸棚があったのだ。その大半は灰色のスチール製の棚だが、ひとつだけ、つるりとした木製の古風な棚があった。

「鍵は？」

と坂口が言った。清寺さんの書斎に残されていた中で、一本だけ、どこのものだかわからない鍵。もちろん私は、その鍵を持っていた。

スチール棚は明らかに鍵の形が違う。もしもこの鍵が合うなら、それは木製の棚だろう。

私は鍵穴にそっと鍵を差し込む。それは抵抗もなく奥へと入る。

どくん、と胸が鳴った。

ここに、「イルカの唄」があるのか。私は本当に、今夜、あの脚本と再会するのか。

私は鍵を握る手に、ゆっくりと力を込める。だが、回らない。まったく嚙み合う感覚がない。

「違う。合わない」

最後の鍵に合うのは、この棚ではない。私は、ふうと息を吐き出した。その大半は落胆によるものだったが、わずかだけ安堵に似た気持ちもあった。

坂口は、ずいぶん真剣な表情でその戸棚をみつめていた。やがて彼がささやく。

「でも、鍵は入った」

「入っても、回らなければ意味がないよ」

「規格が似ているんだ。同じ種類の棚が、別にあるのかもしれない。僕はこれに似た棚をみたことがある」

言われて気づいた。私も、その棚を知っていた。

その棚があるのは、生徒会室だ。

「生徒会室の棚には、鍵が合わなかったよ。鍵穴が小さすぎて、差し込めもしなかった」

「でも、この棚によく似ている。そっくりじゃない？」

「ええ。そうね」

「見た目は同じ棚なのに、鍵のサイズだけが違う理由はなんだ？」

「つけ替えられた？」

頭の中で、推測が繋がった。

生徒会室は元々、清寺さんに貸し与えられた部屋だった。そこに置かれていた戸棚の鍵も、もちろん清寺さんが持っていた。どんな理由があったのかは知らないけれど、清寺さんは貸し与えられた鍵を返していなくて、それは今もまだ私が持ったままだ。だからあの戸棚を開くために、錠を壊すことになった。

だとしたら。

「やっぱり制道院に、『イルカの唄』はない」

もしも生徒会室の棚に清寺さんの脚本があったなら、私が見落とすはずがない。

坂口は口をつぐんで考え込んでいた。私は彼の横顔をみつめていたけれど、それから、慌ててしゃがみ込んで足元にあった懐中電灯のスイッチを切った。

「静かに」

と小声でささやく。坂口の方も、私がそうした理由に気づいたようだった。

廊下から、足音が聞こえる。

――だれ？

いや。誰だって同じだ。おそらく懐中電灯の明かりが窓から漏れていたのだろう。それに気づいた誰かが様子をみに来た。このままであれば、みつかる。

坂口が私に手を伸ばし、懐中電灯を奪い取った。

彼は出会ったばかりのころみたいに、短くささやく。

「君は、ここに」

坂口の考えが、よくわかった。ふたりで一緒にみつかるよりは、彼ひとりが名乗り出た方がよいと言いたいのだろう。でもそんな役割分担は、納得できるものではない。ふざけるな、と胸の中でささやいて、私は彼に詰め寄ろうとした。

でも、坂口が再び懐中電灯のスイッチを入れて、それでみえた彼の顔が場違いに優しく笑っていたから、私は口を開けなかった。

「話している時間がない。これで、許してくれないか？」

そう言って彼が差し出したのは、ひと箱のハイクラウンだった。

＊

三年前の拝望会の夜から、私たちにとって、ハイクラウンは特別なチョコレートであり続けている。

一方が我儘を言うとき、その我儘を相手が受け入れられないと知っていたなら、私たちはそっとハイクラウンを差し出す。

ハイクラウンは私たちにとっての、ルール化された反則だった。

――こんな風に、その反則を使うから。

やっぱり私は、坂口孝文が大嫌いだ。

3、坂口孝文

職員室を出ると、廊下の向こうに、懐中電灯を持った橋本先生が立っていた。

「なにをしているんだ？」

先生の声は奇妙に静かだった。怒っている風でも、苛立っている風でもなくて、強いていうなら悲しげだった。

僕は妙に動きにくい口で、言い訳にもなっていない言葉を答える。

「鍵が、開いていたので。夜の校舎を、歩いてみたくて」

ここにいたのが僕ひとりであれば、黙秘を貫いて叱られるのがいちばん気楽だった。でも職員室にはまだ茅森がいる。先生の気を惹かなければならない。

「なんのために、こんな馬鹿げたことをしたんだ」

「僕にもわかりません」

「ふざけているのか？」

「いえ。本当に」

「悪いことをしたんだと、わかっているな？」

「はい」

「なら、どうする？」

「ごめんなさい」

「本当に反省しているのか？」

「先生にお手数をかけたのは、申し訳ないと思います」

橋本先生はふっと笑って、こちらに歩み寄った。

「お前は難しい生徒だよ」

「すみません」

「職員室の鍵はどうした？」

「開いていました」

「綿貫か？」

その名前が出たことに、僕はどきりとした。普段と変わらない口調で「あいつは関係ありません」と答えたはずだけれど、上手くいったのかはわからなかった。橋本先生はそれ以上、彼のことを追及しなかった。

「本当のことを言えよ。どうして、職員室に来た？」

切り札になり得る言い訳を、僕は思いついていた。

軽く息を吸うあいだだけ迷い、覚悟を決めて、答える。

「昔の卒業アルバムをみたくて」

本当はこんなもの、手札にもしたくなかった。

けれど茅森がみつからずに済むのであれば、他のことはどうでもよかった。

橋本先生は、僕の切り札の意味を正確に受け取ったようだった。彼は鋭い痛みに耐えるようにきゅっと眉を寄せ、ふっと息を吐き出して、言った。

「お祖母さんのことは、辛いだろうと思うよ」

先生の声は優しかった。柔らかで、温かだった。

一部の生徒にとってこの人は、本当に素晴らしい先生なのだろう。だから、この手の言い訳がよく効く。

僕がうつむいていると、橋本先生は優しい口調のまま続けた。

「でも、不幸を理由にすれば、なんでも許されるわけじゃないぞ」

「はい」

「明日の昼休みに職員室に来い。素直に言えばいいんだ。アルバムくらいみせてやる」

「はい。ありがとうございます」

「鍵は？」

「職員室に戻しました」

答えながら僕は、嘘ではなく泣きそうになっていた。この人はすぐに、目の前のひとりを型にはめるんだ。彼の思い込みで勝手に同情して、勝手に優しくなるんだ。だから僕は橋本先生が嫌いだ。

でも、その嫌いなところまで愛せるような気がして、胸が苦しくなる。僕は潔癖でいたいんだ。嫌いなものは嫌いなままでいたいんだ。そんなもの、愛したくないんだよ。だって、もしも嫌いなものまで愛せるなら、僕はあの祖母を愛することだってできたのかもしれない。今だってあの人の死を、本当は悲しんでいるのかもしれない。

橋本先生は職員室に入り、予備の鍵を取ってまた出てきた。この部屋に僕と茅森が忍び込んですぐ、元に戻しておいた鍵だった。茅森は、デスクの陰に隠れているはずだがみつからなかった。橋本先生が鍵をかける。

「眠いか？」

尋ねられて、僕は首を振る。

「そうか。なら、少しつき合ってくれ」

橋本先生が歩き出す。仕方なく僕はそのあとに続いた。


先生が向かったのは、制道院の駐車場だった。

五〇台ぶんほどのスペースがある広い駐車場の端の方に、ぽつん、ぽつんと丸いライトが灯っていた。その弱い光に照らされた、ぴかぴかの白いセダンが彼の車のようだった。ボンネットには海外の有名なメーカーのエンブレムがついている。

僕は指示されるまま助手席に乗り、シートベルトを締めた。運転席に乗り込んだ先生に尋ねる。

「どこにいくんですか？」

「決めていないよ。少し走ろう」

どうして夜の校舎に忍び込んで、橋本先生とドライブすることになるのだろう。

先生の車はとても静かに発進した。駐車場をくるりと回って車道に出ると、ちょうど正面に月がみえた。月光は山の黒い木々を照らしていた。その黒は、どこまでも純度を高めた青のようにもみえた。

「私が祖母を亡くしたのも、高等部のときだった」先生は小さな声で話し始める。「初めて亡くした家族だった。ずいぶん悲しかったよ。でも思い返すと、あのころの私は、家族を亡くすということがよくわかっていなかったのだろうと思う」

僕は返事をしなかった。なんと答えても間違いのような気がした。

先生は続ける。

「今だって。なんだろうな、人の死というのは、理解が及ばないものなのかもしれない。残された方は、どこか納得できないまま生きていくしかないように思う。先月から母が入院していてね。最近はよく、そんなことを考える」

「お母さんは、ずいぶん悪いんですか？」

「どうかな。手術を嫌がっていてね。なかなか話を聞いてもらえない」

寂しげに笑って、「どうしてだと思う？」と彼は尋ねた。そんな質問に、僕が答えられるはずもないのに。

車は緩やかな速度で山道の大きなカーブを曲がる。遠心力で身体が窓の方に引かれる。

僕が口をつぐんで困っていると、橋本先生は言った。

「母の死を想像すると、じゃあひとり残される父の方はどうなるんだろう、なんてことをつい考える。私が家に戻るしかないのだろうか。私には兄と姉がいるけれど、ふたりとも家庭を持っているからね。残った父の押し付け合いみたいなこともしたくはない。みんな、私が面倒をみることを望んでいるんだろうが――これを、厄介な話だと思っている私は、ひどい人間だろうか」

「いえ。そんなことは」

「歳を取ると、純粋な悲しみを得難くなるものだよ。これはもしかしたら、非常によくできたシステムなのかもしれない。祖父母で家族を亡くすことを体験して、両親の番になるとあれこれ雑念が混じる。上手く死が紛れるようにできている」

「たしかに、よくできていますね」

「だから今は、悲しめるだけ悲しんでおくといい。とても重要な教育のひとつだ。その教育が君を作るんだ」

はい、と頷こうと思ったけれど、なんだか気持ち悪くて僕は顔をしかめた。

橋本先生を信頼しているわけでも、誠意をみせたいわけでもなくて、純粋に僕自身のためだけに今夜は下手な誤魔化しを口にしたくなかった。

「僕は、祖母が苦手でした」

「そう」

「だから、悲しいわけじゃないんです。なんだかすっきりしないだけなんです」

僕は祖母のことを忘れていたかった。

少しも思い出したくなかった。

「そういう種類の悲しみ方もある」と橋本先生は言った。「涙を流すことだけがすべてじゃない。どんな表情でだって、人は悲しめるものだよ」

先生の車は山道を走る。夜の向こうに、次から次に、新しい道が生まれていく。信号もない道だった。月が照らすだけの道だった。

僕は長いあいだずっと、顔をしかめていた。

悲しくはなかった。本当に。でも、もしかしたら、涙を堪えている顔に似てみえたかもしれない。橋本先生の声はやっぱり優しくて、彼の話はやっぱり身勝手で、彼の車は座り心地が良かった。

ふいに橋本先生は話を変えた。

「どうだろう？　私は今、良い先生にみえているかな」

その質問が橋本先生らしくなくて、僕は思わず笑った。なんだか不意を打たれて、素直に答える。

「偽物の、良い先生みたいです」

この人はなんだか、全部が偽物みたいだ。情熱も優しさも、全部。たまにある、僕を苛立たせる言動の他は、なにもかもが作り物じみている。

「その通りだ」と彼は言った。「実は、今日はある女性と食事をしていたんだ。ほんの何時間か前に、告白して、振られてきたんだ。だから気分転換のドライブに君を巻き込んでいるというのが真相だ」

ふっと僕は息を吐き出す。

その話が本当であれば、僕はこの人が少し好きだ。もしも咄嗟にこんな嘘をついたなら、かなり好きだ。橋本先生は悪い人ではない。

「先生は、振られたことなんてないんだと思っていました」

「まさか。こちらから告白して、受け入れてもらえたことがない」

彼は笑っていた。それは不恰好で自嘲するような笑い方だったけれど、橋本先生の笑顔の中では、いちばん素敵なものだった。

「必死に準備したんだよ。評判のレストランを予約して、新しいジャケットと靴を下ろして、美容院で眉を整えて。ワインもずいぶん奮発した」

「車なのに？」

「もちろん私は呑んでいないよ。帰りは相手を送るつもりだった」

「それがいけなかったんじゃないですか？」

僕であれば、呑む予定のない相手との食事で、高いワインなんて開けられたくない。一緒にオレンジジュースで乾杯する方がずっといい。

「同じことを、彼女にも言われたよ。だから次はタクシーにする」

「次がありそうなんですか？」

「七夕の恒例行事なんだ。私が彼女に振られるのは」

「それはずいぶん優しいですね」

「なにが？」

「わざわざ毎年、振りに来てくれるひとが」

「ああ、まったくだよ。だから来年の予定も立てられる」

山道を抜け、田舎道を南下する。このまま進めば、やがて海に出るだろう。

先生はしばらく黙り込んでいた。それからカーオーディオを操作して、二年ほど前に流行ったバラードを流した。その選曲も好みではなくて、やっぱりこの人とは合わない。

「今は一緒にいられるだけで幸せだよ。独りきりなら、歌うしかない」

と橋本先生は言った。

＊

そのドライブは一時間ほど続いた。

帰りに「腹が減ったか?」と尋ねられて、僕はそこそこ減ったと答えた。それからふたりでただ一軒だけ開いていたラーメン屋に入った。そこのラーメンがあまりに美味かったから、来年の七夕はこの店に誘うといいんじゃないかと提案しておいた。

僕はそのあいだ、ほとんど祖母のことを考えなかった。橋本先生と相手の女性のことは少しだけ考えた。でもいちばんはやっぱり、茅森のことだった。

「イルカの唄」の脚本がみつからなかった夜、僕は彼女と手を繋げなかった。

その後悔を胸に抱いたままベッドに入って、祖母の葬儀があった一日が終わった。

4、茅森良子

夜中の校舎に忍び込んだ件は、なんの問題にも、話題にさえもならなかった。

坂口の話では、あのあと橋本先生と「少し仲良くなった」らしい。拍子抜けではあるけれど、悪い結果ではない。

一方で、清寺さんの脚本の捜索は、ほとんど絶望的な状況といえる。目の前の問題は章明祭で公開する予定の劇だった。そのための脚本は、やはり私たちが執筆するしかないだろう。私と坂口は毎夜のようにトランシーバーを繋いだ。私が読んだ清寺さんの脚本は半ばまでだったから、その先は繰り返し話し合ってどうにかストーリーをでっちあげた。坂口と共に「イルカの唄」の結末を想像する時間は心地が良かった。愛だとか平和だとか、そういった素敵なものについて、きっと私たちは世の恋人たちよりもずっとたくさんの言葉を交わした。

とりあえずの初稿が完成したのは、七月が終わるころだった。

でもその脚本には、自信を持てないでいた。

「後半が少し、ぼんやりしている感じがするね」

と中川先生が言った。書きあがったばかりの脚本を読んでもらった感想だ。

他には人のいない図書館で、私たちは向かい合って座っていた。

制道院はすでに、名目上は夏休みに入っている。制道院には参加が義務づけられている夏期講習があるため、校内からはあまり生徒が減った感じがしないが、夏休み中は図書館の休館日が増える。この日も休館日だったが、脚本のことを相談すると、中川先生が特別に鍵を開けてくれた。

先生は細い指先で脚本のページをめくりながら続ける。

「伝えたいことが、少しずつ移り変わっているのかもしれない。猫の生態について書き始めたはずなのに、マタタビの話題が多すぎて最後は植物学の話になっているような。わかる？」

「わかります。書いているとだんだん、マタタビが重要に思えてくるんです」

「ならそっちをメインにすればいい。猫は脇役に引き下げて」

「でもこれは、猫の話でないといけないんです」

「清寺さんの脚本がそうだったから」

「はい」

中川先生には、脚本を読んでもらう前に、これが清寺さんの未発表脚本を元にしたものだと伝えていた。先生はどこまでが私の記憶を頼りに再現したシーンで、どこからが坂口と話し合って想像で作ったシーンなのかを、ほとんど完璧に言い当てた。

先生が脚本を閉じる。

「悪くはないよ。本当に。丁寧にできている」

「生徒が演じる劇の脚本としては？」

「まあ、そうだね」

「清寺さんの脚本の再現としては？」

「そんなの誰にも、一〇〇点は取れないでしょ」

「もちろんですが、少しでも良い点を取りたいんです」

「制道院で極めて優秀な成績を残している生徒会長として？　それとも、清寺さんの許で育った子供として？」

「どちらも。でもいちばんは、私自身の満足のために」

「なるほど。完成稿はいつまでに必要なの？」

「来月の終わりには練習が始まります。そのあとでも多少は手直しできると思いますが――」

できるだけ早く劇の練習を始めたいけれど、お盆の時期は生徒たちが帰省している。戻ってくるのは八月の末になるはずだ。章明祭はたいてい、九月の三週目の日曜日に行われる。今年は九月二〇日で、練習期間はおよそ二〇日間。学生の出し物としては、期間が短すぎるということはないだろうが、私の感覚ではまったく足りない。なんにせよ練習が始まるころには、これが完成稿だと胸を張れるものが欲しい。

中川先生が頬杖をつき、それで彼女の顔が少し傾いた。

「まだひと月くらいは時間があるわけだね」

「はい」

「清寺時生の脚本として考えると、いちばんの問題点は甘すぎることだよ。リアリティというか、切実さがない。この脚本で語られていることはとても素直で、とても正しいけれど、なんていうのかな。他人事みたいに感じる」

その通りだ。私自身が納得できていない点もそこだ。

中川先生は、一度閉じていた脚本をまた開いた。

「筆跡がふたつある」先生はページをめくりながら指さす。「こっちを書いたのが、たぶん君だね。もう一方の字にも見覚えがあるけれど——」

「坂口です」

「そう。なんだか坂口は、君に少し遠慮をしている感じがする。でも彼の筆跡で書かれている台詞の方に、清寺作品に似たビターな雰囲気がある」

「私もそう思います。坂口は、脚本を書くのが上手です」

本当は、私は意見を出すだけにとどめて、執筆は彼に任せてしまった方が良い作品になるのではないか、と感じていた。でもそれではずいぶん無責任だし、この脚本では、私にも主張したいことがあった。

「苦いだけがリアリティではないはずです。幸福な現実だってあります」

「うん。清寺さんの作品は、そのバランスが上手い」

「そして、幸福な方ばかりを書くのが、私にとっての『イルカの唄』なんです」

ある意味では、「イルカの唄」は清寺時生らしくない作品だ。

中川先生が言う通り、あの人の作品には苦みがある。決して悲惨なだけではないけれど、でも弱者からみた世界というものが説得力を持って描かれるから、どうしたって色の濃い影がかかる。その中で、「イルカの唄」だけが例外だ。

中川先生は頬杖をついたまま、じっと私をみつめている。

「たしかに、残酷なだけが現実じゃない。でもね、影のない物語は夢にしかみえない」

「きっと清寺さんは、その夢のような話をリアルに書いたのだと思います」

「どうかな。なんにせよ、とても難しい」

「はい。私にはできません」

「わかっていても、テーマは変えないんだね?」

「はい」

これは優しいだけの物語だ。私が目指すべき道の指針となった、夜空に浮かぶひとつの星みたいな、正しいだけの物語だ。

「なら、この脚本はとても良い」

中川先生は背筋を伸ばしてほほ笑んだ。それは綺麗な笑みだった。柔らかで、肯定的だった。なのに私にはその表情が奇妙に寂しいものにみえた。晴れ渡った青空が、ふと寂しくみえるように。その顔のまま先生は続けた。

「完璧ではなくても、間違い方が綺麗だからとても良い。本心のまま、素直に間違えていられるのは、正解を書くよりもずっと素晴らしいことなのかもしれない。この脚本は、清寺さんらしくはないよ。でも清寺さんが書いたオリジナルに劣っているなんて、誰にも決められないことだ」

私はつい眉根を寄せる。

中川先生の言葉の意図がよくわからなかったのだ。さすがに、清寺さんの脚本の方が優れているに決まっている。でも生徒を励ますためだったとしても、この人が本心ではないことを口にするとは思えなかった。とくに、清寺作品に関しては。

「私は、この脚本に納得していません」

「そう。まだ直すんでしょう？」

「できる限り。でも、些細な修正しか思いつかなくて」

「それでいいんじゃないかな。大事なことを忘れないまま、小さなところをこつこつと正していけばいい」

それから先生は、脚本を一ページ目からめくり直して、具体的でわかりやすい指摘をいくつもくれた。ここは言い回しに違和感がある。ここはわかりづらいから、台詞の順序を入れ替えた方がよいかもしれない。ここはとても良いから、できればこのまま残して欲しい。――という風に。

「やっぱりとても良い脚本だと思う。私は、この劇をみたいよ」

と最後に、中川先生が言った。

＊

私と坂口はテキストを直し続け、脚本はまいにちバージョンを変えた。いちいちすべてを清書していられないから、あちらこちらにメモを切り貼りして、気がつけば厚みが倍近くになっていた。

脚本は確実にクオリティを増している。ひとつひとつの台詞にやすりがかけられ、繋がりがスムーズで、感触が良いものになっている。その自信はあった。でもこの作業を続けていれば、心から納得のいく脚本になるのかは、確信を持てないでいた。

私は胸の中で繰り返す。

――なにかが足りない。

誰かに褒めてもらうために？　章明祭の成功のために？　学友会から認められる足がかりとするために？　どれも違う。

私にとって「イルカの唄」は特別な脚本だった。

清寺さんが書いたオリジナルの脚本も、もちろん。それからこの、半分は私たちの想像で作ったレプリカの方だって、すでに同じくらい特別になっていた。

私と坂口は長い時間をかけて、いくつもの言葉を交わして「イルカの唄」の正しい姿を探し求めてきた。まるで手を取り合うように、夜になるたびにトランシーバーの電波で繋がって。

私たちの意見が、いつも一致するわけではなかった。

たとえばある夜は、台詞のニュアンスで意見がわかれた。その台詞は優しいものでなければならない、というところまでは共通した認識だったけれど、優しさの解釈が私と彼とで違っていた。簡単にまとめてしまうと、「優しい人は、少し悲しい事実をどんな風に口にするのか？」という議論だった。

「そもそも、優しさってなに？」

と私は尋ねた。

「相手の幸せのために、自分をどれだけ犠牲にできるのかだと僕は思う」

と彼は答えた。でも、納得できなかった。

「ならなにも犠牲にしなくても相手を幸せにできる人は、優しくないの？」

「そうじゃないけど。でも、たとえば同じ額を寄付するにしても、それが貯金の万分の一と半分となら、後者の方が優しい感じがするよ」

「私の感覚では、優しさに犠牲という言葉がそぐわない」

「ああ。なるほど。それなら――」

私たちはいつまでだって、納得する答えを話し合った。一歩ずつ歩み寄って、ひとつずつ互いを理解して。私の価値観と坂口の価値観が、脚本の中で溶け合っていく。だからレプリカの方の「イルカの唄」も特別だった。その特別なものを、私はできる限り完全な姿にしたかった。純粋に私のために。

いつだって「イルカの唄」のことを考えていた。

だからだろう、ふとしたとき、たとえば校舎から寮まで歩くあいだや、入浴中や、早朝のベッドでまどろんでいるときなんかに、忘れていた言葉を突然思い出すことがあった。

それは不思議な体験だった。脳の中からすっかり消え去っていたはずの台詞やト書きなんかが、ぽこんと浮かび上がる。私はその言葉を完全に失くしたわけではなくて、記憶の奥底に隠していただけなのだとわかる。

私はそれらの言葉をメモして、夜のトランシーバーで坂口に伝えた。そして、私たちの脚本に上手く組み込めるのか議論した。

八月に入り、帰省の時期が迫った夜、私は言った。

「独りきりなら、歌うしかない」

この台詞も、はっきりと思い出せた言葉のひとつだった。

「子供のころに会った男の子がいるでしょう？　海からイルカの唄が聞こえたことがあるって教えてくれた子。彼の台詞なのは間違いない。私たちの脚本だと、シーン一〇の最後に入れられると思う。でも、なんだか後半の展開に繋がりそうな台詞で――」

私は懸命に説明していたけれど、トランシーバーは無音だった。

ふと不安になり確認する。

「ねえ、聞いてる？」

トランシーバーからは、返事の前に、息を吐く音が聞こえた。

「もしかしたら、清寺さんの脚本がみつかるかもしれない」

と小さな声で坂口が言った。

幕間／二五歳

坂口孝文

――八月二七日の午後六時に、制道院でお待ちしています。

と僕は手紙に書いた。

それはちょうど八年前、僕たちが一七歳だったころの彼女の誕生日に、ふたりで待ち合わせをしていたのと同じ時間だった。あの日、僕は少し遅れて。彼女は僕をみて、「遅い」と言って笑った。

目を閉じて、深く息を吸う。

手紙への返信はなかった。

だから今日、茅森が現れないことは、意外ではなかった。

頭では覚悟していたはずなのに、でも感情は違った。あと何時間経ったって、僕がここから立ち上がれるとは思えなかった。このまま彼女を待ち続けて、制道院と共に風化するのではないかという気がした。でも実際は、そんなこともないのだろう。そのうち、腹が減ったら僕は諦めるんだろう。まったく想像もつかないけれどきっと、両足で立って歩き出すんだろう。

目を開く。

けれど視界はぼやけていて、夕暮れの空には星もみつからない。

一七歳だったころの僕は、茅森良子のことをどれほど知っていただろう。涙をみて、笑顔をみて、ノイズ混じりの声で語り合って、勝手にわかった気になっていた。でも、みんな思い込みだったのかもしれない。

今もまだ、僕が知っていると自信を持っていえるのは、ひとつだけだった。

茅森良子は綺麗だった。顔よりも、姿よりも、声よりも。ひたすらに意地を張り続けている彼女の在り方が綺麗だった。それは敵を作る美しさだ。でも、大勢の味方を作る美しさでもある。僕は彼女の味方でいたかった。なのに。

あのとき僕は、ハイクラウンを受け取らなければいけなかった。

ふたりで探したイルカの星が、本物だと証明するために。

なのに、そうはできなかった。身勝手な思い込みを、一方的に彼女に当てはめていた。繰り返し、繰り返し、夜がくるたびにそのことを後悔した。八年経っても僕は、その後悔の行き先をみつけられないままだった。

もしもいつかこの場所から歩き出せたなら、また茅森に手紙を書いてもいいかな。次はもっと、感情的に。懺悔《ざんげ》みたいに、ラブレターみたいに、胸の中の思いをみんな言葉にしてもいいかな。返事なんていらないんだ。差出人の名前をみて、そのままごみ箱に捨てられたって別にいい。無意味でも、愚かでも、なにかにすがっていたかった。

でも、本当にそれで正しいんだろうか。

僕の後悔に、一方的に彼女を巻き込んでいいんだろうか。

茅森良子はここに来なかったのだから、八年前の僕がそうしようと決めたように、口をつぐんでいるべきなんじゃないだろうか。

腕時計に目を落とすと、時刻は六時三〇分になろうとしていた。停留所には、もうあと一〇分ほどで最後のバスが到着する。でも、僕はまだここから動けない。バスには間に合いそうもない。

涙がこぼれないように、ふっと息を吸って、それから止める。

顔をしかめていると、音が聞こえた。

鼓動よりは軽く、足音よりは淡泊な、電子音の連なりが繰り返される。

それは、トランシーバーの呼び出し音だった。

第3話

1、坂口孝文

制道院の図書館に入っている書籍は大半がハードカバーで、文庫本は書架三台ぶんだけ、部屋の隅に置かれているきりだった。その中に、もう半世紀も前に出版された文庫版のシャーロック・ホームズシリーズは含まれていなかった。より新しい翻訳のハードカバーが別の棚にあるため、古いシリーズは処分されてしまったのだろう。

僕は海外文学の棚に移動して、シャーロック・ホームズの全集から一冊を抜き出した。ページをめくって、以前も読んだことのある短編を読み返してみた。訳は違うはずだが、祖母もこの物語を読んだのだ、と思うと落ち着かない気持ちになった。祖母の部屋にあった本は、歳時記や茶道の作法に関する指南書などの、あの人にとっての実用書ばかりで、小説の類は一冊もなかったように思う。シャーロック・ホームズを読む祖母をイメージできないでいた。

やがて閉館の時間が迫り、僕は貸し出しカウンターに移動した。カウンターに座っているのは中等部の生徒ふたりで、中川先生は奥の机でなにか作業をしているようだった。中等部のふたりに軽く挨拶をして、カウンターの中に入る。

「このあと、少し時間をもらえますか？」と先生に声をかける。「脚本のことで、ご相談したいんです」

中川先生は手元の資料──それは卒業生から寄贈された書籍の一覧だった──に目を落としたまま、軽く頷いた。

「修正は、上手くいってる？」

「苦戦しています。でも、ひと息に問題が解決するかもしれません」

「それはよかった。よいアイデアがみつかったの？」

僕は首を振る。

「独りきりなら、歌うしかない」

茅森が思い出した「イルカの唄」の台詞だ。

でも僕はその前に、同じ台詞を聞いていた。

「これは、どういう意味ですか？」

尋ねると中川先生が、手元の資料から顔を上げた。

「話は閉館の後にしよう」

と彼女は言った。


八月に入ってすでに一〇日が過ぎ、制道院に残っている生徒はずいぶんその数を減らしていた。図書館も明日から、二週間ほど休館する。

閉館後の図書館に音はなく、窓の外からセミの鳴く声が聞こえるばかりだった。中川先生は僕を連れて資料室に移動した。清寺作品に関する資料が残されたその部屋に入ると、かすかに甘いレモンの香りがした。

　清寺時生の脚本や関連書籍が収められた戸棚の前に立つ先生に、僕は向き合う。

「独りきりなら、歌うしかない。この言葉を、橋本先生から聞きました」

「そう」

「でも橋本先生の話じゃ、もともとは中川先生が口にしたそうです。覚えていますか？」

「さあ。言ったかもしれないね」

「最近、同じ言葉が『イルカの唄』にもあるとわかりました。茅森が思い出したんです。偶然だとは思えません」

「思えなくても、偶然かもしれない」

「それが、先生の答えですか？」

　もしもこの人がすべて偶然だというなら、そういうことにしてしまってもいい。そこに先生の誠意があるなら、信じてもいい。僕は続ける。

「清寺さんの著作権は家族に相続されていると聞いています。もしも制道院に清寺さんの脚本が残されているなら、それも相続の対象になるはずです」

「そうだね」

「それに、茅森にとって『イルカの唄』は特別な作品です。僕には想像することしかできないけれど、きっと、とても」

　茅森の生い立ちは、幸福なものではない。本人が嫌がるだろうから、そんな素振りを外には出さないように気をつけているつもりだけど、僕はどうしようもなく彼女に同情している。僕が生まれたときから持っていたものが、あの子には与えられなかったから。

　でも一方で、茅森は僕が欲しかったものを持ってもいる。綺麗な声もそうだ。意地を張り続けられる生き方もそうだ。清寺時生という存在も、もちろんそうだ。

　きっと茅森にとっての「イルカの唄」は、僕にとっての祖母に近いのだろう。まったくの正反対だけど、機能はよく似ている。

　祖母は僕の指針であり続けた。あの人に背を向けて進む、という意味で。でも僕はできるなら、まっすぐな指針が欲しかった。反面教師ではなくて、尊敬できる大人を求めていた。

　だから、茅森が羨ましい。彼女は清寺さんの死を心から悲しめたのだろう。僕みたいに、火葬場の空を見上げながら無理やりに場違いなことを考えたりはしなかったはずだ。そして茅森の胸には、いつまでも「イルカの唄」が残されている。まっすぐに見上げられる星がある。

　それはなんて、美しいことだろう。羨ましいことだろう。僕は彼女に同情する。一方で、嫉妬もする。どちらの感情でも茅森良子を愛している。

「誰も茅森から『イルカの唄』を奪っちゃいけないんだと思います。だって、それは、きっとあの子が手に入れられなかったものの代わりでしょう？　家族とか、愛情とか、呼び方なんか知らないけれど、本当は当たり前にあの子が持っていて良いものの代わりでしょう？」

　中川先生は冷たい瞳で僕をみつめていた。

「君の価値観を、彼女に押しつけるべきではないよ」

「でも、じゃあほかに、どんな風に人を愛せるっていうんですか」

僕の考えで相手を決めつけてしまうほかの、どんな方法で。

これまでずっと茅森を理解しようとしてきた。彼女から目を逸らさなかったはずだ。ひとつずつ、信頼を積み上げて、僕たちは歩み寄ってきたはずだ。

「僕は、先生よりも茅森のことを知っています。そのことには自信を持っています」

彼女の泣き顔を知っている。彼女の笑顔を知っている。彼女がなにに対して怒り、なにを許すのか知っている。

――なら、僕はもう茅森を理解しているって、信じたっていいだろ。

不安でもそう胸を張るほかに、どうすれば恋だとか、愛だとかがこの世界に存在できるっていうんだ。もしも僕の目からみた茅森良子が、今もまだ身勝手な思い込みでしかないのなら、いったいどうすればひとりの人間を理解できるっていうんだ。

ずいぶん冷たい顔つきだった中川先生が、ふっと微笑む。

「告白は本人にしてよ」

その言葉で、頬が熱くなるのを感じた。でも失言だったとは思わない。

僕は確認を繰り返す。

「脚本と同じことを言ったのは、偶然ですか?」

中川先生は首を振った。

「たしかにあの脚本を、私は読んだよ。今も手元にある」

僕は息を吐き出す。いつの間にかずいぶん高ぶっていた気持ちがふっと緩んで、足元がふらついた気がした。

「どうして、茅森に隠していたんですか?」

「清寺時生を愛しているからだよ。彼が作った、すべての作品を」

「どういう意味ですか?」

「これ以上、私から言えることはない」

理解できなかった。先生は、どんな秘密を抱えているんだろう。

僕は強引に話を進める。

「脚本を、渡していただけますね?」

「それはできない」

「どうして。『イルカの唄』は茅森のものです。少なくとも清寺さんの家のものです」

「少し悩みたいんだよ。時間が欲しい」

いったい、なにを悩むというのだろう。正直なところ、それほど時間はなかった。章明祭のための劇の練習は、もう月末には始まってしまう。

「いつまで待てばいいんですか?」

「次の開館日に、ここにきて」

「そのとき、脚本をいただけるんですか?」

「まだ決められない。君が読むのは、かまわないよ。でも条件がある」

条件、と僕は繰り返した。

中川先生は涙を流す少し前みたいな、真剣な顔つきで頷く。

「私の手元に『イルカの唄』の脚本があることを、誰にも話してはいけない」

今日はここまでだ、と先生は言った。

＊

二週間ほどの帰省のあいだに、一度だけ茅森と顔を合わせた。

劇の脚本を完成させるためという名目だった。

僕の自宅と茅森がいる清寺さんの家とは、電車で三〇分ほど離れている。僕たちはちょうどその中間あたりの、大きな駅で待ち合わせをした。

僕はずいぶん悩んで、けっきょくはシンプルな白の、丈の長いTシャツと、濃紺色のボトムスでその駅に向かった。改札の前に立って、間もなく茅森が現れた。彼女はよくみると複雑な形状のブラウスに、落ち着いた緑色のロングスカートを合わせていた。おそらく高価なブランドのものだろう。珍しくヘアピンで前髪を上げていて、可愛らしい額がみえていた。

僕たちは喫茶店に入り、昼食を注文した。僕はオムライスを、茅森はサンドウィッチを選んだ。僕は女の子とふたりきりどころか、同年代の友人と喫茶店に入るのも初めてだったものだから、内心では少し緊張していた。

脚本はすでに、ほとんど完成していた。

本当はいくつもの見落としがあるのだろう。あれもこれも足りないはずだ。でも僕にも茅森にも、もうこれ以上どこに手を入れてよいのかわからなかった。

それでも僕たちは丁寧に脚本を読み返した。我慢比べみたいに、意地を張って、いくつかの改善点をみつけだした。

「最後の修正はお願いできる?」

と茅森が言った。

僕は「いいの?」と尋ね返す。同じことを彼女に言うつもりだったのだ。この脚本は茅森が完成させるべきではないだろうか。

「貴方が書いてくれると嬉しい」

「わかった。もちろん、書くよ。制道院に戻るまでには直せると思う」

僕たちは喫茶店を出て、近くにあった商店街を歩いた。

とくに目的があるわけではなかった。公開されたばかりの大作映画の評判だとか、先月解散した衆議院の行方だとか、今朝みたニュースの感想だとかをとりとめなく話した。ふと覗いたセレクトショップでは、互いが選んだサングラスをかけて笑い合い、大きな書店ではおすすめのコミックを紹介した。

商店街を抜けると駅前の大通りで、さらに少し歩くと広い公園があった。僕たちがまだ物心つく前に起きた震災のモニュメントの前を通って中に入り、ベンチに並んで腰を下ろす。

先ほどまで笑っていた茅森が、ふっと表情を落ち着かせる。

「章明祭の二日後が、清寺さんの命日なの」

清寺さんが亡くなったのが、四年前の九月だというのは覚えていた。ずいぶんニュースになったし、制道院でも追悼式が行われたから。でも正確な日づけまでは記憶していなかった。

「だから、九月は嫌い」

「いいと思う。ひとつくらい、嫌いな月があっても」

「うん。ずっと嫌いなままだと思っていた。でも今は、貴方と一緒に食べたカップ焼きそばのことも思い出す」

三年前の九月。あの拝望会で撮った写りの悪い写真を、僕は学習机の引き出しにしまっている。いつか、落ち着いたデザインの写真立てをみつけて飾りたいと思っている。

「この公園にも、清寺さんときたことがあるよ」

「そう」

「あの人の家で暮らすようになって、すぐのことだった。駅前のビルをいくつか回って、服を何着も買ってもらって、サーティワンのアイスクリームを食べながらここで休憩した」

「楽しかった？」

「うん。清寺さんと一緒に買い物をするなんて、まずないことだったから。あのときは緊張したけれど、でも思い返すとやっぱり楽しかった」

僕は家族と買い物に出かけたことが、何度だってある。父さんは忙しい人だけど、それでもいちいち覚えていないくらいたくさんある。

「清寺さんの思い出がある場所は、たまにふっと悲しくなる。いつもってわけじゃなくて、本当に、たまに。でもたぶん、次にここに来たときには、貴方のことも思い出す」

「じゃあ、いろんなところに行こう。今年の章明祭だって、九月の良い思い出のひとつにしよう」

茅森が頷く。でもこんな言葉、きっとなんの慰めにもならないんだ。彼女が九月と聞いてまず思い出すのは、いつまでだって清寺さんのことなんだ。

日が長い時期なのに、もう夜の入り口がみえていた。夕食までには家に戻る予定で、僕は仕方なく立ち上がる。でも茅森はベンチに座ったままだった。

「手を繋ごうか」

そう僕が声をかけると、茅森はわずかに首を傾げるようにしてほほ笑む。

「清寺さんの脚本が、みつからなかったから？」

中川先生の「条件」を忘れたわけではなかった。でも、できるだけ上手に彼女を慰めたくて、言った。

「脚本は、みつかるよ」

「ええ。いつか」

「そんなに先のことじゃない。間もなく。持っている人がわかったんだ」

茅森は、笑いはしなかった。彼女の綺麗な額に向かって、眉毛がぴょこんと跳ねた。変化といえばその程度だった。

「うそ」

「本当に。でも、詳しい話はまだできない。その人と約束したから」

「約束？」

「たぶん、なにか事情があるんだと思う。とにかく信じて欲しい」

「手に入るの？」

「わからないけど、きっと。なんとか君の誕生日に間に合わせたい」

そう、とつぶやいて、茅森はきゅっと眉を寄せた。おそらく喜んでいるはずだけど、なんだかその顔は切実にみえた。全校生徒の前で挨拶をするときだってそんなことはないのに、ずいぶん緊張しているようだった。

できるなら彼女を笑わせたくて、手を差し出して僕は続けた。

「脚本がみつかったら、君に告白しようと思ってる」

茅森はずいぶん長いあいだ、不思議そうに僕の顔をみつめて、それからふっと笑う。茜色が混じり始めた光の中の彼女の笑顔は、街の音がなにも聞こえなくなるくらいに綺麗だった。

「期待してる」

茅森が僕の手を握る。

彼女の手のひらは、八月の夕陽よりも少しだけ冷たい。

2、茅森良子

駅で坂口と手を振り合って、それからは雲の上に立つみたいに、足元がふわふわとしていた。久しぶりの自己嫌悪で、なんだか泣きたい気分だった。それを堪えて電車の窓ガラスに映る自分とにらみ合っているうちに、清寺さんの家の最寄り駅に着いた。

午後七時には戻ると言って家を出たけれど、一五分ほど遅れそうだ。すでに空は暗くなり、街灯に明かりが灯っている。私は足早に帰路を進む。山が海岸近くまでせり出し、平地の少ない街だ。清寺さんの家は長い坂道を上った先にあり、海を広く展望できる。

その家を見上げると、いくつかの窓から光が漏れていた。私は上がった息で玄関と長い廊下を通り抜け、リビングのドアを引き開けた。

八人ほどがゆったりと席に着ける、白いクロスのテーブルで、奥様と使用人のふたりが食事をとっていた。奥様の前にだけ赤ワインがある。私は口を開く。

「ただいま戻りました。遅くなり、誠に申し訳ありません」

奥様がほほ笑んで、ワインのグラスを手に取りながら答える。

「いいのよ。もっと遅くてもよかったのに。食事はまだ？」

「はい」

「なら、早く座って。デートの話を聞かせてちょうだい」

使用人のふたりが、ほとんど音もなく席から立ち上がる。一方はキッチンに向かい、もう一方は私の手から鞄を受け取った。私は奥様の向かいの席に着く。

奥様はどうやら、機嫌が良いようだった。

「賭けをしていたのよ。貴女が七時までに帰ってくるのかでね。オッズは三倍だったけれど、私のひとり勝ち」

「すみません。一本、乗り逃しました」

「一度許されたことを繰り返し謝らない。素敵な大人になるための、大切なルールよ」

「わかりました。ありがとうございます」

そう答えたきり、私は口をつぐんでいた。間もなく使用人のひとりが私の前にグラスを置いて、そこにミネラルウォーターを注いだ。奥様が言う。

「デートは上手くいかなかったの？」

「いえ。有意義な時間でした」

「でも、少し表情が硬いみたい」

「気に入らないことがあったので」

「彼がなにかしたの？　しなかったの？」

「坂口は関係ありません。私自身のことです」

今日の私はおかしかった。あの公園に入ったとき、ふと清寺さんのことを思い出して感傷的な気分になったのは事実だ。でも、そのことを話題に出す必要はなかった。いくらだって自然に笑っていられた。私はひどく打算的に、坂口に弱さをみせたのだ。そんなものは私が望む私の姿ではない。

緑色の目を理由に教師の同情を惹くのは良い。施設で育った過去を、現在の恵まれた境遇の隠れ蓑《みの》にするのも私のポリシーには反しない。でも、清寺さんのことを坂口に使うのは違う。上手く言葉にできないが、それはルール違反だ。

「貴女は自分に怒ってばかり」

「そうですか？」

「そうよ。初めてうちに来たときから。美味しいものを食べても、綺麗な服を着ても怒っていたもの」

そんなつもりはなかった。でも、私は自分自身が努力することなく手に入れたものに後ろめたさを感じていた。奥様がワイングラスを傾ける。

「もっとずる賢くなればいいのに。貴女は、自分を贔屓《ひいき》することを覚えなさい。慣れすぎちゃいけないけど、少しは必要なものだから」

私は充分に自分自身を特別視しているつもりだった。むしろ、少し、自尊心が強すぎるかもしれない。でも奥様に反論するようなことでもなくて、「そうします」と短く答えた。

やがて私の前に、オードブルとサラダが並ぶ。続いて、パンとスープとメインの皿が出てくる。コースを意識したメニューだが、奥様は使用人のふたりと一緒に食事をとることを好むから、清寺家では多くの皿が一度にテーブルに載る。今日のメインは鴨のコンフィだった。

私はフォークを手に取り、抽象画みたいに綺麗に盛りつけられたオードブルの皿からズッキーニのソテーを口に運んだ。美味しい。意外に甘い。でも顔はしかめたままだった。今日のことをまだ、上手く消化できない。

それをみて、奥様が鼻から息を漏らすような、小さな笑い声を上げる。

「素敵なデートのあとは笑ってなさい。洋服は褒めてもらった？」

「そういう器用なことをする相手ではないので」

「あら。いけないいわね」

「いえ。だからいいんです」

素直な気持ちでは、今日は服を褒められたかった。坂口にまともな私服をみせる機会は限られていて、今日はその貴重な一日だったから、ブラウスだって新品をおろした。

でも普段の私は違う。状況に合わせた服装を心がけはするけれど、それは戦場に鎧《よろい》を着ていくようなもので、相手の気を惹くためのものではない。坂口に数少ない例外を見分けられるほどの器用さはないだろうし、こちらも期待していない。

私たちは互いに対して、誠実でいられればそれでいい。だからやっぱり、彼に対して清寺さんのことで弱音をこぼしたのは間違いだった。それは私の戦い方ではなかった。

「どこに行っていたの？」

「喫茶店と、それから商店街を少し歩いて、公園まで」

「それだけ？」

「今日はあくまで、劇の脚本を仕上げるのが目的でした」

「そんなの言い訳でしょう？」

「本当ですよ。大切なものです。私とあいつの、二度目の共作だから」

「一度目があるの？」

「私の生徒会長が、そうです」

坂口がいなければ生徒会長になれなかった、とは思わない。でも彼の力で、ずいぶん余裕をもって選挙を戦えた。去年の今ごろは選挙のことに夢中だった。いかにして紫雲寮の候補を下ろすのか、繰り返し話し合った。そして完全な勝利を収めた。

「今年の章明祭も、勝ち切ります」

「別に誰かと戦うわけじゃないでしょう？」

「はい。敵はいません。でも、戦いです」

奥様は鴨のコンフィを半分も食べないまま、ナイフとフォークを置いた。

「章明祭って、要するに学園祭なんでしょう？　もっと気楽に楽しめばいいのに」

「楽しんでますよ。私なりに」

「脚本は上手くまとまりそうなの？」

「だいたいは。でも、ぎりぎりで大きく手直しするかもしれません」

「そう。どうして？」

「清寺さんの脚本が、みつかるかもしれないから」

それは口に出すだけで、胸がときめく言葉だった。一方で緊張してもいた。私は「イルカの唄」の本質を充分に理解できているだろうか。清寺さんの考えを誤解なく受け取れているだろうか。イルカの星はいつまでも、私の理想であり続ける。でも、もしも私自身があの脚本を間違えて読んでいたなら、やはり残念だ。

奥様が顔をしかめる。

「その話が本当だとすれば、またあれこれと面倒なことになるんでしょうね。映画にしたがったり、本にしたがったり」

「いいじゃないですか」

「だって、本人がそうしなかったものよ？　私にどう許可を出せっていうのよ」

「清寺さんの作品は、世の中に公開されるべきです」

「ファンはそういうでしょう？　でも、知ったことじゃないわよ。私が知っているあの人は、どこかの映画監督じゃなくて、清寺時生という人間なんだから」

私は、清寺さんのあらゆる作品が広く世に知られるべきだと思っている。本人の意志がどうであれ。でも奥様が脚本を公開したくないというのなら、現在の著作権の所有者としてその気持ちは尊重されるべきだ。

「私が『イルカの唄』を劇にしようとしているのも、本当は反対ですか？」

「それはいいのよ。父親の作品を娘が学園祭で上演するなんて、素敵じゃない」

「でもそれで、『イルカの唄』は世に知られます」

「そうね。やっぱりやめてと言って欲しいの？」

「いいえ。そうなると、とても困りますが――」

奥様からの指示であれば、呑まざるを得ない。けれどこれから別の作品の脚本を用意するとなると時間がまったく足りないし、清寺時生の名前で学友会や世間の興味を惹くというプランも崩れる。

ふっと奥様が笑う。

「さっきも言った通り。一度許されたことを、繰り返す必要はない」

「はい。失礼しました」

「貴女は好きにすればいいのよ。役所の書類にどう書かれているのかなんて関係なく、私たちの子供なんだから」

「わかりました。ありがとうございます」

「でもその喋り方は、なかなか直してくれないわね」

「ごめんなさい」

奥様からは繰り返し、敬語の必要はないと言われている。私もそうしてみようと努力した時期があるけれど、カジュアルな言葉遣いではどうしても感情と発言が一致しない感じがして気持ち悪かった。

「ま、いいわ。それは今後の課題ということで」

「はい」

奥様はワインを片手に、楽しげに笑う。

「それより私は、貴女のデートの相手に興味がある。いつかきちんと、紹介してもらえるんでしょうね？」

「はい。ぜひ」

きっと私が、奥様に敬語を使わなくなるよりも早く。

脚本がみつかったとき、彼は告白してくれるらしい。あの言葉が私を深く混乱させていた。「イルカの唄」がみつかる、という話の衝撃を薄れさせるくらいに。私の自己嫌悪をぼやかしてしまうくらいに。

思わず笑ってしまいそうになり、私は口元に力を込める。

きっと脚本はみつかって、章明祭は成功し、私たちは恋人になる。

どれだけクールな表情を装ってみても、私の未来は幸福で満ちている。

＊

カプチーノの泡にのせるように、粉砂糖をそっと振りかける。そのまましばらく放置しておくと、泡の上の砂糖が溶けてから固まり、コーヒー味のぱりぱりとした砂糖菓子になる。それをスプーンですくってかみ砕くのが好きだった。

夏の帰省の終わり、もう明日には制道院に戻るという日に、私は若草の家を訪ねた。手土産には量を重視した、でもまずまず高級な焼き菓子を選んだ。

一時間ほど子供たちと遊んだあと、お茶に誘われて院長室に入った。そこは、初めて清寺さんと顔を合わせた部屋だった。あのときは清寺さんがいたソファーに、今は私が座っている。

院長先生は、今年で六二歳だっただろうか。上品な白髪の、小柄な女性だ。

「あの泣き虫だった茅森さんが、こんな風にうちを訪ねてくるようになるなんてね」

同じようなことを、顔を出すたびに言われる。

「そんなに変わりましたか？」

「もちろん。貴女は、繊細な子だったから」

「最近はずいぶん、図太くなりました」

「そういうことではなくって。今だって繊細は繊細よ。年に何度もお菓子をもって、顔を出してくれる子なんて他にはいないもの」

なんだか照れてしまって、私は口早に答える。

「種を蒔《ま》いているんですよ」

「種？」

「私に被選挙権が与えられるのが二五歳。でも、実際に立候補するのは早くても二七、八歳でしょう。そのころには、今日遊んだ子の半分はもう選挙権を持っています」

コーヒーカップを手に取って、院長先生は笑う。

「そんな風に悪ぶる子よ、貴女は」

「本心ですよ」

「でも、本心の全部ではないでしょう？　なんの理屈もなくたって、貴女は同じように顔を出すと思う」

「どうかな。お菓子のグレードを下げる可能性はあります」

なんにせよ奥様からもらっているお小遣いで買ったお菓子なので、別に誇れるようなことでもない。

私はスプーンで、泡の上に振りかけた砂糖の様子を確認しながら尋ねる。

「子供たちの様子はどうですか？」

「良い子ばかりよ。学校から泣いて帰ってくる子も、貴女のころより減ったように思う」

「でも、まだいるんですね」

「どこの家庭だってそうでしょう。施設でなくても、緑色の目でなくても」

私が若草の家にいたころ、ここの職員は緑色の目で統一されていた。今はもう違う。新しく入った人は黒い目をしていることもある。

私は固まった砂糖をスプーンですくい、口に運んだ。院長先生はその様を目で追っていたけれど、とくになにも言わなかった。私がまだこの施設で暮らしていたころであれば、きっと下品なことはするなと注意されていただろう。その想像は少し寂しかった。

「若草の家に、問題はありませんか？」

「ええ。上手くやっている」

「本当に？」

有力な後援者だった清寺さんを亡くして四年経つのだから、なにも変わらない、ということはないだろう。以前から、若草の家を問題視する声はあった。ここは緑色の目の子供しか受け入れていないから。

院長先生が苦笑を浮かべる。

「たまに、つまらない話を聞かされることはある。聞き流しているけれど」

「はい。聞き流すのも疲れることだと思いますが」

目の色による、ある程度の区別には意義がある。理想論だけでは乗り越えられない意義だ。でも私はいずれ、理想論ばかりを語る人間になるだろう。私は緑色の目の代表になりたいのではなく、この国の代表になりたいのだから。

「もう一〇年もすれば、気軽には顔を出せなくなるかもしれません」

「まだ一〇年も先の話をするような歳でもないでしょう」

「でもやっぱり、家に帰れなくなるのを想像するのはつらいです」

素直な気持ちでは、今もまだ若草の家こそが私の家庭だった。娘として扱ってくれる奥様には申し訳ないけれど、清寺家を自分の家だと感じたことはない。

シンデレラは王子様と結婚してお城で暮らすようになってから、どれほど経てばその城を自分の家だと思えたのだろう？　それは、時間の流れでは測れないことのようにも思う。なにか具体的なきっかけがいるのではないか。一方で、時間がすべてを解決すると言われても納得できるから、考えるだけ無駄なのかもしれない。

院長先生は、笑顔のまま首を振った。

「ここはもう、貴女の家ではありません」

私は苦笑する。

「ずいぶんひどいことを言いますね」

「繊細なだけの茅森さんであれば、言わないわよ。でも、今は繊細で図太いから」

「はい。励ましていただいたんだと思っておきます」

「他に家を持てるなら、その方が良い。たまに遊びにきてくれると嬉しい」

「もうしばらくは、もちろん」

若草の家を訪ねるのが好きだった。

お菓子を差し出すと子供たちが笑顔になるのは、心地の良いことだった。できるなら若草の家には、いつまでだって、緑色の目の子供たちの盾であることを優先していて欲しい。でも未来の私は、正反対のことを言っているかもしれない。目の色で子供たちを選ぶなんてけしからん、という風に。この惑星の自転を少しでも速くするために、思ってもいないことを口にしているかもしれない。

なんてことを考えて、あ、と私は小さな声を漏らす。

「どうしたの？」

「いえ、すみません」

なんでもありません、と私は答える。本当に、なんでもない。みんな錯覚かもしれない。でも、ふと、「イルカの唄」の真相に思い当たったような気がした。

私たちが書いた脚本を読んで、中川先生は言った。

――いちばんの問題点は甘すぎることだよ。

リアリティというか、切実さがない。それはその通りだ。でも清寺さんの意図は、むしろそこにあるのではないか。

清寺作品には苦みがある。弱者の視点で現実を描くから、どうしても。「イルカの唄」はその苦みが含まれない例外的な作品だと思っていた。でも、違うのではないか。

清寺さんはあの物語の舞台を、わざわざ地球ではないどこかの星に設定した。地球の少し未来の話としても成立するストーリーなのに、それでも。「イルカの唄」を現実として描かなかったことが、あの脚本に込められた苦みなのではないか。

物語の内容は甘いままでよいのだ。ただ作中で、これが現在の地球の物語ではないのだということを強調すれば良い。つまりイルカの星を、まだ私たちが発見できていない世界なのだと伝えることがあの脚本の主題で、リアルな苦みなのではないか。

その気づきに付随して、私は清寺さんの脚本に描かれていた、ある一文を思い出していた。台詞ではない。とてもシンプルなト書きだ。

――この星では、太陽は西から昇る。

いつの間にか忘れていた。でも清寺さんの書斎に忍び込んで「イルカの唄」を読んだとき、その一文がなんだか不思議に感じたことを思い出した。取り立てて意味のある設定だとは思えなくて、清寺さんの考えを上手く受け止められていない気がした。

でも、今ならわかる。

イルカの星は、私たちが暮らすこの惑星とは反対の方向に自転していることが重要だったのだ。きっとこのままの時間の流れでは、現実がイルカの星に届かないことを指摘するのが、あの脚本の意義だった。

私は笑う。

「どうしたの？」

ともう一度、院長先生が言った。

「尊敬する人に、初めてまともに反論できる気がしたんです」

この惑星の自転は遅い。遅すぎていらいらする。

それでも、確実にイルカの星に近づいている。反対回りではないはずだ。だから私は坂口に出会った。他の友人たちにも。清寺さんだってこの惑星にいた。

イルカの星はまるで、長い夜が明けたような場所だ。でもこの惑星だって自転を続ければ、いずれ夜を終え明日を迎える。

私たちもイルカの星と同じ場所に立てることを証明するのが、いつだって私の目標だ。

3、坂口孝文

茅森への誕生日プレゼントは、アンティークショップでみつけた置時計にした。

真鍮《しんちゅう》でできた、レトロな雰囲気の、U字を逆さまにした形のフレームに丸い文字盤がぶら下がった時計だ。針は二本だけで秒針がなく、文字盤には数字の代わりに、九〇度ごとに小さなイルカのレリーフがついていた。

ひと目みて、これを贈れば良い思い出になるのではないか、という気がした。一〇年経っても時計をみれば、「ああ、『イルカの唄』に夢中だった夏のものだ」と思い出せるはずだから。

僕はその時計を購入し、ラッピングを頼んだ。包装紙もリボンもいくつかの種類から選ばせてくれた。僕は緑色の包装紙と赤いリボンの組み合わせにしようとしたけれど、これではまるでクリスマスだと思い直し、落ち着いたブルーの包装紙に黄色いリボンをかけてもらうことにした。

でもそのラッピングは、僕自身の手で開くことになる。

誕生日のプレゼントにイルカのレリーフがついた時計を選んだのと同じように、その理由もまた、「イルカの唄」だった。

＊

中川先生は難しい顔をして、書架の前に立っていた。

八月二六日、茅森良子の誕生日の前日だった。

先生からは、午後六時に図書館を訪ねるよう指示されていた。午後六時は図書館の閉館時間だった。他の生徒がひとりもいない、音のない図書館で、僕は清寺時生の「イルカの唄」と向かい合っていた。

脚本はA4サイズの白いコピー用紙に印刷された、味気ないものだった。一枚目の右端にタイトルが、その隣にキャスト表が載っていた。キャストの大半は空白で、登場人物の名前が並んでいるだけだ。でも、トップのひとりには、僕も知っている女優の名前があった。月島渚。この脚本は彼女ひとりのために書かれたのではないか、とふと思った。

「ルールはみっつだよ」中川先生が言う。「ひとつ目。この脚本は、私の前でだけ読むことを許可する。ふたつ目。ただし私以外の誰かがいた場合、やっぱり読んではいけない。みっつ目。君が脚本を最後まで読まない限り、決してそれを持ち出してはいけない」

僕は息を吐き出す。

なんだか緊張していて、少しでも気を緩めたかった。

「なんのためのルールですか？」

「すぐにわかる」

「読み終わったら、好きにしていいんですか？」

「判断は任せるよ」

「どうして、この脚本を隠していたんですか？」

「私から言えることはない」

中川先生の返事は硬く冷たい。彼女がなにを思い悩んでいたのか、あるいは今も思い悩んでいるのか、僕にはわからなかった。

でも、とにかく読むしかないのだ。清寺時生の「イルカの唄」を。

それはずいぶん恐れ多いことに感じた。この脚本をまず読むべきなのは茅森で、次に読むべきなのは清寺作品を本当に愛する人たちだ。僕だって清寺さんの作品は好きだけど、でも熱心なファンだとはとてもいえない。映画も半数ほどしかみていない僕が、どうして。

もう一度、息を吐く。

それから脚本の表紙をめくる。指がわずかに震える。

中川先生は隣からじっとこちらをみつめている。文章を読む姿をみられることに、なんだか落ち着かない気持ちになる。でも、それは冒頭のほんの数行だけだった。先生のことなんかすぐに忘れた。

目の前に、僕が知っているイルカの星が現れる。

茅森が、あの綺麗な声で繰り返し語った優しい世界が。

映画脚本を読むのは、初めての経験だった。でも文章で読んでも清寺時生という人の才能がよくわかった。ひとつひとつの台詞がリズミカルで、表層だけでは終わらない奥深さというか、関係性のようなものを感じた。台詞と台詞が繋がり合って立体的な意味を作っていた。その文字の羅列はまるで音のようだった。映画の中でしか聞いたことのない月島渚の声を、文字が鳴らすようだった。

でも僕が本当に感銘を受けたのは、清寺時生に対してではなかった。

茅森。彼女はどれほど、この脚本に共感したのだろう。

六年も前――一一歳のころにただ一度だけ読んだこの脚本への、茅森の見識に驚かされる。もちろん、細部には誤りがある。なにもかもがそのままではない。でも極めて理解が深い。もう一七歳になった今の僕だって読み飛ばしてしまうような、ささやかな台詞がある。でも茅森の説明を聞いていたから、その一文が深く根を張り作品全体に繋がっているのだとわかる。まだ一一歳だった彼女は、すでにこの脚本を本質的なところまで読み解いていたんだ。六年間ずっと、そのことを忘れなかったんだ。なんて頭の良い子だろう。なんて激しく、この物語を愛しているんだろう。

僕はノートを取り出して、シャープペンシルを走らせた。茅森と一緒に書いてきた脚本との微妙な違いのメモだった。意図が同じだったとしても、清寺時生が書く台詞もシーンも、僕たちのものよりずっと具体的で無駄がなく、色の濃い空気をまとっている。それがこちらをイルカの星に誘《いざな》う力になる。この脚本を踏まえれば、章明祭の劇は本当に素晴らしいものになると確信していた。しかも修正は、あまり難しくないはずだ。茅森が語ったイルカの星は、清寺時生のイルカの星と齟齬《そご》がない。あの子と彼は同じ地表に立っている。

茅森が言う通り、「イルカの唄」はただ優しいだけの物語だった。悲惨なリアリティはなく、でも、僕が清寺時生の他の作品から感じたあたたかなもののすべてが含まれていた。愛だとか、希望だとか、救いだとかのすべてが、たしかな手触りを持って。

先を、先を。ミステリでもサスペンスでもない、ただ日常が続く物語なのに、急かされるように次の行を読む。荒い字でメモを取り続ける。茅森と僕の脚本が急速に完成に近づいていく。その手応えが快感だった。

夢中になっていた。そう気づいたのは、意識が現実に引き戻されたときだった。

「時間だよ」

中川先生の声が聞こえて、僕は脚本から顔を上げる。

「時間？」

一瞬、本当に言葉の意味がわからなかった。

「さすがにもう、図書館を閉めないといけない」

そう言われて時計をみると、午後八時になろうとしていた。

「お願いします。もう少しだけ」

脚本は半ばを越え、ちょうど茅森もまだ読んだことのないシーンに入っていた。章明祭のこともある。もともとはその劇の脚本のために、「イルカの唄」を探していた。でも今は純粋に、物語の結末を知りたかった。

中川先生は、微笑を口元に浮かべて首を振る。

「だめだよ。続きは、また明日」

僕は今すぐにでも「イルカの唄」を読み終えたかった。時間なんて忘れていたかった。でも集中力が切れてしまうと、足元から沈み込むように疲れが押し寄せてきた。それで、先生と言い争おうという気になれなくて、曖昧に頷く。

「じゃあ、明日」

「うん」

「茅森を連れてきては、いけないんですか？」

「だめ。言ったでしょう？　この脚本を読んでいいのは君だけだ」

「でも、『イルカの唄』は茅森のものです」

「どんな理屈で？　彼女は著作権を相続しているわけでもない」

「どうして理屈がいるんですか。こんなことに」

茅森良子にとって、清寺時生は父親ではないだろう。でも、その代わりではあるのだろう。法律では家族でなくても、それと同じような。強い尊敬を抱ける、理想的な親子みたいなものだろう。なら茅森と清寺時生を繋ぐ「イルカの唄」を奪う権利が、誰にあるっていうんだ。

中川先生はそっと首を振った。

「続きは、明日だ。話は君が、その脚本を読み終えてからだよ」

仕方なく僕は、わかりましたと答えた。

＊

その夜は気持ちが高ぶって、何度も寝返りを打っていた。

同室の綿貫はまだ帰省から戻っていなかったから、僕は消灯のあとにベッドから抜け出して、「イルカの唄」を読みながら取ったノートを懐中電灯の明かりで読み返した。

清寺時生の「イルカの唄」を受け取ったとき、茅森はどんな風に笑うだろう？　そのときがくるのが楽しみで、寝つくことができなかった。

それから僕はふと、自分の手で走り書きしたノートにある一文をみつける。

――イルカの星では、太陽が西から昇る。

それで、ほんのささやかな偶然が運命みたいに繋がった気がした。

迷ったのは、ほんの一瞬だった。僕は茅森へのプレゼントのために買った、イルカのレリーフがついた置時計を鞄の中から取り出して、その丁寧なラッピングを開いた。

実験には、たいした手間はかからなかった。

ほんの数分間の作業で、それは僕が望んだ通りに動いた。

4、茅森良子

私が一七歳になる八月二七日はしかめ面で過ごした。

午後六時に生徒会室で、と坂口に誘われていたのが理由だった。

章明祭が近づいて、あれこれと生徒会の仕事も増えていた。会場の設営や来賓の案内に生徒を割り振り、マニュアルの内容を精査して、諸々《もろもろ》の機材の手配を確認する。章明祭では毎年、簡単なパンフレットが作成されるが、その入稿の時期も迫っている。

それら生徒会の仕事と並行して、私が深く関わっている演劇の準備を進める必要もあった。大道具、小道具はすでに製作に入っており、脚本に合わせた照明指示のための資料はまだこれから。音楽に関しては坂口が請け負ってくれたから任せられるけれど、通し稽古《げいこ》で音を合わせておきたい。

すべてにスケジュールがあり、不思議とどこかは遅れている。その原因を聞き取って、対応のために人員を増やしたり、生徒会が——まあ、だいたいは私が——作業の一部を引き受けたりもする。間もなく役者の練習も始まる予定で、そうなるといっそう忙しくなるだろう。未来に時間がないことがわかっているなら、今のうちに、できることを片付けてしまうべきだ。でもあらゆるスケジュールには優先順位というものがある。今日はなんとしても、午後六時までに身軽になっておかなければならない。

清寺さんの脚本は、本当にみつかるだろうか。

――なんとか君の誕生日に間に合わせたい。

と坂口は言った。

もしも彼が本当に清寺さんの脚本をみつけていたなら、と考えるたびに笑みがこぼれそうになり、口元に力を込めてこらえる。そのせいでしかめ面ばかりの私は、周りからはずいぶん不機嫌にみえただろう。清寺さんの「イルカの唄」との再会には緊張するけれど、私の意識の多くは彼の次の言葉に奪われていた。

――脚本がみつかったら、君に告白しようと思ってる。

なんてことを言うんだ、あいつは。

私はもうしばらく、坂口と恋人になるつもりはなかった。制道院では、生徒間での恋愛が禁止されているから。そんなことで評価を下げるのは馬鹿馬鹿しい、というのが私の本来の姿勢だった。坂口とは、卒業式のあとにでも私から告白して新たなつき合いが始まるのではないかとイメージしていた。でも、彼に告白されたなら断るつもりもない。

問題は坂口が清寺さんの脚本をみつけられなかった場合で、そうなると話がややこしい。告白がないならないで、本来の予定に戻るだけではあるけれど、下ろし忘れた荷物みたいで気持ちが悪い。

そこで私は、予備のプランを用意することにした。

彼からの告白がなかった場合、予定を前倒しにして今日のうちに、「卒業式の日から恋人になりましょう」と提案するつもりだ。まだ一年半も先の話ではあるけれど、時間はとくに問題でもない。互いに告白し合ったところで私たちの関係がそれほど変わるとも思えず、今日から恋人になるにせよ卒業式の日にそうなるにせよ、だいたいは同じような日々を暮らすはずだ。違いといえば、奥様に彼を紹介する台詞が変わるくらいだろう。

ポケットにはハイクラウンを忍ばせている。これで坂口がなにか非合理的な、「脚本がみつかるまでは」みたいなことをうだうだと言い始めてもねじ伏せられるはずだ。でも私は、坂口があの脚本をみつけだしてくるのだと信じていた。自然とそんな気がしていた。一方で、もしも彼が脚本をみつけられなくても、私は気にも留めないだろうという確信もあった。

いつからだろう。私は他の誰よりも坂口に期待し、そして、その期待が裏切られたとしても受け入れられると信じている。その気持ちには嘘も強がりもない。だから私たちのあいだには、ほんの小さな不安もない。おろしたてのまっ白なブラウスみたいに。

その純白を愛と呼ぼう、なんて考えて、思わず笑いそうになってまた顔をしかめる。

まがいもなく私は浮かれている。誕生日なのを言い訳に、今日は浮かれることを許そうと決めた。


午後三時には生徒会の会議を打ち切って、役員たちを生徒会室から追い出した。

桜井からは仕事を前倒ししておいた方がよいのではないかと提案されたけれど、「今日は誕生日なの。気遣って」と告げると彼女は素直に引き下がった。

まるでついでのように、桜井は誕生日プレゼントだと言って、三枚の栞《しおり》のセットをくれた。プラスチック製の栞で、ステンドグラスを模したデザインのものだった。

それを差し出したときの、なんだか不満げな桜井の表情が可笑しくて、こちらは素直に笑って「ありがとう」と答えた。私はおそらく、未だに彼女に嫌われているし、でもそれ以上に友人でもある。なかなか得難い種類の友人だ。

生徒会の会議の次は演劇部との打ち合わせが入っていた。明日には読み合わせがある予定で、早く脚本の完成稿をくれとせっつかれた。脚本に関しては、こちらが遅らせているので非常に申し訳ない。坂口と書いた脚本は、もう充分だと言えるところまで内容を詰めたつもりだけれど、清寺さんの脚本がみつかるなら話が変わる。とくに後半は大きく修正する可能性がある、と伝えている。

時間を取られたのは、役を受け持っている部員たちからの質問だ。台詞の意図であればいくらでも説明できるけれど、演技の指針を聞かれても答えようがない。それでも演劇部の部長と話し合い、なんとなくそれらしい返事をしておいた。「この場面の驚きは、部屋で虫をみつけたときの驚きよりは、靴下に穴が空いていると気づいたときの驚きに似ているのだよ」という風に。私自身、よくわからない説明だなと感じていたけれど、部員の方は神妙な顔つきで「なるほど」と頷いた。

どうにか生徒会室に戻れたのは、約束の時間の一〇分前だった。

そこにはまだ、坂口の姿はなかった。

代わりに私のデスクに、プレゼントボックスとプリント用紙の束が置かれていた。

プレゼントの方は、四角く薄い箱だ。青い包装紙で包まれ、黄色いリボンがかかっている。リボンは少しバランスが悪く、坂口が結んだのかなと想像した。

そして、プリント用紙の方は、見間違えるはずもない。

それは私と坂口で書いた「イルカの唄」だった。

＊

ほかにすることもなくて、デスクに座って読みなれた脚本をまた読み返した。目の前にプレゼントボックスがあるせいで、なんだかおあずけを食らっているような気分になる。胸がそわそわするけれど、それは案外、嫌な気持ちでもなかった。

坂口は珍しく時間に遅れていた。午後六時を五分ほど過ぎたとき、ようやくドアが開いて彼が現れた。

「遅い」

と私は笑う。でもそれをすぐに引っ込める。

坂口の口元に浮かんだ笑みが、なんだかぎこちないようにみえたのだ。どうして私を相手に、そんな顔をしなければいけないのだろう。彼の顔つきは、強いていうなら、幼いころの私に向かって大人たちが浮かべた笑みに似ていた。こちらに同情し、無理に慰めるような顔だった。

丁寧な手つきでドアを閉める坂口に声をかける。

「どうしたの？」

「別に。遅くなってごめん」

「そんなのは、どうでもいいんだけど――」

上手く言葉がみつからなくて、私は無意味に視線をさまよわせる。青い包装紙のプレゼントが目に入って、はぐらかすように尋ねた。

「これ、開けていいの？」

「ああ、うん。もちろん」

私はリボンが少し歪んだプレゼントボックスを手に取る。意外に重い。もしかしたらこの中身が清寺さんの脚本なのではないか、なんて考えていたけれど、どうやら違うようだ。

坂口の表情が硬い理由に思い当たる。

彼はおそらく、清寺さんの脚本をみつけられなかったのだ。そんなこと気にしなくてもいいのに。あの脚本がなくたって、私たちには、私たちの「イルカの唄」がある。もちろん清寺さんの脚本を諦めるつもりはないけれど、そちらは長い時間をかけて探し出せばいい。

私は坂口が、本当に真剣にあの脚本を見つけ出そうとしてくれるだけでよかった。ふたりで並んで夜空を見上げてイルカの星を探すように。夜ごとにトランシーバーで、新しい朝を迎えた優しい世界について話し合うように。その過程こそが幸福で、結果はまあ、長い人生の中でそのうちみつかればいい。

できるだけ丁寧にリボンを外し、包装紙のテープを剝がすと、白い箱があらわれた。蓋を開くと、中は可愛らしいイルカのレリーフがついた置時計だった。

「誕生日、おめでとう」

と坂口が言った。ありがとうと私は答えた。

「とても素敵」

「気に入ってもらえたなら、よかった」

本当に、本心から、その時計は素敵だった。

イルカのレリーフのサイズもアンティーク風の真鍮も文字盤の暖かなクリーム色も、すべてがちょうど良い。なにひとつ嫌味なところがなくて、どんな部屋にだってすんなりと馴染みそうだ。秒針がないのもシンプルで好みだし、飛び跳ねるイルカの姿には優雅さがある。高い波もなんてことはない、というように。朝に目覚めて、寝ぼけた瞳でまずみつめるのがこの時計であれば、毎日を気持ちよく過ごせるだろう。

「坂口はプレゼントを選ぶのが上手いね」

「そうかな」

「うん。私は、なんていうのかな、基準みたいなものがよくわからないから」

「でもトランシーバーは嬉しかったよ」

「うそ。受け取ったとき、ちょっと困ってたでしょ」

「僕のプレゼントが釣り合ってなかったから。でもおかげで、君とたくさん話ができた」

私はもうしばらく、イルカの時計を眺めていた。

時刻が少しずれている。秒針がないから、止まっているのかとも思ったけれど、ちっちと小さな音が聞こえた。私はイルカの時計を、坂口の方に向けてデスクに置く。それから立ち上がり、デスクを回ってソファーに腰を下ろす。正面に坂口も座った。

私は笑う。できるだけ綺麗に。私が知っている中でいちばん自信に満ちた、陰の欠片もない表情で。

「清寺さんの脚本は、みつからなかったのね？」

坂口は、まばたきよりもほんの少し長いあいだだけ目を閉じた。彼の口元からは、まだ硬い笑みが消えていなかった。窓から射し込む夕陽が生徒会室を、暖かな、でもどこか寂しくもみえる色に染めている。目を開いて、坂口は言った。

「いや。みつかったよ」

え、と私の口から吐息が漏れる。

「本当に？」

「もちろん」

「どこにあるの？」

「そこに」

坂口が指さしたのは、私のデスクだった。デスクにはつい先ほどまで読み返していた私と坂口の「イルカの唄」が載っている。

「どういう意味？」

「あれが、『イルカの唄』だ」

「そうね。私と貴方で書いた」

「違う。本物の。あれが本当の、『イルカの唄』なんだ」

わけがわからなくて、私は顎を引く。

「どういう意味？　きちんと説明して」

「僕たちの『イルカの唄』と清寺さんの『イルカの唄』は、まったく同じだったんだよ。だから、あれが本物だ」

「そんなわけがない」

「どうして？　君は、とても正しく『イルカの唄』を読み解いていた。だから僕たちで再現した脚本は、清寺さんの脚本と同じものだった」

「一言一句違わずに？」

「うん」

「ふざけているの？」

「まったく」

「いいえ。ふざけている」

なんだ。これは。いったい、なにが起こっているんだ。

気持ちが悪い。とても。目の前の坂口が、坂口だとは思えなかった。表面だけ同じで、中身がまったく別物に入れ替わっているようだった。

「どこにそんな、見え透いた嘘をつく必要があるっていうの？　みつからなかったならみつからなかったで、それでいいじゃない。別に貴方が悪いんじゃない。私はそんなこと気にも留めない。笑って許してあげる」

喋りながら私は、感情に任せて首を振る。強い怒りが腹の底から立ち上っていた。それは、繋がらない周波数に対する怒りだ。

坂口は仮面のように変わらない表情で、無理に笑って私をみている。

その瞳を受けて、私はもう一度首を振る。

「いえ、許すなんて話でもない。清寺さんの脚本のことは、もともと貴方にはなんの責任もないんだから。私はそんなことで不条理に怒りはしない。貴方への信頼を失うこともない。私をみくびらないで」

彼はかすかに、首を傾げてみせた。

その姿は傾いた額縁みたいにこちらを落ち着かない気分にさせた。

「でも、僕からは怒っているようにみえる」

「そうね。貴方がつまらない嘘をつくから」

「どうして嘘だと思うの？」

「当たり前でしょう。まったく同じ文章なんてあり得ない。貴方と私で書いたものでも、清寺さんに及ぶはずがない。貴方の嘘はあの人も馬鹿にしている」

「可能性がとても低いというだけだよ。ゼロではない」

「ほぼゼロを信じろっていうの？」

「信じろとはいわない。もちろん。でも、僕から言えることはもうない」

思わず、テーブルを叩いていた。

ばんと大きな音が生徒会室に響いた。かつて清寺さんが使っていた部屋に、あの人には似合わない音が。

「いいえ。私は貴方を信じている。もちろん見え透いた嘘をそのまま呑み込むって意味じゃない。貴方がこんな風に馬鹿げた意地を張るには理由がある。必ず、貴方にとっては大切な理由が。それを話して」

「嘘じゃない」

「本当に？」

「本当に」

「私にとって、『イルカの唄』がなんなのか、わかってる？」

「たぶん。かなり正確に」

「それでも嘘じゃないのね？　清寺さんの脚本は、私たちの脚本と同じだったのね？」

「うん。まったく同じだった」

悔しくて、無性に自分がちっぽけに思えて、涙が滲んだ。ぼやけた視界でみた坂口も、なんだかつらそうに口元に力を込めて顔をしかめていた。

ばか。いったい、なにを意地になっているんだ。この私に対して。坂口が、私に、どんな意地を張る必要があるっていうんだ。どんな。

「貴方には、貴方の正義があるんでしょう。それでも」

私はポケットから、切り札を取り出す。ひと箱のハイクラウン。私たちの、ルールで規定された反則。相手の意志を強引に捻じ曲げる、手を取り合うための最後の手段。

ハイクラウンをテーブルに置くと、軽くささやかな音が鳴った。その音は、トランシーバーの周波数を合わせるのにも似ていた。

「それでも今は、貴方の正義を捻じ曲げて。私のために、本当のことを話して」

きっとそれで、すべて解決するのだ。彼が事情を話してくれれば、それがどれほど馬鹿げた内容だったとしても私は笑って彼を許せる。これまで通りの関係に戻れる。

坂口はじっとハイクラウンをみつめていた。

でも、手を伸ばしはしなかった。

私はデスクの上にある、イルカのレリーフがついた時計に目を向ける。

イルカの時計は、時刻が合っていなかった。すでに午後六時を二〇分ほど回っているはずだが、その時計は五時四〇分を指していた。

「五分だけ待つ」

と私は言った。

「あの時計が四五分を指すまでに、答えを出して」

坂口は硬い表情で、まだ口を歪めていた。

5、坂口孝文

茅森良子が一七歳になる日の午後二時に、僕は図書館に向かった。

まだ夏休み期間中だったから、図書館の開館日はぽつぽつと散らばっており、この日は休館だった。でも中川先生は僕のために鍵を開けてくれた。

先生の表情は昨日よりも少し柔らかにみえた。一方で清寺さんの脚本の印象は、そう変わりはしなかった。装飾のない、機能的なだけのコピー用紙で、僕にはなんの関心もなさそうだった。でも僕の方はその脚本に、親密なものを感じていた。清寺さんの「イルカの唄」が、たしかに茅森の血肉になっていると実感したから、彼女の父親にでも会うような気持ちだった。

中川先生にみつめられたまま、僕はまた脚本をめくる。そこには変わらず、優しいイルカの星がある。僕は自分の五感を忘れて、目で文字を追っていることさえ忘れて、すんなりとその世界に足を踏み込む。茅森とふたりで何か月ものあいだ想像し続けてきた登場人物たちが、本物の、彼らの言葉で会話を交わしている。

僕はイルカの星を完全に信頼していた。茅森がそうしているように。

だから、いくつかの違和感を見過ごした。

ひとつ目のそれは、作中で何度か触れられる、イルカの唄声に関する説明だった。

作中の舞台となる海は、半島で外海とは区切られた、広いとはいえない湾だった。その湾にイルカはいない。でも、もう二〇年も前に群れからはぐれた一匹のイルカが迷い込んだことがあるそうだ。

迷いイルカは仲間を捜すために、必死に唄った。いつまでも、いつまでも唄い続けた。

これは悲惨なエピソードとして受け取るのが自然だった。でも僕は、幸福な結末に辿り着くためのステップなのだろうと思い込んでいた。手元のノートにはエピソードの走り書きに添えて、「迷いイルカが仲間と再会する場面は?」と書き込んだ。

イルカの唄声が――この作品のタイトルが、悲惨なだけの出来事を表すはずがないと信じきっていた。その信頼に疑問の影が差したのは、脚本が七割ほども進んでからのことだった。

――群れからはぐれたイルカには、いくつもの傷があった。

とひとりが言った。

――イルカはストレスで、弱い仲間をいじめるんだよ。あのイルカもきっと、群れの中でいじめられていたんだろう。それでも仲間を捜すために鳴き続けて、死んだあとは浜に打ち上げられた。

メモを取っていた手は、いつの間にか止まっていた。

脚本の、残り三割は悲惨なものだった。

イルカの星の実情が、克明に描写されていく。

その星の人類は衰退している。出生率は低下し続け、技術の発展は滞り、一部の職業はすでに存在せず社会の機能が麻痺《まひ》しつつある。犯罪の発生件数は非常に少ないが、平均寿命もまた減少の一途をたどっている。

イルカの星は現代に比べ、やや文明が後れていた。それは序盤の描写でも明らかだった。一九七〇年ごろのイメージだろうか、ノスタルジックで暖かな世界の印象だったが、物語の終盤になると意味が変わった。

人類が本当に優れた倫理観に基づいた生活を維持するには、充分に発展した文明が必要なのだ、という指摘が浮かび上がった。生き物を殺さずに生活するには、食料の問題を克服しなければいけない。動物実験を繰り返さなければ治療法がみつからない病もある。環境に配慮した方法だけでは賄えないエネルギーの問題がある。すべての弱者を守るには、すべての弱者を守れるだけの社会的な基盤が必要になる。

イルカの星は、それを持っていなかった。力を持たないまま倫理だけを潔癖に成長させていた。災害でも、戦争でもなくて、価値観の変化が人類を滅ぼしつつある星だった。

作中の彼らはそれでもなお、後悔はないのだと繰り返した。

――私たちは、生きながらえるよりも価値があるものに気づいたんだ。

それは素晴らしいことなんだ、とひとりが言った。

僕はもうこの脚本を閉じてしまいたかった。破綻《はたん》した世界で潔癖に生きる人たちの姿は、生き物として気持ちが悪かった。この作品からこれまでに感じた、あたたかなもののすべてが彼らを破滅に導いていく。それは、イルカの星に共感していた僕自身も徹底的に否定した。僕の胸の真ん中に生まれていた美しいものが、どす黒く変質し、粉々に砕け、破片が周囲を傷つけた。その痛みに吐き気がした。僕はなにをみせられているんだろう。どうしてこんな文章を読んでいるんだろう。なにもわからなかった。

こんなわけがないんだ、と繰り返し、胸の中で叫ぶ。茅森良子が憧れた、あの綺麗な子の指針となった物語が、こんな風に終わるはずがない。

歯を食いしばってページをめくる。この物語に、なんらかの救いが現れることを期待していた。でも最後までそれが叶えられることはなかった。

主要人物のひとりが病で死んだ。治療は無料で受けられるはずだったが、そもそも病院が機能していなかった。それから、もうひとりが自ら命を絶った。短い書き置きが残されていて、そこには「今死ぬのが幸せだと思う」と書かれていた。

脚本の、最後の台詞はモノローグだった。

——イルカはなぜ鳴いたのだろう?

どれだけ考えてもわからないのだ、とそこには書かれていた。

壊れてしまったイルカの星から目を逸らすように、僕は脚本を閉じる。疲れ果てて、全身が重たかった。どうにか深く息を吸うと、中川先生が言った。

「これは、清寺時生のすべてを否定する作品だ」

先生の声は震えていた。

僕は彼女の方に目を向ける。うつむいて、泣くような声で、でもほとんど表情もなく先生は言った。

「清寺さんの映画をよく知る人なら、誰が読んだってわかる。あの人はこの脚本に、それまで彼が描いてきた希望のようなものを、みんな詰め込んだんだ。すべての希望が叶った悲惨な世界を描いて、まとめて壊してしまう。自傷みたいな脚本だ」

彼女の声は、独り言のように聞こえた。少なくとも僕に語りかけているのではないのだという気がした。そこにいるのは僕にとっての中川先生ではなく、中川麻衣という名前のひとりの人間だった。

「脚本を初めて読んだとき、こんなものがあってはいけないんだと思った。できるなら私は、焼却炉に放り込んで忘れてしまいたかったよ。でも、清寺時生の脚本を燃やせるはずがないでしょう？　だから、隠し続けてきた。誰にも打ち明けなかった」

彼女がわずかに顔の向きを変えて、それでようやく緑色の瞳に僕が映った。

中川先生はどうにか微笑んでいた。

僕にはなんにも言えなくて、ただ彼女をみつめていた。先生は続ける。

「私は誰かに、この脚本を読んで欲しかったんだよ。ひとりで抱え込むには重たすぎるから、共犯者が欲しかった。でも、君でいいんだろうか。教師が生徒を共犯者にしていいんだろうか。そのことでずいぶん悩んだ。本当は、私はひとりで耐え続けるべきだったんだろう。でも我慢できなかった」

僕は曖昧に首を振った。

そういうことではないのだ、と伝えたかった。でも言葉がみつからなくて、馬鹿げたことを口にした。

「どうして清寺時生は、こんな脚本を書いたんでしょうね」

答えがわかるはずもない。中川先生にも、誰にも。

でも彼女は、優しい口調で答えた。

「それは、わからない。でも清寺さんは『イルカの唄』を世の中に公開するつもりも、これでなにかを主張するつもりもなかったんじゃないかな。ただあの人は引き出しのどこかに、自分に向いたナイフを入れておきたかったんじゃないかって気がするんだよ」

でも、と僕は思わず口にした。その続きは声にならなかった。

胸の中だけで感情が膨らむ。

――でも、じゃあ茅森はどうなるんだ。

もちろん清寺さんは、この脚本を茅森に読ませるつもりなんてなかっただろう。知られたくないものが、偶然みつかってしまっただけなんだろう。それでも。理屈とか、責任の所在とかではなくて。

イルカの星は茅森の理想だった。いちばん否定してはいけないものを、いちばん否定してはいけない人が否定した。

こんなことが、あってはならないんだ。

イルカの星の結末は、幸福なものでなければならない。

「脚本は君が好きにすればいい」

と中川先生は言った。それから、「必要なければ、いつでも私に返してくれればいい」とつけ加えた。


僕が図書館を出たのは、午後五時になる少し前だった。

なんだか無性に悔しくて、顔をしかめて廊下を歩いた。

なにも考えられなかった。なにかを考えようという気にもならなかった。どうして、茅森がずっと探してきたものが、こんな形で踏みにじられないといけないんだ。こんな、反論のしようがない形で。

生徒会室に、鍵はかかっていなかった。でも中は無人だった。僕は部屋に入り、茅森のデスクの前に立った。

鞄の中には、青い包装紙のプレゼントと、ふたりで書いた脚本と、それから清寺時生の「イルカの唄」が入っていた。

まともな顔で茅森の誕生日を祝える気がしなかった。

僕はまず、青い包装紙のプレゼントをデスクの上に置いた。それから、清寺時生の脚本を取り出して、しばらく立ち尽くしていた。この脚本を茅森が読むところを想像して、涙がにじんだ。

力いっぱいにまぶたを閉じる。

幼いころからずっと、僕には欲しいものがあった。背を向けて進むのではない、まっすぐに見上げられる、正しさの指針を求めていた。つまり、潔癖なものが。長く暗い夜の中で、心から憧れられるものが欲しかった。

僕はたしかに、それをみつけたのだ。

茅森良子にとっての「イルカの唄」みたいに、僕にとっては彼女自身がそれだった。茅森良子だけを見上げて、どこまでも歩きたかった。

本当の優しさとはなんだろう。本当の誠実さとはなんだろう。そんな、素敵なことを、僕たちは夜ごとに語り合った。トランシーバー越しのざらついた声で、ひとつずつ議論して、反論して、確認して答えをすり合わせてきた。

だから僕は、僕が探した星にとっての、正しい答えを知っていた。

この脚本を彼女に差し出すことが、ただひとつ誠実な解答なのだと知っていた。

僕は茅森の声で、夢という言葉を聞いたことがない。総理大臣になるのだって、イルカの星で暮らすのだって、みんな目標だと表現した。あの子は夢をみないのだ。現実から目を逸らすことを、自分に許さない。

——私、嘘をついたことがないの。

と茅森は言った。僕たちが出会ったばかりのころだった。

もちろんその言葉は嘘だろう。でも、ある意味では真実なのだろう。あの子は決して自分を騙《だま》さない。騙されることも望まない。すべての現実を受け入れて進む。彼女の生い立ちだって、不当な扱いだって、悲惨な記憶だって。あの子は重たいものをひとつ残らず抱いたまま、どこまでも歩き続けられる。僕は茅森良子が、自分に対して嘘をつく姿をみたことがない。

僕は、茅森がこの脚本を受け入れることを知っていた。どれだけ深く傷つき、落ち込み、苦しんだとしても、最後まで目を逸らさずに読み通すことを知っていた。だから僕は、これを隠してはいけないんだ。イルカの星の真実を知って彼女が泣くなら、その涙を拭《ふ》く方法を探すのが、僕の本当の役割だ。でも。

彼女はまだ、苦しまないといけないのか？

もう充分だろう。あの子は。あの子が抱えているものは。僕には想像することしかできないけれど、あの子はもう、充分に重たいものを背負っているだろう。どうしてずっと探し続けてきた星まで、あの子を傷つけなければいけないんだ。これまでのあの子の、希望の象徴みたいなものまで、どうして。

廊下から足音が聞こえて、僕は身をすくめる。

清寺時生の「イルカの唄」を抱きしめて、思わず逃げ出そうとする。でも身動きが取れないでいるうちに、足音は生徒会室の前を通り過ぎていく。

僕は深く息を吸いこんで、ゆっくりと吐き出した。

悔しくて、また涙が滲んで、その涙を乱暴に拭って決めた。

——茅森良子を、裏切ろう。

僕が探し続けて、ようやくみつけた綺麗な星に背を向けよう。

デスクには、僕たちが書いた脚本を残した。

清寺時生の脚本を共犯者の手に戻すために、僕は生徒会室を抜け出した。

＊

そして今、僕は生徒会室のソファーに腰を下ろしている。

正面に茅森がいる。

僕たちのあいだにはテーブルがあり、そのテーブルにはハイクラウンが載っている。

茅森の瞳には、うっすらと涙が溜まっている。彼女の涙なんてみたくなかった。それがどれほど綺麗に緑色の瞳を輝かせるとしても、胸が痛いだけだった。

「五分だけ待つ」

と茅森が言った。

「あの時計が四五分を指すまでに、答えを出して」

イルカのレリーフがついた置時計の針は、五時四〇分を指している。

時計の隣には、茅森とふたりで作った「イルカの唄」が載っている。

あれが本当に、本物の「イルカの唄」だったなら、どれほど素敵だろう。清寺時生のものに比べれば、ずっと完成度が低くて求心力もない脚本だ。それでも茅森が目指す世界が描かれた、優しいだけの脚本だ。

――偽物じゃない、はずなんだ。

もちろん「イルカの唄」は清寺時生の作品だ。彼が書いたものが、真実だ。それでも、僕たちがふたりで作った「イルカの唄」だって嘘じゃない。茅森と一緒に探し続けた、僕たちの理想を描いた物語だ。

思わず涙がにじみそうになり、顔をしかめてそれを堪える。

できるなら僕は、今すぐにだってハイクラウンをつかみ取りたかった。ひとかけらのチョコレートに甘えて、なにもかもさらけ出したかった。いや、すべてでなくたっていい。僕はもっと、上手に嘘をつくことだってできた。

こんなの、はじめに「ごめんね」と謝っていれば、それで済む話だった。

清寺さんの脚本はみつからなかったよ、ごめんね。平気な顔でこれだけ言えれば、僕の犯行は暴かれず、なにもかもが元通りになるはずだった。でも、そうはできなかった。

彼女への裏切りが、綺麗に消えてなくなっていいはずがないんだ。本当は許されるはずのない罪を犯したのだから。僕は彼女に裁かれたかった。僕は彼女に嫌われたかった。僕の愚かな部分が露呈しないでいるなんて許せない。イルカの星の真相を隠したまま、彼女の隣にはいられない。

僕と茅森はずいぶん長いあいだ、口を閉ざしてみつめ合っていた。睨み合っているわけではなかった。彼女の視線も、不思議と攻撃的には感じない。なんだか悲しい、息苦しい瞳に、僕の輪郭がにじんで映っている。

重たい沈黙を打ち破ったのは、茅森の方だった。

ちっとも似合わない、小さな声で彼女は言う。

「ハイクラウンまで、裏切るの?」

僕はなにも答えなかった。答えられる言葉がなかった。

茅森良子は今もまだ綺麗なままだった。顔つきがどれだけ悲痛でも、声がどれだけ弱々しくても、まっすぐに僕をみて目を逸らさなかった。どうしてだよ、と胸の中でささやく。僕なんてもう見限っていいんだ。切り捨ててくれればいいんだ。思い切り馬鹿にして、見下して、石ころみたいに通り過ぎてくれればいいんだ。

なのに茅森は、僕を投げ捨てなかった。

「他の誰が相手でも、私はその人の考えを尊重する。無理に事情を話させたいとは思わない。どれほど我儘なことを言われても、価値観をひとつも理解できなくても笑顔で許してあげる。私はこれまでに出会った誰も、これから出会う誰も嫌わないでいようと決めている」

茅森がきゅっと眉間に力を込める。涙を堪えたのだと僕にはわかる。

いつだって彼女は、誠実に意地を張って生きている。

「でも、貴方までそこに立つの？　私が嫌わないと決めている人たちの中に。そんな場所にいることを、貴方のプライドは許せるの？」

今の僕に、プライドなんてありはしなかった。

できるならいつまでだって茅森の隣にいたかった。彼女と手を取り合えるところに。本当は、彼女を抱きしめられるところに。でも。

僕は茅森良子に恋している。

彼女の全部に。中でもとくに、星を探して夜空を見上げる彼女の姿に。

だから、僕には、その星が茅森を裏切ることが許せなかった。他のなにが彼女の敵になったとしても。僕自身が彼女を傷つけたとしても。ただひとつの星を信じてまっすぐに立つ彼女だけを、守り通したかった。

僕はいつまでだってこの恋を忘れないだろう。一〇年後も二〇年後も、茅森に憧れたままなのだろう。ひどく一方的に、ひとりよがりに。誰にも届かない、引き出しの奥のイルカの唄声のように、胸の中でこの痛々しいものが反響しているのだろう。

声が震えないように注意して、本当に久しぶりに、茅森を相手に上ずる声を無理に抑えて僕は言った。

「舞台の音楽を探すのは、僕の仕事だったね?」

「ええ。それが?」

「ひと通り用意した。説明のメモと一緒に渡すよ」

「いらない。まず、ハイクラウンを受け取って」

彼女はふっと息を吐き出して、「もう時間でしょう」とささやいた。

僕は首を振る。イルカの時計が、四五分を指すのはまだもう少し先のことだ。

長針は今、真下を向いている。

6、茅森良子

なにが起こっているのか、わからなかった。

私が文字盤をみつめていると、かちり、と長針が動く。三〇分の位置から、二九分へ。イルカの時計が反対に回る。

坂口の声が聞こえた。

「別に、時間が欲しいわけじゃない」

私が視線を坂口に戻すと、彼は続けた。

「ハイクラウンは、受け取れない。だから話はこれでお終いだ」

私は奥歯を噛みしめる。以前、綿貫から聞いた言葉を思い出す。

――どうしようもない頑固者だよ。

まったくその通りだ。こいつは、本当に。

私は視線で、イルカの時計を指す。

「どういうこと?」

なぜ坂口はわざわざ、反対に回る時計を誕生日のプレゼントに選んだのだろう。

坂口がソファーから立ち上がる。こちらを見下ろして、言った。

「君は知る必要がないことだよ」

「なにが必要なのかは私が決める。教えて」

本当は時計のことなんて、どうでもよかった。

ハイクラウンをつかんで欲しかった。坂口が意地を張っているものの正体を知りたかった。

いや、そんなものわからなくてもかまわない。上辺だけでも取り繕って、これまでの関係に戻れるきっかけをくれればそれでよかった。

ふっと坂口が息を吐き出す。それで、ほんの少しだけ、彼の顔つきが柔らかになったような気がした。

「そうだね。言い方が悪かった。でもなにを伝えるのかは、僕が決める」

「理由を言えないようなものを、プレゼントに選んだの?」

彼はもうなにも答えなかった。

坂口孝文が、私に背を向ける。そのままドアに向かって歩く。

私は彼を引きとめたかった。彼が意地を張る事情があるのなら、真実なんていらない。優しく、柔らかに騙されたかった。でも、それを望む自分を許せるわけもなかった。

これまでの私のすべてが私自身に反論している。私がいるべき場所はそんなところではない。私が歩むべき道はそんなものではない。誰かに寄りかかって生きることを、私は私に許さない。

そう胸の中で唱えても、視線だけは彼にすがっていた。

坂口は、ドアの前で足を止めた。

「もしも君がいつか、その時計の意味を知ったなら、謝らないといけないことがある」

「いらない」

謝罪なんんか。

私が欲しいのはそんなものではなかった。もっと甘くて幸福なものだった。彼と手を取り合える、その言い訳だけだった。でも私自身のプライドに従って、まったく違う言葉を続けた。

「私は、本当のことが知りたいだけだよ。この時計はどういう意味なの?」

「僕から言えることはない。知りたいなら勝手に考えろよ」

どうして、私を突き放すの。昨日まであんなに優しかったくせに。——なんて風に言いたくなる、不甲斐《ふがい》ない私を切り捨てる。

強引に笑った。泣き顔を隠すために。

「わかった。でも。貴方の話じゃ、清寺さんの脚本はみつかったのね？」

坂口は、戸惑った様子で曖昧に頷く。

「それが？」

「なら、私に言うことがあるでしょう」

疲れ果てていた。一言ずつが重たくて、できるなら投げ出してしまいたかった。けれど私は、立ち止まり方を知らない。

坂口が、まっすぐにこちらに向き直る。真面目な顔で言った。

「君が好きだ。本当に。この世界のだれよりも」

私は頷く。

ずたぼろに傷ついた胸の中に、最後に残ったプライドに従って答える。

「私も貴方が好きよ。制道院の、他のみんなと同じように」

私は誰も嫌わない。坂口孝文を嫌ってなんてやらない。

なにをされようが、どれほど裏切られようが、誰にだって同じ笑みで答えてみせる。今の私の顔が、決して笑顔にはみえなかったとしても、努力をやめるつもりはない。

坂口の姿はよくみえなかった。じっとみつめていたはずだけど、そこに彼がいるのだとわかるだけで、なにもみえていなかった。

「舞台の音楽は、明日にでも。生徒会の誰かに渡しておく」

「ええ。ありがとう」

それが彼と交わした、最後の会話だった。

ドアが閉まる音が聞こえて、坂口が部屋を出たのだとわかる。

どれくらいだろう、身体を強張らせてソファーに座っていた。気がつけば日は沈み、部屋を暗がりがぬりつぶしていた。

どうにか立ち上がったけれど、寮まで歩ける気がしなかった。よろめくように生徒会室のドアまで進み、内側から鍵をかける。かちん、とずいぶん大きな音が響く。私はドアに背を預けて、床に座り込んだ。

涙を流す準備はできていた。

私は独りきりで、どれだけ泣いても誰にもみられない。

それでも必死に、涙を堪える。顔をしかめて、両膝を強く抱いて、私自身に泣くことを許さない。

いくつもの感情を投げ捨てて、坂口孝文を大勢の中のひとりにすることを、何度だって自分に命じた。

7、坂口孝文

生徒会室を出て、それから、どこをどう歩いたのか覚えていない。

なにもしたくなかった。誰にも会いたくなかった。ぼやけた視界に図書館が映り、僕はその裏手へと向かう。

夜になったばかりの空も、そこに浮かぶ星もみえなかった。僕は図書館の壁に両手をつく。

涙が垂直に零《こぼ》れた。ぽつぽつと、雨の降り始めみたいに。

ああ。なんて恰好悪いんだろう。

茅森良子のためなら、なにを失ってもかまわなかった。それが彼女の幸せなら、このまんま消えてなくなってもよかった。僕の気持ちと一緒に、みんな壊れてしまえばよかった。そのはずだったのに。

本心じゃ僕は、彼女の許に戻りたかった。

すべて打ち明けて、謝って、すがりつきたかった。

僕がしたことを、許して欲しいわけじゃないんだ。本当に。どれほど不器用でも、まったく愚かでも、君を愛しているんだと伝えたかった。

――でも本当は、こんなもの愛なんて呼んじゃいけないんだ。

僕はなんにも知らないけれど、きっと。大好きな子を傷つけて満足しているような、身勝手な感情に、そんなに綺麗な名前をつけちゃいけないんだ。

涙がまっすぐに落ちていく。

頬が熱くて、息ができなくて、甲高い耳鳴りが聞こえる。

その音はたぶん、イルカの唄に似ている。

エピローグ

茅森良子

どうして、一般的な時計は右に回るのか？

その答えは納得感のあるものだった。

つまり、太陽が東から昇り、南を通って西に沈むからだ。

時計の針の回転方向は日時計を元にしている。日時計の影が右に回ったから、それに合わせて、多くの時計が右に回るよう作られた。南半球では、日時計の影の回転は反対になる——太陽が東から昇るのは同じだが、北の空を通って西に沈むことが理由だ——けれど、時計が生まれたのは北半球だったため右回りが基準になった。

でもイルカの星は、そうじゃない。

あの星では、太陽が西から昇る。

この場合も日時計の影は、現実とは反対——左回りになる。それを元に時計が作られていたなら、針は左に回るはずだ。

坂口孝文は、イルカの星の時計を再現していた。

これは不思議なことだ。私は彼に、「イルカの星では太陽が西から昇るんだよ」なんて話しはしなかった。あのト書きは私自身も忘れていて、思い出したのは一七歳の誕生日を迎える直前だったから。

坂口は本当に、清寺さんの脚本をみつけていたのだ。

そうでなければ、イルカの星の時計を彼に再現できたはずがない。

つまりあの夏、坂口は、正常に回っていた時間を彼自身の手で反対に回した。

＊

二五歳になった日の昼過ぎに、駅前の喫茶店で軽い食事を済ませて電車に乗った。

車内にはサラリーマンの姿があり、親子連れの姿がある。制服を着た高校生たちは部活動に向かうのだろうか。

彼らも、ごとんと揺れる電車も次の駅名を告げるアナウンスも、すべてが当たり前に正常に、時間の流れに身を任せているようにみえる。まるで、右側に回る時計みたいに。その中で私ひとりが、反対を向いている。左回りの針でいる。そんな気がしたけれど、でもみんな錯覚だ。私だってどうしようもなく、右側に回る世界で生きている。

乗り換えを挟み、目的の駅で下車する。自動販売機でミネラルウォーターを買い、バスに乗って街を離れる。バスはやがて山道に入り、左右に大きくカーブする道を進む。

車内の電光掲示板に目的の停留所の名前が表示されて、私は降車のボタンを押した。それはいまだに、「制道院学園前」のままだった。

私ひとりがバスを降りる。蟬の鳴く声が妙に遠く感じる。

背後でバスが走り去るまで、正門ごしの校舎をみつめていた。

敷地の外周に沿って歩くと、やがて塀がそれほど背の高くない木製の柵《さく》に変わる。私はちょうど図書館がある辺りから制道院に侵入し、南校舎の二階の生徒会室を目指した。校舎への侵入に困ることはなかった。私は今もまだ、あの六本の鍵を持っているから。

校舎の扉を開くと、蝶番《ちょうつがい》がか細く軋んだ。

夏の日中だというのに、廊下は薄暗かった。窓が小さく、しかもその窓のすぐ先に何本もの楠が植わっているのが理由だ。窓からは光と共に楠の影が射し込み、つるりとした木張りの廊下にその形をはっきりと映している。足音が厚い壁を叩いて反響する。かすかに湿り気を帯びた空気は、取り残された季節の中にいるように冷たい。

人のいない廊下は、高等部の二年生だったころ、坂口と共に校舎に忍び込んだ夜を思い出させた。あのときの廊下も同じように静まり返っていた。でも今ほどは、空気を冷たく感じなかった。

錠を開けて、生徒会室に入る。その部屋は私の記憶と、ほとんどなにも変わりがなかった。同じ写真がそのまま色あせたように、古びてみえるだけだった。

それで、ようやく私は、少しだけ泣きたいような気持ちになった。

制道院が廃校になったことを、初めて寂しく思えた。

閉めた扉に背を預けて、滑り落ちるように座り込む。八年前の私が、そうしたのと同じように。違うのはひとつだけだった。私はその扉に鍵をかけなかった。

坂口の手紙には、午後六時に制道院で、とあった。

午後六時はあの日、私たちがここで待ち合わせをしていた時間だ。

でも、六時では少し早すぎる。それからのおよそ三〇分間で起こったことを、私には無視できない。私たちがあの日の続きに足を踏み出すのであれば、それは彼が生徒会室を出てからでなければならない。坂口を三〇分ほど待たせることになるが、そのくらいは許して欲しい。あちらは八年も私を待たせたのだから。

ミネラルウォーターのペットボトルに口をつけ、それから、赤いトランシーバーを握りしめる。予定時刻まで、何度も頭の中で繰り返した言葉をまたなぞる。

私は坂口孝文が嫌いだ。

大嫌いだ。

深く息を吸って、あいつの嫌いなところを一〇〇個唱える。

――坂口孝文は、頑固で身勝手だ。

＊

坂口孝文は、頑固で身勝手だ。

私のことなんかちっともみていない。彼の頰に落書きをした図書館でも、八年前の生徒会室でも同じだった。

一見すると優しそうだけど、そんなのは嘘で、自分の価値観に忠実なだけで。だから身勝手に正しいと思い込んだら、なんだって切り捨てる。

真面目ぶった態度を取るのが上手いから勤勉にみえるけれど、それだって眉唾だ。本当は要領が良いくせに、傍からはそうはみえないから真面目な印象を受けるだけだろう。でも興味がないものには手を抜く癖がある。テストの点にもこだわっていないようで、だから成績じゃどうしたって勝った気がしない。上から「おめでとう」と言われている感じがする。

だいたい、あいつは性格が悪い。相手の弱点をみつけるのが得意で、その気になればいくらだって残酷なことができる。そのうえ、自分の本心をみせるのを嫌がる。大事なことをすぐに隠す。

ときどきひどく理屈っぽくて、でも本当は感情的で、ああみえてプライドが高いものだから負けず嫌いで、口論になると相手を言い負かそうとする。それに、怒ったときの態度が生意気だ。冷静なふりを装いながら、いつまでだってふつふつと根に持ち続けている。一年間もテストを白紙で出し続けたのはやりすぎだ。

一方で臆病《おくびょう》なところもある。たとえば、人間関係で。あいつはよほどのことがない限り、誰かと仲良くなろうとしない。実際、あいつは友達が少なかった。その数少ない友達への態度だって、決して褒められたものではない。与えることばかりを好み、与えられることを拒む。つまり自然と相手を下に見ているのだ。私にはあれこれと説教をするくせに、自分も同じ欠点を持っていることに無自覚だ。

たまにみせる得意げな顔がむかつく。自制しようとしているようだけど、知識をひけらかすところがある。だいたい趣味がいけ好かない。美術館だとか、博物館だとかに行きたがる。好物はハンバーグやオムライスなんか、子供っぽいもの全般で、金持ちがあえてそう高くないものを好んでいる感じがして鼻につく。食事のマナーは悪くないが、好きなものを後に取っておくのも子供っぽい。あとは、そうだ、ヨーグルトが苦手だ。歯がべたつく感じがするから、とか言って。慣れろ。

人を褒めるのが下手だ。よし褒めるぞ、と胸の中で決意してから褒めている感じ。だから言葉が嘘っぽい。不必要に言葉を選びすぎるのだ。

たまに言う冗談が意味不明だ。しばしば、それが冗談だともわからず聞き返すことになる。

眠いとけっこう我儘になる。というか、普段自制している素が出るのだと思う。あいつは心が広いわけでも、素直なわけでもなくて、ただ意地っ張りなのだ。

嫌いなものに敏感で、好きなものに鈍感だ。そのくせ、嫌なことをなかなか態度に出さない。おそらく我慢を美徳だと信じている。だから、争うことを避けたがる。だれとでも仲良くするわけじゃなくて、気に入らなければ距離を置く傾向がある。それでこちらに気を遣わせる。

ところどころひどく潔癖で、へんなところでこだわりが強い。なのに本人はきっと、どちらかというと大らかな性格だと思っている。いやお前は充分気難しいぞと、誰かが指摘してやるべきだ。

服の趣味も良いとはいえない。というか、無難にまとめてはいるけれど、いかにも「僕はファッションなんかに興味はないですよ」という様子をちらちらとみせる。髪型も同じだ。寝癖を直さないのが恰好いいとでも思っているのだろうか。

そのくせ小物には妙にこだわる。いわゆるブランドものが嫌いで、財布なんかは聞いたことのないメーカーの、でも本格的な革製のものを中等部のころから使っていた。生意気だ。マフラーや手袋もいちいち「有名ブランドではないけれど評価が高いもの」みたいなのを選んでいたように思う。そうだ。傘も。あいつに傘を借りたことがあるけれど、使いやすくてあとで調べてみると二万もした。金持ちめ。

あまり世の中に興味がないのに、そんな風に冷めているのも恰好悪いから無理に興味があるふりをする。中等部三年の遠足で遊園地に行ったときだって。あいつは「いちおう盛り上がっているふりをしておこう」みたいな感じだった。

そうだ。あいつは基本的に、恰好をつけたがるのだ。

八年前の、あの生徒会室のことも同じだ。きっとあいつは、あいつなりに恰好をつけていたんだ。だから、わざわざ私に嫌われるようなことを言った。ハイクラウンまで裏切って、冷たい態度をとり続けていた。それから、振られるとわかっている告白まで。あれは、私の方がそうするように仕向けたところもあるけれど、なんにせよ平気であんなことを言えるのが本当によくない。可愛げがない。

そのくせ表情はナイーブで、こちらに罪悪感を抱かせる。でもあの日、より傷ついていたのは間違いなく私の方だ。あいつの倍も、それ以上も傷ついた。正直なところ、今だってあの日のことはトラウマなのだ。

見た目はどちらかというと幼いけれど、内心じゃ自分を大人びていると思っている。それなりにリアリストで、地に足のついた思考ができると思いあがっている。でも本当は夢見がちで理想主義なところがある。そして世の中が理想通りではないことに勝手に落ち込んでいる。その落ち込み方だってややこしい。誰にも傷つけられないところで安全にひとりきり傷ついている、みたいな感じだ。もっと人と触れ合うことを覚えろ。

本当に怒ると少し涙目になる。でもあいつが泣いたところを、私はみたことがない。私の泣き顔はみたくせに。だから、ずるい。坂口はいつもずるい。

真面目にみえて校則を破るのにあまり躊躇いがない。清掃員のことだって。あいつはルールというものにそれほど比重を置いていない。アウトローな姿勢が恰好いいとでも思っているのだろうか。なのに振る舞いは優等生的だからいっそう嫌味だ。

喋り方も、基本的にはスノッブな感じがする。反論しようのない正論みたいなことを好み、本心がわかりづらい。態度に熱意を感じないのだ。

そのくせ根っこはけっこう熱くて、嫌なことに嫌だと叫びたいだけの奴だ。真顔で世界が美しく、理想的であることを願っている。でも、恥ずかしがっているのだろうか、それを口には出さないせいで冷めた風にみえる。本当は絶対に希望を捨てられなくて、何度だって世の中に期待し続けている。きっと私にも、なにか幻想のようなものを重ねていて、それで私をわかった気になっていた。

でも、だから私が本当に傷つくことを、あいつは知らなかったのだ。私がいちばん脆《もろ》いところを、私にとってなによりも大切なものを、あいつは理解していない。

なんにも知らないくせに、私を守れる気でいたんだ。八年前のあのことだって。ひどく見当違いな思い込みで、私を守るふりをして、誰より深い傷をつけた。

全部、嫌いだ。

私は坂口孝文が大嫌いだ。

＊

いくらだって、いくらだって、あいつの嫌いなところを並べられる。

制道院での思い出はあいつのことばかりで、そのすべてが八年間も私を傷つけてきたのだから、本当にいくらでも。図書委員に立候補したあいつが嫌いだ。私の泣き顔をみたから嫌いだ。あいつと食べたカップ焼きそばが美味しかったから嫌いだ。手が意外に大きかったから、一緒に脚本を探してくれたから嫌いだ。

日が暮れるまで私は、あいつのことばかり考えていた。

時間つぶしのために、鞄には文庫本を入れていたけれど、一度も開きはしなかった。

正常に右向きに回る時計が六時三〇分をさして、私は後頭部を扉にぶつけて天井をみあげる。軽く目を閉じて、息を吐いた。スピーチの前に、胸を落ち着かせるときみたいに。でもそれは上手くいかなかった。鼓動は激しいままだった。

――今もまだ、私をどきどきさせるから、嫌いだ。

私はいくつ、彼の嫌いなところを並べただろう。

最後にひとつだけ、彼の好きなところを唱えようとする。でも、そちらは言葉にならなかった。どうしてもまとまらなかった。あいつは私が、世界でただひとりだけ大嫌いな坂口だ。馬鹿みたいで、意地っ張りで、ほかの誰でもない坂口孝文だ。

トランシーバーの電源を入れる。

息遣いに似た、体温に似た、ほんの小さなノイズが聞こえる。その音は、以前のように心地よくはなかった。私の鼓動を速くして、頬を熱くしただけだった。

「茅森」

彼の声が私の名前を呼ぶ。

私はうつむいて歯を食いしばる。

「答え合わせはいらない。時計が反対に回った理由も、貴方が私を裏切った理由も、もうみんな知ってるから」

私の声は掠《かす》れていた。あからさまにひっくり返っていた。なんて不恰好。トランシーバーの電源を入れる前に、咳払いのひとつもしなかったことを後悔する。でも、八年もかかってようやく、私たちはまた周波数を共有した。

「貴方がしたことを、私は決して許さない。一生、死ぬまで、なにがあっても。ほんの一瞬だって忘れてあげない」

プライドではなくて、私らしさみたいなものでもなくて。

本当に素直な私の気持ちで、絶対に許さない。

トランシーバーは長いあいだ、沈黙していた。蝉はもう鳴き止んでいて、無音がきいんと音を立てた。私はうつむいて、痛いくらいに強くトランシーバーを耳に押しつける。

ようやく聞こえた坂口の声は、泣き声みたいに上ずっていた。

「ずっと君が、大好きだった」

改行に似た空白で、彼が息を吸う音がした。

「本当に、ずっと。あのときも。今だって」

トランシーバーを握る手に力がこもる。

知ってるんだ、そんなこと。何度も胸の中で、彼にむかって「どうして?」と繰り返した。なにを考えているんだかわからなかった。でも今は違う。私は坂口孝文を知っている。八年前だってこいつは、私のことだけを考えていたんだろう。私のために、身勝手に、私を傷つけたんだろう。私を守ろうとして、決して裏切ってはいけないものを裏切ったんだろう。

「きっと私と貴方であれば、イルカの星をみつけることだってできた」

清寺さんの「イルカの唄」じゃない。

私が信じていた、長い夜が明けたあとみたいな優しいだけの物語を、こいつとなら現実にできた。時計が反対に回る、どこか遠くの星の物語じゃなくて、私たちがいるこの惑星に理想の未来があることを証明できた。

「なのに貴方は、私たちの時間すべてを裏切った」

いくつも、いくつもの会話や、拝望会の夜のことや、ハイクラウンや、トランシーバーのノイズ混じりの声や。私たちのあいだに生まれたすべてを、坂口は裏切った。

本当に大切なものは、それだったのに。なによりも価値があるものだったのに。ただ一冊の脚本に、私たちの時間が劣ると思い込んだことが、こいつの裏切りだ。私にとっての坂口孝文の価値を信じられなかったことが、彼の過ちのすべてだ。

「だから私は、貴方が嫌い」

もしも八年前の私が、清寺さんの「イルカの唄」を読んでいたなら、ひどく落ち込むことになっただろう。でもそんなの、坂口の前で流す涙の数がひとつ増えただけだ。当たり前につまずいて、当たり前に立ち上がっただけだ。彼の手を取って。

イルカの星の真相なんて、あの誕生日に比べれば、なんてことはない。テーブルに放置されたハイクラウンに比べれば、どんな物語だって容易《たやす》く呑み込んで進める。

坂口の声が聞こえる。

「もう一度、言ってくれないか。できるなら、顔を合わせて」

私は強く目を閉じる。

「なら、ここにきて謝って」

滲む涙を、もう堪えはしなかった。

目を閉じたまま、ある星を想像する。

それは、イルカの星ではない。物語の中じゃない。すぐ近くにある、いずれ現実になる、でも今はまだみつかっていない星だ。

ずっと、長い夜の中にいるような気がしている。なかなか夜が明けなくて、明日にならなくて息苦しい。地球の自転が遅すぎて、どうしてこんなに古臭い時間が続いているんだろうと不満ばかりが募る。私はその長い夜が明けたあとの、この星を想像する。

きっとそのとき、私たちのあいだに起こったすべては、愚かなだけの物語になるだろう。私が呑み込んだ涙も、坂口の前提を間違えた愛情も、みんな価値を失うだろう。ふたりで繰り返し語った理想はもう当たり前で、なんならすでに古びていて、正しく誠実な、本物の愛が生まれているのだろう。その愛が、私たちの今日のすべてを、つまらない昨日の言い訳にするだろう。私はいつだって、その世界を目指し続けている。

だから早く、ここにきて。あの日閉じた扉を開けて。

貴方が上手に謝れたなら、何度だって言ってあげる。

――私は世界でただひとり、坂口孝文だけが大嫌いだ。

それからふたりで、話し合おう。

いくらだって、いつまでだって。いつか本物の愛をみつけるために、それに似たものの話をしよう。

世界が明日を迎えるために、私たちはまた星の下を歩こう。

坂口孝文

茅森良子の声が聞こえた。もう一度、彼女と話をすることができた。

それだけで世界が変わった。僕が僕の輪郭を取り戻したように、湿り気を帯びた空気や、わずかに香る草の匂いや、夜の始まりの薄暗がりや鼓動が実体を持って立ち上がる。

向かうべき場所に、迷いはなかった。

僕は空に背を向けて、校舎の扉を引き開ける。鍵はかかっていなかった。わずかに開いた隙間に、ねじ込むように身体を滑り込ませて、全力で駆け出す。つるりとした木製の廊下がスニーカーの靴底をすべらせる。強引に次の一歩を踏み出した。

――茅森。

あの夏の僕は愚かだった。今だって、どれほど変わったのかわからないけれど。ただ無意味に八年も経っただけなのかもしれないけれど、それでもずっと後悔してきた。だから僕の間違いを、もう知っている。

あのころ、僕は無償だということに甘えていた。

僕が傷つくから。僕が茅森良子を諦めるから。僕はなんにも得をしないから、一方通行の愛情が許されるのだと思い込んでいた。僕が涙を流すから、身勝手な我儘を愛と呼んでいたかった。そんなわけもないのに。

――茅森。茅森。

階段を駆け上ろうとしたとき、右手を手すりで強く打つ。痛みは感じなかった。ほんの少しも。この先に茅森良子がいる。

本当は、ずっとこうしたかったんだ。ずっと、ずっと、八年前から。いつだって駆け出してよかったんだ。悩みたいのなら、彼女の前で悩めばよかった。迷っているなら、そのままを伝えればよかった。僕はひとつだって茅森の前で強がる必要はなかった。愚かな僕そのままでいればよかった。

生徒会室の前に立つ。息が上がっていた。頬を濡らすものが、汗なのか涙なのかもわからなかった。そんなもの、なんでもよかった。

言葉には迷わなかった。ふたりともが丸をつける答えを、僕は知っている。

「教えて欲しい。僕が、君に謝らないといけないことを、全部」

なんて恰好悪いんだろう。なんて恥ずかしいんだろう。

でも、僕が確信できるのは、たったひとつだけなんだ。

茅森良子は美しい。あの理性的な声ではなくて、深い緑色の瞳ではなくて、まっすぐに歩く姿ではなくて。誠実に意地を張って生きる、彼女の美しさだけを信じていればよかった。あとはなにひとつ、わかった気にならなくていい。

どれほど僕が無知でも、どれほど僕が愚かでも、ひとつだけ。

僕が理解しようとすることさえ諦めなければ、茅森は、伝えることを諦めないんだと知っていれば、それでよかった。

閉じた扉の向こうから、ふっと笑うように息を吐く音が聞こえた。

「いいよ。教えてあげる」

僕はドアノブを回す。

そのささやかな音は、周波数を合わせるのにも似ている。

初出
「カドブンノベル」二〇二〇年一月号〜七月号
本書は右記連載に加筆修正を行い単行本化したものです。
本作はフィクションであり、実在の個人、団体とは一切関係ありません。

河野 裕（こうの　ゆたか）
徳島県生まれ、兵庫県在住。2009年角川スニーカー文庫より『サクラダリセット　CAT, GHOST and REVOLUTION SUNDAY』でデビュー。主な著作に「サクラダリセット」シリーズ、「つれづれ、北野坂探偵舎」シリーズ、『ベイビー、グッドモーニング』、15年に大学読書人大賞を受賞した『いなくなれ、群青』から始まる「階段島」シリーズなどがある。

昨日星《きのうほし》を探《さが》した言《い》い訳《わけ》

2020年８月24日　初版発行
2020年９月30日　３版発行

著者／河野《こうの》 裕《ゆたか》

発行者／青柳昌行

発行／株式会社KADOKAWA
〒102-8177　東京都千代田区富士見2-13-3
電話 0570-002-301(ナビダイヤル)

印刷所／旭印刷株式会社

製本所／本間製本株式会社

●お問い合わせ
https://www.kadokawa.co.jp/（「お問い合わせ」へお進みください）
※内容によっては、お答えできない場合があります。
※サポートは日本国内のみとさせていただきます。
※Japanese text only

定価はカバーに表示してあります。

ISBN 978-4-04-109779-3　C0093